어떠한 비극, 어떠한 절망 속에서도
인생은 아름답고, 살만한 가치가 있다는
확신이 필요합니다.

2023년 초여름

정호영

제주도우다

3

제주도우다

현기영

장편
소설

3

창비

차례

5부

3·1절 총격 사건 이후 반년 가까이 계속된 경찰의 가혹한 탄압은 도민의 가슴에 깊은 적개심을 심어주었다. 많은 젊은이가 피의자 신분이 되었고, 쫓기면서도 곡식 공출 반대와 단독정부 반대 삐라 투쟁을 필사적으로 벌였다.

　입도한 지 얼마 되지 않은 서북청년단은 이러한 상황을 당분간 관망하는 자세를 취했다. 육지 경찰에 대한 도민의 적대감을 익히 아는 터라 섣불리 본색을 드러내지 않았다. 그들은 각 지서에 배치되었는데, 그중에는 글자를 좀 알아 경찰학교에서 일개월 과정을 마치고 이제 막 순경으로 탈바꿈한 이들도 있었다.

　조천 지서에도 서청이 열댓명가량, 경찰 인원과 비슷하게 배치되었다. 이층 목조 건물인 지서의 이층을 그들이 차지했다. 처음에 그들은 조천 지서 관할인 조천, 신촌, 신흥, 와흘, 대흘 등 다섯 마을을 돌면서 태극기를 팔았다. 하지만 태극기가 없는 집이 없는데 그런 물건이 팔릴 리 만무했다. 그러니까 정작 그들의 속셈은 태극기 판매를 빙자하여 마을 곳곳을 쑤시고 다니면서 민심을 파악하려는 것이었다. 다른 지서의 서청도 그런 식으로 태극기 행상을 가장하여 첩보활동을 했다.

상황을 관망하던 서청은 8월 말경에 이르러 그 인원이 제주읍 삼백명, 각 면에 사오십명 등 팔백명 가까이 불어나자 본격적으로 활동을 시작했다. 북조선에서 내려온 그들은 '백두산 호랑이'를 자처했다. 한라산에 백두산 호랑이가 왔노라! 그들의 평균 나이는 스물두살, 거의가 스물다섯살 이하인 어린 청년들이었다. 서청 출신이 경찰서장에 발탁된 데 이어 그 아래 고위직은 물론 여러군데 지서 주임 자리까지 꿰차게 되자 그들의 기세는 하늘을 찌를 듯했다. 주로 참나무 방망이를 무기로 썼던 그들은 이제 반수 이상이 일본군이 남겨놓은 99식, 38식 장총 또는 일본도로 무장했고, 무명 핫바지 차림이 많던 복장도 대부분 군복으로 바뀌었다. 군복이라고 해야 일본군이나 미군이 입던 헌 옷이었는데, 미군복이 많지 않아서 상의는 미군복, 하의는 일본 군복 식으로 섞어 입는 경우가 허다했다. 미군복은 너무 컸기 때문에 줄여 입어야 했다. 조천 지서 서청들의 군복은 창세의 모친이 도맡아 수선했다.

어느 일요일 한낮에 창세는 참으로 오랜만에 '왓샤'를 외치는 소리를 들었다. 깜짝 놀라 급히 방을 나가 울타리 돌담 구멍에다 눈을 대고 보았는데, 어처구니없게도 마을 청년들이 아니라 서청의 소리였다. "왓샤왓샤! 역적의 남로당을 까부수자! 역적의 민애청을 때려 부수자!"라고 그들은 외쳤다.

그들은 '빨갱이'란 말을 남발했는데, 마을 사람들에게는 아주 낯선 단어였다. "빨갱이? 빨갱이가 뭐고?" 그러나 그들은 좌우 가릴 것 없이 좀 똑똑해 보이는 청년은 무조건 남로당이고 빨갱이라고 했다. 경찰과 함께 수배자 검거에 나선 그들은 사람들에게 새로운 공포의 대상이 되었다. 앞서의 충남 부대도 사나웠지만 서청만큼 악랄하지는 않았다. 웃옷 안 가슴에 품은 참나무 곤봉은 청년들만 보면 기다렸다는 듯이 튀어나와 무섭게 날뛰었고, 그들은 걸핏하면 장총의 개머리판을 휘둘렀다. 서청은 경찰의 보조 인력에 불과한데도 그 과격함은 오히려 경찰을 능가했다. 녹색 바탕의 완장에 흰색으로 쓴 '西北'이란 두 글자가 무서웠다. 좌냐 우냐 따지기 귀찮다며 우선 무조건 때리고 보았고, 닥치는 대로 부수고 보았다.

지서에 잡혀가면 반죽음이 되어 나왔다. 봉급이 없는 그들에게는 폭력 행위만이 유일한 생계 수단이었다. 의식주를 해결하기 위해서라도 폭력을 사용해 약탈할 수밖에 없었다. 잔인한 폭력일수록 피의자로부터 뇌물을 받아내기 쉬웠다. 잡혀가면 다짜고짜 사정없이 구타했는데, 처음에 사람들은 그것이 돈을 달라는 뜻인 줄 모르고 무조건 살려달라고 애원하기만 했다. 미군정이 서청에게 봉급을 주지 않는 것은 굶주린 야수처럼 그들의 잔인성을 극대화해 민중의 저항을 짓밟게 하려는 의도가 분명하다고 리베라 상회의 장영발은 판단했다. 또한 그들은 세관이 하는 일에 불법적으로 관여하여 복시환 사건 때처럼 큰 물의를 일으키고 있었으니, 일본에서 들어오는 물품을 밀수품이라고 압수하여 육지 상인들에게 팔아넘겨 이득을 챙겼다. 미군정의 조선인 일인자 조병옥이 "공산주의자를 없애기 위해서는 어떠한 악마와도 손을 잡을 것이다"라고 말했는데, 그 악마가 바로 서청이었다.

이제 그들은 이전과 달리 강권을 발동하여 태극기를 팔았다. 태극기를 이미 갖고 있다고 말해도 태극기는 귀중한 물건이니 많이 가지면 가질수록 좋은 것이라고 하면서 비싼 값에 팔았다. 태극기뿐만 아니라 단독정부를 주장하여 미움의 표적이 되고 있는 이승만의 사진까지 강매했다. "민족의 태양 이승만 박사!" "이승만 박사 만세!"를 외치면서 우렁차게 「서북청년단가」를 불렀다.

"기래서 경찰 후원회를 맨들란 거이야. 뭐라구, 봉급? 핫핫핫! 봉급 같은 소리 하구 자빠졌네. 우리레 봉급은 없어. 기리니까니 제주 백성이 후원회를 만들어 우리를 멕여 살려야디 않갔어? 거절하면 냑탈해서 먹어야디 별수 있나?"라는 것이 그들의 말이었다. 그렇듯 약탈 행위는 거리낌이 없었다. 그들은 수배자를 검거한다는 핑계로 수시로 이 집 저 집 들쑤시고 다녔고, 수배자가 잡히지 않으면 그 가족이 시달려야 했다. 그것은 뇌물을 뜯어내는 방편이었다. 가택수색을 한답시고 처음에는 달걀을 몰래 훔쳐 먹더니 그다음에는 주인이 보는 앞에서 날달걀을 대여섯개 먹어치웠고, 나중에는 심지어 총으로 닭을 쏘아 삶아내라고 하기까지 했다. 도둑이 강도로 변하고 있었다.

그날 서청 두 놈이 우리 집엘 벌컥 쳐들어완. 도망가는 어떤 청년을 잡는댄 그 지랄을 한 거라. 쳐들어완 집 안 구석구석을 뒤지다가 찾는 사람이 없으니깐 홧김에 우리 집 닭 세마리를 총으로 쏘아 죽였어. 개새끼들! 두 놈이 서로

경쟁하면서 닭들을 겨냥해서 쏘았지. 파앙! 벼락같은 총소리와 함께 닭의 몸이 무섭게 폭발한 거라, 폭발! 깃털이 허옇게 날리고 갈기갈기 찢긴 살점들이 사방으로 튀더라고. 파앙! 파앙! 파앙! 그렇게 암탉 세마리가 폭발핸. 폭발, 폭발! 그놈들이 뻘겋게 피투성이가 된 닭들을 집어들고 가명 뭐랜 한 줄 알아? 우리 집은 수탉 한마리에 암탉 네마리, 도합 다섯마리를 키웠는데, 그놈들이 하는 말이, 사정을 봐서 수탉 한마리와 암탉 한마리는 씨받으라고 살려두고 간다는 거라. 아아아, 날강도 놈들!

글자깨나 배운 서청 출신 중에는 경찰학교 일개월 과정을 수료한 순경들 외에 소학교 서무과나 말단 행정기관에 투입된 자들도 있었다. 총파업으로 파면당해 비어 있는 자리를 차지했던 것인데, 그러나 그들의 실제 업무는 그 기관을 감시하는 것이었다. 조천소학교 서무과에 배속된 서청은 교무실의 선생들을 얕보아 말할 때마다 '새끼'를 입에 달았다. 한 선생이 분김에 "네놈의 새끼는 도대체 어떤 새끼이길래 맨날 말끝마다 새끼, 새끼냐!" 하고 대들었다가 서청 패거리에게 끌려가 반죽음이 되도록 구타당했다.

그 무렵 읍내 경찰서에 근무하는 짝귀가 조천 지서에 나타난 것이 여러번 목격되었다. 해방 직후 자기 집에 쳐들어온 무리의 주동자들뿐만 아니라 비위에 거슬리는 사람들의 명단을 작성해주었을 것이라고 사람들은 생각했다. 송광일 순경의 말에 따르면 짝귀는 서청 경찰에게 "조천 것들은 남자 여자 할 것 없이 다 빨갱이들입니다"라고 했다는 것이었다.

여러 마을에 서청 반대 삐라가 자주 뿌려졌고 그 내용이 점점 더 과격해졌다. "서청을 잡아 죽여라! 검은 개를 잡아 죽이자!" "느네들 망할 날이 머지않았다!" 삐라는 대담하게도 출동하는 그들의 스리쿼터 꽁무니에 붙어 있기도 했다.

9월 초순에 서청은 각기 민전 의장과 부의장이었던 박경훈과 현경호를 겨냥한 테러를 자행하여 자신들의 존재를 과시했는데, 정작 테러를 당한 사람은 박경훈이 아니라 그의 동생, 현경호가 아니라 그의 아내였다.

추석을 며칠 앞두고 울산 바다에 원정 물질을 갔던 양갑추, 현옥미, 강월아가 돌아왔다.

조천소학교는 수업을 재개했지만 조천중학원은 수배 중인 선생과 학생이 많아서 무기한 휴교 상태를 벗어나지 못했다. 그렇게 학교 전체가 불온시되자 읍내 학교로 전학 가는 학생들이 더러 생겼는데, 창세의 친구 송찬일도 그중 하나였다. 찬일은 오현중으로 전학했다.

창세는 아직 나이가 어리고 어머니가 서청의 군복을 공짜로 수선해주어 그런지 별다른 의심을 받지 않고 마을에서 지낼 수 있었다.

날씨 화창한 10월의 어느 날, 문득 자기가 공부하던 책상을 보고 싶어진 창세가 몰래 학교 울담을 넘어 들어갔다. 학교 바로 뒤, 길 건너에 경찰지서가 있기 때문에 무척 조심스러웠다. 학생들이 사라진 학교는 그야말로 적막강산이었다. 쾌활한 목소리들, 몸짓들이 가득하던 운동장은 텅 빈 채 잡풀만 자라 있었다.

살그머니 교실 문을 열고 안으로 들어선 창세는 오래 고여 있던 뻑뻑한 공기에서 기분 나쁜 묵은 냄새를 맡고 순간 멈칫했다. 그것은 언젠가 행필과 함께 상여막 안에 들어가 맡았던 바로 그 냄새, 묵직한 죽음의 냄새였다. 한쪽 유리창으로 들어온 햇빛이 창의 조그만 사각 무늬를 바닥에 떨구고 있을 뿐 교실 내부는 전체적으로 그늘져 어두웠다. 학생들이 사라진 텅 빈 교실에 살아 있는 것은 아무것도 없었다. 죽은 책걸상들과 그 위를 덮은 먼지뿐이었다. 낯선 정적 속에 잠겨 있는 책걸상들, 그 위에 두꺼운 천처럼 덮여 있는 뿌연 먼지…… 그 야릇한 광경이 이 세상 것이 아닌 듯, 어떤 불길한 징후처럼 느껴져 몸서리가 났다. 어둠 속으로, 그늘 속으로 사라진 이들이 다시는 이 교실의 자기 책상으로 돌아오지 못할 것 같은 느낌마저 들었다. 발을 떼고 몸을 움직이자 바닥에서 먼지가 피어올랐다. 창세는 소매로 코를 가리고 재채기를 참으면서 자기 책상 앞으로 다가갔다. 책상 위를 덮은 잿빛 먼지는 고르게 반반하고 부드러워 뜻밖에 아름답게 보이기까지 했다. 창세는 먼지 위에다 손가락으로 자기 이름을 써보았다. 안창세.

남로당이 불법화되자 그때부터 서청의 민중 탄압은 더욱 포악해졌다. 이 무렵에 많은 서청 단원들이 경찰로 특채되었고 제주경찰서 서장도 서청 출신이 되었다. 그야말로 호랑이에게 날개를 달아준 격이었다. 한라산에 백두산 호랑이가 왔노라! 공포 분위기가 그 어느 때보다도 고조되었다. 단순한 두려움이 아니라 무시무시한 공포였다. 구타가 일상화되어 한번 걸려들면 언제 끝날지 모를 고문과 구타를 견뎌야 했다. 남로당의 민애청 소속 청년들은 지하로 더욱 깊이 숨어들 수밖에 없었다. 민애청에 속하지 않은 청년들도 잡히면 민애청이 아니라는 것을 입증하기가 어려워 무조건 도피하지 않으면 안 되었다. 사상이 있든 없든, 뭔가 한 일이 있든 없든 간에 잡히기만 하면 무조건 개 패듯이 했다.

매질이 어찌나 사납던지 일단 잡히면 입에서 아무 이름이나 튀어나왔다. '○○○가 민애청입니다' 하는 식으로 누구 한 사람의 이름을 불지 않고는 배길 수 없었다. 그래서 누군가 체포되면 나머지 사람들은 제 이름이 불릴까봐 두려움에 피가 말랐다. 그래서 "이름을 빼앗기지 말라"라는 말이 유행했고, 투쟁 활동을 하는 청년들은 또 하나의 이름, 가명을 갖는 경우가 많았다. 서너명 단위로 한밤중에 벌이던 벼락 시위도 이제는 할 수 없게 되었으니, 반드시 그 이튿날 아무 관계 없는 사람들마저 해코지를 당했기 때문이었다. 누가 누구인지 마을 사정을 잘 모르는 육지 출신 경찰과 서청들은 젊고 눈이 좀 빛나 보인다 싶으면 아무라도 잡아다 족쳤다. 흙내 나는 농사꾼도, 생선 비린내 나는 어부도 걸려들기 일쑤였다. 읍내 병원에 입원할 정도로 심하게 고문당한 자들이 적지 않았다.

　대다수가 월남민 교회 출신 기독교인인 서청은 자신들이 하느님의 뜻을 실행하는 하느님의 충복이라고 생각했고, 빨갱이들을 멸망시키는 것이 하느님의 뜻이라고 생각했다. 그들이 제주도로 파견될 때 무운을 빌며 축복해준 월남민 교회의 목사는 이렇게 말했다.

　"공산주의자야말로 일대 괴물입니다. 이 괴물이 삼천리강산에 횡행하며 삼킬 자를 찾고 있습니다. 이 괴물을 벨 자 누굽니까? 이 사상이야말로 묵시록에 있는 붉은 용입니다. 이 용을 멸할 자 누굽니까? 한없이 기꺼운 마음으로 서청 여러분을 위하여 하느님께 축복을 청합니다. 여러분의 승리는 곧 하느님의 승리입니다."

　어느 날 조천리에서 서청이 화북리 출신 지서 주임 김기호를 몽둥이로 구타하는 일이 발생했다. 서청이 포구에서 올라오는 한 청년을 의심스럽다고 잡아다가 마구 매질했는데, 김기호가 참다못해 그만 때리라고 말리자 서청이 도리어 화를 내며 청년을 매질하던 몽둥이를 들고 덤벼들어 지서 주임을 구타했던 것이다. "느도 빨갱이, 제주도 놈은 모두 한통속"이라며 욕설을 퍼부었다고 했다. 하지만 옷소매에서 생선 비린내를 풍기는 그 청년은 고깃배를 타는 어부일 뿐이었다. 그것은 있을 수 없는 하극상이었다. 그러나 김주임은 서슬 퍼런 서청 패거리가 무서워 그 단원을 처벌할 수 없었다. 몽둥이를 쥐고 큰소리를 꽝꽝 치는 서청 앞에서 토박이 경찰은 죽은 목숨이나 다름없었다. 읍내 경찰서에 가서 호소했으나 아무 소용이 없었다. 경찰서장이 서청인데 그 호소를 들어줄 리 있겠는가. 오히려 김기호를 무능하다고 직급 낮은 행정직으로 좌천시켜버렸다. 그 대신에 서청 출신이 지서 주임으로 왔다.

이 사건에 누구보다 큰 충격을 받은 사람은 조천 마을 출신 순경 송광일이었다. 그동안 마구잡이 폭력을 일삼는 서청, 육지 경찰과 마을 주민들 사이에서 아슬아슬한 줄타기를 해온 그였다. 처음에 마을 사람들은 "갸가 아무리 이 마을 출신이랜 해도, 그놈들하고 똑같은 옷을 입고 댕기는데 과연 우릴 생각해주카?"하며 의심했다. 그러나 송광일은 가능한 한 마을에 도움이 되는 일을 해보려고 애썼다. 그것이 어느 정도 가능했던 것은 지서 주임 김기호가 눈감아주었기 때문이었다. 수배된 청년들 중 여러명이 마을 밖으로 도피하지 않고 집 안 어느 구석에 은신하고 있다는 것을 그는 알면서도 모르는 체, 보고도 못 본 체, 듣고도 못 들은 체했다. 그 덕분에 청년들은 집

안의 마루 밑이나 장독대 밑, 외양간 바닥을 파서 구멍을 만들고 지내다 조사를 나오면 후닥닥 그 안에 숨어들 수 있었다.

무엇보다 신경 쓰이는 것은 피의자 취조였다. 취조할 때면 무조건 매질부터 시작하는 것이 관례가 되다시피 했으나, 차마 그렇게 할 수 없는 송광일은 피의자와 단둘이만 있는 취조실에서 짜고 속임수 연극을 벌였다. 나는 때리는 척할 테니 너는 아이고아이고 죽는소리를 하라고 했다. 취조실 밖에서 잘 들리도록 그가 무섭게 소리를 지르며 몽둥이로 때리는 척하면, 그때마다 피의자는 호되게 얻어맞은 듯이 일부러 아이고아이고 비명 지르는 시늉을 했다. 들키면 양쪽이 다 큰일 날 위험한 연극이었다.

그런데 김주임이 서청에게 몽둥이로 두들겨 맞았다. 정말 상상도 하지 못할 일이 벌어진 것이다. 현장에서 그 장면을 목격한 송광일은 그 순간 그 서청을 쏘아 죽이고 싶은 충동에 몸을 부르르 떨어야 했다. 결국 그는 타 지역 지서로 옮겨가기로 결심했다. 뜻이 맞던 김기호 대신에 서청 출신이 주임으로 온 상황에서 마을에 조금이라도 도움이 되는 일은 할 수 없게 되어버렸다. 그렇다고 같은 마을에서 피를 볼 수는 없는 노릇이었다.

교체되어 온 조천 지서 주임은 입술 위에 진드기처럼

통통한 검정 사마귀를 달고 있는 조한용이라는 사내였다. 키가 작아 허리에 찬 일본도를 질질 끌고 다녔고, 찌푸린 양미간에는 늘 짜증이 눌어붙어 있었다. 그는 부임하자마자 부하 두어명을 데리고 관물못에 가서 총으로 오리 사냥을 했다. 그것이 시작이었다. 오리 사냥을 통해 아직 총을 다룰 줄 모르는 부하들에게 사격술을 가르친다고 했지만, 마을의 정적을 깨뜨리는 그 총소리는 사람들의 마음을 여간 심란하게 만드는 것이 아니었다. 바로 그것이 그자가 의도한 바이기도 했다. 나중에는 사격 연습을 한다고 비석거리의 해묵은 팽나무와 멀구슬나무를 향해 총질을 하여 마을 사람들을 더욱 공포에 떨게 만들었다. 여러발의 총탄을 맞아 껍질이 너덜너덜 찢겨나가고 총탄 자국이 숭숭 난 두 나무의 모습은 차마 보기에 끔찍했다.

송광일은 전출 신청이 받아들여져 서쪽 멀리 애월면 지서에 발령을 받았다. 이제 조천 지서의 경찰은 삼십여명으로 불어났는데, 거의가 서청 출신이고 제주 출신은 단 세명뿐이었다.

10월 초, 이민하, 정두길, 부대림, 양순태가 목포형무소에서 육개월 형기를 마치고 돌아왔다. 그들은 출옥 후에도 요주의 인물이 되어 감시를 받았다. 마을 안에 갇혀 지내다시피 하면서 이틀에 한번꼴로 지서에 출두하여 얼굴을 보여야 했고, 부득이 마을 밖으로 출타할 경우에는 반드시 신고해야 했다.

부대림은 자신이 폐결핵에 감염된 것을 알았다. 일제 때와 마찬가지로 급식과 위생 상태가 엉망인 감옥에는 결핵균이 우글거렸는데, 해방을 며칠 앞두고 독립투사 김시용이 폐결핵으로 쓰러진 곳도 바로 목포형무소였다. 직장을 빼앗긴 채 요주의 인물이 되어 행동이 자유롭지 못한 부대림은 서툰 어부가 되어 고승우의 고깃배를 탔다. 병든 폐를 위해 싱싱한 생선과 신선한 공기가 필요했다.

그 무렵 양순태는 구리 공장을 처분하지 못해 아직도 일본에 머물고 있던 부모로부터 편지를 받았다. 제주도 사정이 매우 위험하게 돌아가고 있다는데 왜 거기에 있느냐, 어서 일본으로 들어오라고 다그치는 내용이었다.

그러한 부모의 마음은 이양일도 마찬가지였다. 이양일은 돌아온 아들 민하를 보자 반갑기보다 걱정스러워 가슴팍이 종잇장처럼 오그라드는 느낌이었다. 그는 아들이 받은 육개월 형기가 짧다고 생각했다. 이년 이상의 징역형이었으면 얼마나 좋았을까, 감옥 생활 이년쯤이면 시국이 안정되어 있을 게 아니겠느냐고 생각했다. 그래서 아들이 목포형무소에 수감될 때, 형기가 끝나거든 제주에 들어올 생각 말고 일본으로 가거나 육지 어딘가에 머물면서 시국이 안정되거든 들어오라고 신신당부했다. 그랬건만 아들은 말을 듣지 않았다. 일제 때 아들의 투쟁 때문에 무척이나 속을 썩인 그는 해방된 세상에서도 아들이 똑같은 일을 반복하는 것에 너무도 실망했다. 아들은 투쟁의 승리를 믿었지만, 아비는 그것이 이길 수 없는 싸움이라고 생각했다.

"느네들은 왜 일을 그따위로 하는 것고? 왜 밤에 도둑놈 제사 지내듯 하느냔 말이다! 그게 벌써 틀려먹었어. 숨어서 하는 일이 성공할 턱이 있나. 우리 마을의 저 김해 김씨 집안이 망한 거 보라. 다 그 때문 아니냐. 그 집안 자제들이 일본에 대항하다가 집안이 거덜 난 것 아니냐고. 사람들은 비명에 죽고, 재산 몬딱 잃고…… 우리 집안도 너 하나 때문에 그 꼴이 될까 무섭다. 살아갈 궁리를 해야지, 왜 죽을 연구나 하고 있느냔 말이다!"

간절하게 말했건만 아들은 막무가내였다. 보름 정도 집에서 얌전히 휴양하면서 징역살이에 찌든 몸을 추스르던 이민하는 어느 날 갑자기 종적을 감추어버렸다. 요주의 인물이 사라졌으니 감독의 책임을 맡은 아비로서는 지서에 신고할 수밖에 없었다.

　아들의 가출을 신고하러 간 이양일은 그 즉시 그들의 먹잇감이 되고 말았다. 지서 주임 조한용은 제주에 온 지 한 달 사이에 기름진 것만 골라 먹었는지 양 볼에 불룩하게 살이 올랐다. 민간에서는 귀해서 어쩌다 맛보는 달걀을 그는 매일 아침 깨서 노른자는 먹고 흰자는 머리에 발라 머리칼을 빳빳하게 만든 다음 곱게 빗어 넘기는 호사를 누렸다.

　이양일을 본 주임은 여러 말 않고 당장 전기 고문을 할 준비를 했다. 취조하기에 앞서 무조건 고문을 가해 혼을 쏙 빼놓고 시작하는 것이 그들의 방식이었다. "오늘은 몽둥이찜질 대신에 오데 한번 전기를 사용해볼거나?" 하더니 그는 야전용 전화기를 탁자에 턱 올려놓았다. 낡은 갈색 케이스 속의 그 흉물은 목검, 사쿠라 몽둥이, 쇠좆매와 함께 해방 전 일경이 남기고 간 고문 도구였다. 주임이 전화기에 연결된 전선을 이양일의 양손 엄지손가락에 감은 다음 발신 손잡이를 돌렸다. 이양일의 몸속으로 전류가 강하게 흘러들었다. 몸이 버쩍 오그라들고, 턱살이 덜덜 떨렸다. 이양일이 고통스럽게 사지를 버르적거리면서 비명을 질렀다. 혀를 깨물고 고통을 참는 그의 입에서 침이 질질 흘러내렸다. 찌르르, 픽! 찌르르, 픽! 전류가 몸속을 한바탕 무섭게 훑어대더니 문득 멈췄다.

"넝감, 던기 맛이 어때? 맛 좋디? 이건 맛보기야. 솔직히 자백 안 하믄 본격적으루 멕여주디!" 지서 주임이 히물히물 징그럽게 웃으면서 노려보는데 입술 위의 검정 진드기처럼 생긴 사마귀가 움찔거렸다. "이보라, 당신 아들, 고 간나 새끼 간 곳이 어드메야?"

공포에 질려 낯빛이 창백해진 이양일이 두 손을 쳐들고 허우적거렸다.

"아이고, 난 모릅니다! 그놈이 어드레 갔는지, 어디서 무신 걸 하는지 난 생판 모릅니다게!"

주임이 무섭게 윽박지르는데 먼저 일본말 욕이 튀어나왔다.

"고노야로! 뭣이야? 아들의 좌익질을 못 하게 막지 않은 걸 보니 거저 한통속이 틀림없어. 당신이 우리한테 후원금을 내고 있디만, 그건 속임수가 분명해. 그 아들에 그 애비디! 당신, 수박 아니네?"

"예? 수박?"

"겉은 푸른데 속은 새빨간 수박!"

"하이고, 천부당만부당한 말씀……"

"당신두 빨갱이야! 일제시대에도 지식분자들은 다 빨갱이었디. 내레 고문 전문가야. 일제 때부터 오년간이나 수사 경험이 있는 사람이야. 내레 당신이 뭔 생각하는디 다 알아. 당신 대가리 속에 발쎄 들어갔다 나왔어."

"난 아니우다! 난 빨갱이가 아니우다!"

"내레 빨갱이라문 니가 갈려. 이보라우, 우리레 서청은 빨갱이한테 쫓겨 부모 형제를 리북에 놔두고 내려왔어. 가진 거라고는 거저 이 두 주먹과 공산당에 대한 불타는 적개심밖에 없다우!"

"아니, 난 빨갱이가 아니우다! 그놈은 내 자식이 아니우다! 이미 버린 자식, 부자관계 의절한 지 오래되어마씸. 그놈은 그놈이고 난 나우다. 자식을 겉 낳지, 속 낳지는 못하는 법 아닙니까?"

"뭐라고? 거짓부레기! 당신은 무역업으로 번 돈으로 다 저 빨갱이들을 후원하고 있는 거이 틀림없어. 이 넝감, 안 되갔어, 더 바싹 조져놔야디." 주임이 팩 화를 내면서 돌아서서 다시 전화기 손잡이를 잡았다.

그때 맞은편 벽 한귀퉁이에 붙어 있는 벽보가 이양일의 눈에 확 들어왔다. 해방 전 일본 경찰이 붙인 벽보가 아직도 저기에 붙어 있다니! 삼년 전에 조천 주재소가 강제 모금한 경찰 후원금 납부자 명단이었다. 고액 납부자 순으로 십여명의 성명이 나열되어 있었는데, 맨 위에 그의 이름이 기부 액수와 함께 적혀 있었다. 손으로 벽보를 가리키면서 그가 들뜬 목소리로 말했다.

"저기 봅서! 경찰 후원자 명단, 저기 맨 위에 있는 것이 내 이름이우다!"

지서 주임의 눈이 똥그래졌다.

"이야, 혼토니(정말 그렇네)!"

"보다시피 난 일제 때부터 우익이우다, 골수 우익!"

"어허, 그런가? 몰라봤시다레. 좋수다, 고럼 이렇게 합세. 당신이 개인적으로 내는 후원금 외에 또 도와줄 일이 생겼소. 이번에 우리레 서청 후원회를 만드는데, 거기 앞장서주갔소? 후원회 회장을 맡으라우요."

"적극 협력하겠수다. 하지만 나는 사업 때문에 일년에 절반 이상은 여수에 가 있어야 하니 회장은 곤란하우다."

"그럼 고문 자리라도 맡으라우요. 회장은 이장인 고영두 사장이 맡으면 되니까니."

"예, 그렇게 하지요."

이렇게 해서 이양일은 겨우 그 자리를 모면했다.

그런데 후원회와 관련하여 마을 심부름꾼 허서방이

어쩌다 사고를 치고 말았다. 서청이 시키는 대로 마을 안을 돌며 벽보를 붙였는데, 그중 두장을 거꾸로 붙였던 것이다. 물론 고의는 아니었고 까막눈이어서 생긴 실수였다. 비석거리 게시판과 정미소 건물 벽에 거꾸로 붙은 그 벽보를 많은 사람이 보았지만, 낄낄 비웃을 뿐 누구도 바로잡으려고 하지 않았다. 벽보의 내용인즉, 과도기 치안의 제일선에서 분투하는 서청이 목하 극심한 생활난에 봉착하여 있는바, 이에 민간에서 서청 후원회를 만들고 있으니 조천 주민들도 물심양면으로 적극 후원하기를 요청한다는 것이었다. 벽보는 그렇게 물구나무선 상태로 며칠 방치되어 있었고, 나중에야 발견하고 뿔이 난 서청이 허서방을 마구 두들겨 팼다. 허서방이 일자무식이어서 생긴 실수인데도 그들은 누가 시킨 게 아닌가, 배후가 있는 게 아닌가 의심했다. 구타당한 허서방의 얼굴은 누군지 알아볼 수 없을 만큼 거멓게 멍들고 부어올랐다.

마침내 다른 마을과 마찬가지로 조천리에도 서청을 먹여 살리는 후원회가 생겼다. 이장이 잡부금을 거두어 식품을 조달하기로 했는데, 이양일이 그중 가장 큰 액수를 부담했다. 지서에 뇌물을 바치는 것은 해상무역 업자들에게 늘 있는 관례였지만, 이양일은 아들 민하 때문에 누구보다도 더 많은 돈을 상납해야 했다.

마을에서 그렇게 후원회를 만들어 먹여주는데도 불구하고 서청은 마을을 돌며 약탈을 자행했다. 매질을 하면 돈이 나왔다. 돈을 꿔달라고 하고는 갚지 않기가 일쑤였고, 남이 타고 가는 자전거를 정지시켜 강제로 탈취하기도 했다. 이발사 고정오가 공짜로 이발하기 일쑤인 서청에게 어렵사리 불만의 소리를 꺼냈다가 몹시 구타당하는 일도 있었다.

조천중학원의 나이 많은 학생들 중에 상당수가 수배자 명단에 올라 있었다. 그들 중 얼마는 검거를 피해 아예 중산간 마을로 피신했고, 마을에 남아 있는 자들은 낮에는 주로 와흘리 위 목장 지대에 올라갔다가 밤이 되면 마을로 돌아오는 야릇한 올빼미 생활을 했다. 들키지 않도록 동트기 전 어둑새벽에 마을을 빠져나갔다가 해 떨어져 어두워진 다음에 들어왔다. 목장에 올라가면 마음이 편했다. 마을에서는 늘 숨죽여 말하고 고양이 걸음으로 조심조심 다녀야 하는 그들인지라 목장의 드넓은 공간 속에 놓이면 억압되었던 마음이 후련하게 풀렸다. 마음대로 소리치고 목청껏 노래할 수 있었다. 그것이 해방이고 자유라고 그들은 생각했다. 머리띠를 두르고 모여 앉아 시국 토론을 하고, 사상 교육도 듣고, 저항가를 부르고, 말똥버섯, 볼레나무 열매, 머루와 다래를 따고, 낫으로 땔감도 거두었다. 해 떨어져 귀가할 때는 땔감을 한짐씩 짊어지고 내려왔는데, 마을 가까이 오면 반드시 십여그루의 동백나무가 작은 숲을 이룬 곳에 잠시 숨어 경찰의 동정을 살피고 난 뒤에야 들어갔다.

　　돌밭길 가시밭길 사십리 길을
　　조선 딸기 어우러진 이슥한 밤길
　　우리나라 내 땅 아래 내 길을 가는데
　　무엇이 두려워 밤새워 걷나요

　이제 그들은 일제 때 쫓기면서 이 노래를 불렀던 그들의 선배들과 똑같은 처지가 되어버렸다.
　강행필도 어느새 그들 중 한 사람이 되어 있었다. "느랑 제발 끼어들지 말라이. 우리 집에 남자는 느 하나인데, 느가 감옥에 가불면 누게가 밭일을 할 거니?" 하고 어머니가 걱정하기도 해서 조심하고 있었는데, 그럼에도 수배자 명단에 올라버렸다. 행필은 집 뒤꼍, 겨울의 거센 북풍을 막아주는 방풍림으로 키운 왕대숲 한가운데를 둥글게 베어내고 만든 빈터를 은신처로 삼았다. 한밤중 경찰의 급습에 대비하여 방 안에서 잠잘 때는 언제라도 도망갈 수 있게 뒷문을 열어두고 옷을 입고 신발을 신은 채 잤다. "아아, 숨 막혀 못 살겨! 실컷 먹고, 실컷 소리 지르고, 실컷 웃고, 실컷 울고 싶어! 왜놈들로부터 해방되었을 때 우린 그렇게 실컷 소리 지르고, 실컷 웃고, 실컷 울었지. 아아, 해방은 그때 한달뿐이여." 그가 창세에게 말했다.

서청 출신 지서 주임 조한용의 취조는 부하들보다 더 혹독했다. 취조할 때 그는 일본도를 휘두르며 무섭게 위협했다. 칼을 칼집에서 뽑아 전후좌우로 휘두르고, 빙글빙글 돌면서 내지르고, 십자를 그어 베는 시늉을 하다가는 홱 뒤로 돌아서 얍 하는 기합 소리와 함께 피의자의 머리통을 칼등으로 내려치는 것이었다. 칼날이 아니라 칼등으로 내려치는 것이긴 했지만 피의자들은 너무 놀란 나머지 까무러치기도 했다.

집에서 은신 중이던 조천중학원 학생 김영환이 지서에 잡혀갔을 때 바로 그런 고문을 받았다. 시말서를 쓰라고 하여 늘 하듯이 한글에 한문을 섞어 썼더니, "어, 이 종간나 새끼 보라! 이 새끼가 날 무식쟁이로 보네. 한글로 다시 쓰라우!" 하면서 사쿠라 몽둥이로 두들겨 패고 일본도 칼등으로 머리통을 내려쳐 까무러치게 만들었던 것이다.

  오랜만에 한밤중 벼락 시위가 벌어졌다. 어둠 속에서 벼락같이 터진 그 고함 소리를 행필도 들었다. 서너명쯤으로 짐작되는 청년들이 목청껏 외치고 있었다. "단독정부 결사반대!"와 함께 그들이 외친 구호는 "서청은 물러가라!"였고 그 구호들은 밤사이에 길거리에 삐라로 뿌려졌다. "이 개새끼들아, 언젠가 느네들이 우리 손에 죽을 날이 올 것이다!"

  이튿날 아침, 경찰과 서청이 범인을 찾는다고 온 마을을 들쑤시고 다니면서 가택수색을 벌였다. 행필은 마루에서 어머니, 아내 숙희와 함께 조반을 먹고 있었는데, 갑자기 이웃집 개가 요란하게 짖는 소리가 들려왔다. 뒤따라 행필네 삽살개도 짖어댔다. 서청이나 경찰이 동네에 나타나면 언제나 개들이 먼저 짖었다. 행필이 후다닥 뒷문으로 튀어나가 대숲에 숨어들었고, 그가 먹던 밥그릇과 숟가락을 숙희가 얼른 치웠다. 곧 열린 대문으로 두명이 들이닥쳤다. 한명은 철경대 출신 경찰이고 다른 한명은 민간인 복장에 완장을 찬 서청이었다. 둘 다 99식 장총을 메고 있었다. 머리를 짧게 깎은 불밤송이 민머리의 서청이 계속 짖어대는 삽사리를 향해 총을 겨누면서 눈을 부라렸다.

"이 가이새끼, 시끄럽게시리! 그냥 칵 쏘아버릴까부다, 썅!"

겁먹은 개는 대문 쪽으로 달아나면서도 계속 짖었다. 그들이 흙 묻은 지카타비를 신은 채로 마루에 뛰어올랐다. 두 여자가 화들짝 놀라 벽 쪽으로 물러났다. 놀란 가슴을 두 손으로 누르고 있는 두 여자를 노려보면서 민머리가 말했다.

"간밤에 빨갱이 간나 새끼들이 삐라를 뿌렸어! 기래서 가택수색 나온 거이야!"

두 여자는 그들과 눈을 마주치지 않으려고 눈을 내리깔았다. 그것을 보고 민머리가 벌컥 화를 냈다.

"이 에미나이들, 와 인사가 없네? 우리가 아니꼽네? 이보라, 바른대로 말하라우! 간밤에 니 남편 여기 왔다 갔디?"

"아니, 안 왔수다게. 집 나간 지 보름도 넘는디 당최 소식이 없수다게."

"거짓부레기!"

그들은 각각 안방과 건넌방으로 들어가 이것저것 살살이 뒤졌다. 안방에서 앉은뱅이책상 서랍을 뒤지던 민머리가 무엇을 발견했는지 쾌재를 불렀다. 그의 손에 손바닥 크기의 종이 두장이 들려 있었다.

"야하, 이게 뭐이가? 어이, 이것 보라우. 이거 빨갱이 삐라 아니가?"

철경대가 안방으로 건너가 그것을 들여다보고는 껄껄 웃었다.

"어이구, 이건 삐라가 아니라 세금 영수증이야."

"아니야, 이건 빨갱이 삐라야. 보라우, 이렇게 빨간 글씨로 적혀 있잖아."

"허 참, 그게 세금 영수증이라니까."

"아니야. 빨간 글씨니까 이건 빨갱이 삐라야!"

"핫핫핫! 하이고, 까막눈인가보네. 여길 봐, 세금 영수증이라고 써 있잖아."

"이 새끼 보라, 쌍! 뭐, 까막눈? 네가 날 비웃어? 날 무시하기야, 엉?"

화가 난 민머리가 눈알을 뒤룩거리면서 들이받을 듯이 노려보자 철경대가 고개를 내저었다.

"하이고, 미안, 미안! 내가 잘못했어. 자, 이제 그만하고 나가자."

대문을 나서는 두 사람의 뒤를 향해 가랑이 사이로 꼬리를 바싹 끼운 삽사리가 또 왈왈 짖기 시작했다. 뒤따라 동네 개들이 다시 요란하게 짖어댔다. 그러잖아도 까막

눈 소리에 기분이 상한 민머리는 개들이 짖는 소리에 그만 분통이 터지고 말았다. 대문 밖까지 쫓아나간 삽사리가 숨넘어갈 듯이 맹렬히 짖어댔는데, 그때 벼락 치듯 요란하게 총성이 울렸다. 삽사리를 겨냥한 총알은 빗나가 몸통을 맞히지 못하고 다리에 박혔다. 쓰러진 개가 고통스럽게 낑낑거리자, 명중시키지 못한 것에 더욱 화가 난 서청은 군홧발로 공 차듯이 개의 말랑한 배를 힘껏 걷어차 숨을 끊어놓았다.

그날 장목거리 동네에서는 마루에 앉아 손바닥에 침을 퉤퉤 뱉으며 짚으로 새끼를 꼬던 청년이 갑자기 들이닥친 경찰과 서청에게 끌려가 매를 맞았다. 그는 감기 때문에 목이 쉬어 있었는데, 목이 쉰 것을 보니 간밤에 삐라를 뿌리면서 고함친 장본인이 틀림없다고 했다. 그러나 안경을 빼앗겨 눈을 가늘게 뜬 채 끔뻑거리는 청년은 그저 시국에 무심한 농사꾼일 뿐이었다.

그날 차남골 청년 하나도 뒤뜰에 떨어진 삐라가 발견되어 지서에 잡혀갔다. 그는 눈이 나빠 안경을 쓰고 있었는데, 안경 쓴 자를 일단 지식인으로 간주하는 서청은 "이 안경 쓰고 삐라를 썼지?" 하면서 안경을 낚아채서는 군홧발로 짓밟아 부숴버렸다. 전기 고문을 당한 그는 열여덟살의 어린 청년이었다. 전류가 찌르르 몸속을 꿰뚫고 흐르자 그가 고통스럽게 사지를 비틀면서 비명을 질렀다.

"너 여자와 몇번 관계했네? 이 고문 다섯번만 하면 넌 성불구자가 된단 말이다. 그래도 바른말 안 할 거이야?"

양순태의 누이 갑추도 지서에 잡혀가 쇠좆매를 맞았다. 동생의 행방을 대라며 지서 주임 조한용이 직접 고문했다. 그는 나중에는 열살짜리 공순이마저 따로 불러 닦달했다. 그 아이가 지서에서 당한 일의 자초지종을 어머니에게 일렀다. 외삼촌의 행방을 대라고 마구 뺨을 때리면서 무섭게 추궁하더라고 했다. 공순은 코피를 줄줄 흘리면서도 모른다고 말했는데, 정말로 외삼촌이 어디에 있는지, 누구를 만나는지 몰랐던 것이다. 지서 주임은 심지어 카빈총을 들고 위협하기까지 했다. 외삼촌 있는 데를 가리키라고, 가리키지 않으면 죽이겠다고 총을 겨누었을 때 공순은 당돌하게도 "죽여도 좋습니다"라고 말했다. 그러자 지서 주임은 어이없어하며 "어어, 이 쪼끄만 년이 말하는 거 좀 보라. 당돌하네! 요거이 아직 어려서 죽음이 뭐인지 모르는구만" 했다는 것이다.

얼마 전에 공짜 이발은 곤란하다고 불평했다가 몹시 얻어맞은 바 있는 공순의 아비 고정오가 이번에는 밤중에 모여 역적모의를 했다고 잡혀가 또 매를 맞았다. 고정오는 단지 노름꾼일 뿐 그런 일을 할 만한 위인이 못 되었다. 혹시 들킬까봐 이발소 창문에 불빛이 새어나가지 않게 담요를 쳤지만 그것은 투쟁을 위한 비밀 모임이 아니라 노름 화투판이었다. 어둠 속에서 테러를 당할까 두려워 밤에는 지서 밖 출입을 잘 하지 않던 서청이 그날따라 야간 순찰을 하다가 이발관을 기습했던 것인데, 같이 놀던 두명은 뒷문으로 도망치고 고정오만 붙잡혔다. 화투장이 널려 있어 노름판이 분명한데도 서청은 노름을 가장한 불온 모임이라고, 빨갱이라고, 윗선이 누구인지 자백하라고 매질을 했다. 노름판 판돈도 빼앗겼다. 얻어맞아 코피를 흘리는 고정오를 비웃으며 서청이 말했다. "뭐라고? 빨갱이 아니라고? 이 간나 새끼야, 니 코에서 빨갱이가 줄줄 흘러내리는데도 빨갱이가 아니라고?"

그후 고정오는 서청들에게 공짜로 머리 깎아주기 싫다며 이발소 문을 아주 닫아버렸다.

그와 반대로 창세의 모친은 서청의 환심을 사려고 애썼다. 종종 공짜로 군복을 수선해주었다. 만옥과 창세 두 남매에게 장차 무슨 일이 생길지 모르니 미리 그들을 사귀어두는 것이 필요하다고 생각했던 것이다. 군복을 수선하는 동안 그들은 툇마루에 얌전히 앉아서 능란한 미싱 박음질을 홀린 듯이 바라보곤 했다. 그럴 때의 얼굴은 사악한 그늘이 조금도 없는 앳된 모습이었다. 창세 모친은 그런 모습이 신기하고 가슴이 뭉클해 찐 고구마 같은 것을 내놓았는데, 그러면 진심으로 고맙다는 표정을 지으며 인사를 했다.

서청은 위세를 뽐내기 위해 아무 데나 함부로 총질을 해댔다. 짐승들도 인간들처럼 이제까지 한번도 겪어보지 못한 위험을 본능적으로 느꼈다. 관물못에서 총으로 오리를 사냥하던 조천 지서 서청들은 오리들이 총소리에 놀라 더이상 나타나지 않자, 부식 마련과 사격 연습이라는 일거양득을 위해 민가의 닭들을 겨냥해 총을 쏘았다. 가까이에서 총소리가 나면 개들이 컹컹 짖어대면서 숨어들고, 닭들도 놀라 꼬꼬댁, 푸드덕거리면서 달아났다.

지서 주임 조한용이 어느 날 마을 유지들을 모아놓고 카빈총을 휘두르면서 엄포를 놓았다. "이보라우, 상부에

서 이 총을 우리한테 줄 적에는 이걸로 개나 닭이나 잡
으라고 준 게 아니란 말이오! 무슨 말인지 알아듣갔시
오? 당신들 나보고 악질이네 뭐네 하는데, 난 그래도 약
과란 말이오. 내 동기생 중에 지서 주임 하는 놈들이 여
러명인데 개네들은 나보다 더 지독하거든."

그렇게 수시로 터지는 총소리에 그때마다 마을 사람
들은 가슴이 바싹바싹 오그라들고 아기들은 경기에 시달
렸다. 호열자에 걸린 어린것들을 묵은 간장으로 치료했
던 한봉 노인은 이번에는 총소리에 경기 들린 아기들을
침을 맞혀 가라앉혔다. 그뿐 아니라 피의자가 혹독한 고
문에 못 이겨 기절하면 지서에 불려가 침을 놓아 살리기
도 했다.

그런데 양갑추의 세살 난 딸아이의 경기는 침을 맞아
도 낫지 않았다. 어느 날 서청들이 그녀의 집에 쳐들어와
동생 양순태의 행방을 추궁하다가 마당에 있는 개를 총
으로 쏘아 죽이고는 잡아먹겠다고 갖고 갔는데, 벼락같
은 총소리와 개의 죽음에 몹시 놀란 그 아이는 그때부터
울음을 그치지 않는 증세를 보였다. 처음에는 소리 내어
서럽게 울더니 나중에는 눈물도 없이 낮은 소리로 응얼
거리듯이 계속 울었다. 높낮이 없이, 눈물도 없이 응얼거

리는 아이의 마른 울음소리는 집안 식구들뿐만 아니라 이웃 사람들에게도 뭔가 불길한 느낌을 주었다. 해녀 물질에 바쁜 어머니를 대신해 공순이 그 아이를 돌보았다.

부대림과 정두길은 각기 자기 집에서 칩거하고 있었다. 여전히 경찰의 감시를 받고 있어서 아무런 활동도 할 수 없었다.

미군정은 서청에 이어 도내 우익 청년 단체도 경찰 보조 인력으로 적극 활용하기 시작했다. 10월 말경에 미군 방첩대의 지휘 아래 몇개의 군소 우익단체를 합친 단일 조직체 대동청년단(대청)이 결성되었다. 그동안 여론에 밀려 좌익이 붙인 삐라를 떼고 그 위에 자기네 삐라를 덧붙이는 따위의 소극적인 활동밖에 할 수 없었던 그들이 아연 활기를 띠어 수배당한 청년들이 지하로 잠적하여 생긴 빈 공간을 차지하려 달려들었다. 서청과 마찬가지로 경찰을 도와 피의자 검거에 나서는 무서운 존재로 변신한 것이었다. 우익 학생 조직인 학생연맹(학련)의 활동도 활발해졌다. 그들은 세를 불리려고 시국 강연회, 삐라와 포스터 살포 활동을 맹렬히 벌여나갔다. 이제 법을 쥔 자는 우리다! 우리가 법이다! 우리 말이 법이다! 우리가 빨갱이라고 하면 빨갱이다!

그해 늦가을에는 조천면 부대오름 근처와 애월면 새
별오름 근처에서 청년 수십명이 모여 군사훈련을 하는
모습이 목격되었다. 인도차이나반도에 참전했던 학병
출신들이 훈련을 시킨다고 했다.

해가 바뀌어 1948년 무자년이 왔다.
창세는 이제 열여섯살이 되었다. 이팔청춘의 십육세,
아이에서 어른으로 탈바꿈하는 나이였고, 그래서 경찰
의 의심을 받게 되는 위험한 나이였다.

탄압 일변도의 공포 분위기 속에서 새해를 맞았는데,
벽두부터 다시 한번 검거 선풍이 휘몰아쳤다. 배신자 한
명에 의해 남로당 제주도당 조직이 누설되었다. 이름을
빼앗긴다는 것은 곧 죽음이나 다름없었는데, 그만 당원
명부를 빼앗기고 말았던 것이다. 미군 트럭 여러대가 동
원된 가운데 단시일 내에 수백명이 체포되었다. 1·22사
건이었다.

그렇게 공포에 짓눌린 가운데서도 단독선거 반대를

내건 2·7사건이 터졌다. 설마설마하던 남조선만의 단독선거 책동이 1월 중순이 되자 바로 눈앞의 현실로 나타났는데, 5월 10일 이전에 남쪽만의 선거를 치른다고 했다. 지난 삼년 동안 온 나라 백성이 갈구해온 통일국가의 꿈에 대한 공식적인 전면 부정이었다. 온 천지가 분노와 탄식의 목소리로 들끓었다. 남로당과 민전이 2월 7일을 기해 전국적 총파업을 일으키고 김구와 김규식 등 우익 세력이 이에 적극 호응함으로써 단독선거 반대의 함성이 전국 곳곳에서 동시다발로 터져나왔다. 공장 노동자, 부두 노동자 들이 파업을 단행했고, 전기 노동자는 송전을 중단했고, 철도 노동자는 철도 운행을 중지했고, 통신 노동자는 통신을 두절시켰다. 수많은 학생, 농민, 노동자 들이 가두시위에 나섰고 경찰지서들이 공격당했다.

2·7투쟁은 제주도에서도 치열하게 벌어졌다. 지난 한 달 동안 남로당 조직 누설로 인한 일제 검거에 쫓겨 숨기에 바빴던 청년들이 다시 용기를 내어 반격에 나섰다. 비록 빈주먹, 맨몸의 시위였지만 총격을 두려워하지 않는 집단적 분노의 함성이었다. 예기치 않은 반격에 놀란 경찰과 서청은 지서 안에 틀어박힌 채 나오지 않았다. 시위는 마을 단위로 벌어졌다. 대부분의 마을에서는 청년

들이 대열을 짜고 왓샤왓샤, 단독선거 반대 구호를 외치며 함성을 지르면서 마을 안을 도는 것으로 끝났지만 조천리, 저지리, 고산리에서는 시위대가 대담하게 경찰지서까지 몰려가 악랄한 고문 행위를 맹렬히 규탄했다. 그 와중에 경찰의 발포로 부상자들이 생겼고, 사계리에서는 도리어 두명의 경찰이 청년들에게 잡혀 심하게 구타당했다.

특히 조천리의 시위는 대단했다. 산에 피신해 있던 수배자들이 내려와 마을에 남아 있는 청년들을 규합하여 시위를 일으켰다. 조천중학원 학생들이 시위대의 대다수를 이루었는데, 백명 가까운 인원이었다. 집회는 비석거리에서 열렸다. 분노의 함성에 질린 경찰과 서청은 지서 안에 박혀 있었다. 시위 학생들 속에 있던 창세는 리베라 상회 앞에 다른 부녀동맹 여자들과 함께 서 있는 누나를 보았다. 영춘반점 앞에는 장영발, 문상옥, 정두길, 박털보, 고승우 등 여러 삼촌들이 나와 있었다.

집회는 민애청 행동대장 양순태와 조천중학원 학생자치회 회장 김용철이 주도했다. 그가 머리에 붕대를 감은 한 학생을 의자에 올려 소개했는데, 창세와 같은 반 학생이었다. 두 눈 바로 위까지 붕대를 감은 그 학생은 한쪽 눈이 일그러져 있었다. 김용철이 외쳤다. "이 학생의 얼굴을 보십쇼! 열일곱살 어린 학생을 이렇게 무참히 매질하다니, 이건 정말 있을 수 없는 일입니다!" 그 학생은 바로 전날 지서에 끌려가 고문당하고 나온 터였다. 이마의 흰 붕대에 붉게 번진 피와 일그러진 한쪽 눈을 보자 장내 분위기는 급격히 격앙되었다. 용철이 옆에서 부추겼지만 그 학생은 말을 힘차게 할 수 없었다. 갈비뼈 넉대가 부러진 탓이었다.

홍분한 시위대는 곧 경찰지서로 몰려갔다. 지서 앞 한길에 늘어선 시위대가 목이 터져라 구호를 외치고 욕설을 퍼부었다. 우렁찬 함성이 잇따라 지서의 돌담 울타리를 뛰어넘었다.

"단독선거 결사반대!"

"이승만은 물러가라!"

"삼팔따라지 개새끼들! 서청 강도를 타도하자!"

"느네들 목숨 며칠 안 남았다. 거들먹거리지 마라!"

"서청 놈들 잡아 죽여라!"

처음에 경찰은 정문을 걸어 잠근 채 얼굴도 비치지 않았고 일절 대응도 하지 않았다. 그러다 갑자기 왜애애애앵! 사이렌 소리가 벼락같이 터졌다. 귀청 떨어지게 높은 괴성이었다. 기습당한 줄 알고 깜짝 놀란 학생들이 학교 정문 안으로 우르르 후퇴했다. 그러나 총격은 없었고 사이렌만 계속 발악하며 울어댔다. 시위대는 다시 전열을 가다듬어 앞으로 나갔지만 사이렌 소리 때문에 더이상 함성을 지를 수 없었다. 사이렌이 함성을 지워버렸다. 그러자 이번에는 함성 대신 돌멩이들이 돌담을 넘어 날아가기 시작했다. 쨍그랑쨍그랑! 지서 유리창이 박살 났다. 마침내 총성이 터졌다. 세발의 총소리. 한 학생이 허벅지에 총상을 입고 쓰러졌다.

그 무렵부터 입산이 비장한 저항의 의미를 띠기 시작했다. 경찰의 수배를 받아 산으로 도피한 청년들은 이제 단순한 도피자가 아니라 전투적 입산자가 되어갔다.

조천리 입산 청년들과 마을을 연결하는 연락원(레포) 역할은 샛별소년대의 몫이었는데, 주로 창세와 갑송, 두 소년이 맡아서 했다. 선배들이 창세보고 "야, 뉴스삐빠, 넌 장거리선수니까 레포 노릇도 잘할 거야" 하고 말했다. 작은할아버지의 한시 심부름을 하던 창세가 이제 비밀문서 심부름꾼이 되었다. 누군가가 연북정 성벽이나 다른 정해진 곳의 돌틈에 숨겨놓은 밀서를 양대못까지 가져가고, 거기서 보내는 밀서를 받아오는 일을 했다. 레포 노릇을 할 때면 창세는 학생모를 벗고 보릿짚 패랭이를 쓰고 갈옷을 입고서 밭에 김매러 가거나 나무하러 가

는 것처럼 꾸몄다. 밀서는 돌돌 말아 푸른 나뭇잎으로 쌌
는데, 경찰이 보이면 풀밭에 던져두었다. 아무도 읽지 못
하게 밀봉되어 있었기 때문에 창세도 내용을 알 수 없었
다. 한번은 밀서를 몰래 연못가 큰 바위 밑에 놓아두려
갔더니 그 바위에 한 청년이 앉아서 창세를 기다리고 있
었다. 낯이 익었다. 전해에 농교 최종 학년인 5학년생으
로 창세들에게 비밀리에 교양을 가르쳤던 사람이었다.
교재 없이 달달 외워 강의하면서, 글을 남기면 위험하니
까 받아쓰지 말고 듣기만 하라던 바로 그 청년이었다. 조
직의 핏줄, 그 피를 돌게 해주는 것이 레포이니 자부심을
갖고 일하라고 그 청년이 말해주었다. "지금은 과도기
다. 시간은 우리 편이야. 곧 좋아질 거다."

과도기! 창세로선 처음 듣는 말이었지만 그 뜻을 짐작
할 수 있었다. 그것은 희망의 말이었다.

2·7투쟁에 대한 미군정의 탄압은 이전보다 더 혹독했
다. 폭력이 이때만큼 가혹한 적이 없었다. 온 국민의 반
대에도 불구하고, 잔인하게 무력을 써서라도 기어코 단
독정부 구상을 관철하고 말겠다는 것이 미군정의 의도
임이 분명했다. 그래서 더이상의 저항은 희생만 낳을 뿐
이라고 비관적으로 생각하는 사람들이 점점 많아졌다.

경찰이 서청, 대청과 학련을 앞세워 전면 타격을 가함에 따라 이전보다 훨씬 더 많은 사람이 쫓기는 신세가 되었다. 조천리에서는 중학원 학생들 대다수가 수배당했고 시위의 단순 참가자들까지 잡혀들어가 모진 매를 맞았다. 들로 산으로 피신하는 이들이 부쩍 늘었다. 이제 피검자 수가 천오백명에 달하여 네개의 경찰서와 스물네개 지서 유치장을 가득 채웠다. 빽빽이 들어찬 유치장은 사람 위에 사람이 앉아야 할 지경이었고, 등이 가려워도 긁을 수 없이 고약한 체취와 발 고린내가 진동하는 가운데 산소 부족으로 헐떡거려야 했다. 혹독한 고문으로 반죽음이 된 사람이 부지기수였다. 경찰은 그들 모두를 몽둥이로 개 패듯 팼다. 아프라고 때리는 것이 아니라 죽으라고 때리는 것이었다. 허리를 다치고, 팔이 부러지고, 머리가 터지고, 엉덩이 살이 문드러지고, 어깨뼈가 무너졌다. 형편없이 두드려 맞은 몸은 운신할 수 없어 지게나 리어카로 실려 나왔고, 읍내 네개 병원의 입원실은 고문 중상자들로 가득했다.

　혹독한 매질을 견디다 못해 조직에서 탈퇴하는 사례가 잇따랐다. 특히 미군정 권력이 집중되어 있는 읍내에서 이탈자가 많이 나왔다.

그리하여 오랫동안 뜨거운 열정으로 뭉쳐 있던 결속과 민음에 공포와 불신의 기류가 밀려들었다. 해방 후 이제까지 좌우 개념 없이 함께 생각하고 함께 행동해오던 그들이었는데, 이제 그 공동체에 균열이 생기기 시작했다. 이탈자가 속출했다. 이탈자 중에는 자신의 안전을 위해 전향의 길을 택하여 대청과 학련에 가입한 자들도 있었다. 그들은 도민에게 등을 돌린 배신자로 간주되었다. 그중에는 더러 서청에 못지않은 잔인성을 보이는 자들이 있어 "반동분자 ○○○를 죽여라" "배신자 □□□를 죽여라"라는 삐라가 마을에 나붙곤 했다.

이탈자 대부분은 전향하지는 않았지만 어떻게 처신해야 할지 몰라 정신적 혼란을 겪고 있었다. 사정없이 휘두르는 무지막지한 폭력, 그들은 그 폭력이 두려웠다. 그러나 이탈자가 된 이상 자신이 속했던 저항 집단도 두려웠다. 그래서 그 어느 쪽도 자신을 찾지 못하도록 꼭꼭 숨어 있었다.

그들은 집 안팎에다 은신처를 마련했다. 방구들 밑을 파거나 마룻장을 뜯어 마루 밑을 팠고, 외양간의 소똥 말똥이 덮인 바닥을 파서 은신할 구덩이를 만들었다. 마을 바깥의 자기 밭에 구덩이를 파고 은신처를 만든 사람들도 있었다.

강행필도 그러한 이탈자였다. 그는 자기네 보리밭에 은신처를 마련했다. 정확히 말해서 그 밭 한쪽 구석에 있는 부친의 무덤이 그의 은신처였다. 무덤 앞의 상석 밑을 파서 관에 닿지 않게 옆으로 길쭉하게 굴을 뚫고, 천장은 굵은 나무를 가로질러 받쳐놓았다. 무덤 속은 습기가 있고 흙냄새가 진동했지만, 공기가 통하게 벌려놓은 뗏장 틈으로 햇빛이 들어와서 그만하면 견딜 만했다. 무덤 속 두더지 생활이 고달프겠지만 한달쯤 참고 기다리면 이 사태가 어떻게든 마무리되리라고 행필은 생각했다.

때는 마침 보리밭에 김매는 철이어서 그의 모친과 아내 숙희가 그 밭에 자주 왔다. 보리가 한뼘쯤 자라 있었다. 행필은 머릿수건을 써 여자로 가장하고 어머니와 나란히 이랑을 타고 앉아 김을 맸고, 임신한 몸으로 쪼그려 앉아 김을 맬 수 없는 숙희는 무덤가에 앉아 손바느질로 아기 옷을 지으면서 토벌대가 오지 않나 망을 보았다. 무덤 속에서 잠자기가 무섭지 않느냐고 숙희가 묻자, 행필은 아버지 곁에서 자는데 뭐가 무섭냐고, 오히려 편안하다고 했다. 행필은 아내의 부른 배에 귀를 대고 아기의 힘찬 태동을 느껴보며 여간 즐거워하지 않았다, 아기의 발길질에 뺨을 맞고 어이쿠, 나가떨어지는 시늉까지 하면서.

하지만 이탈자가 많은 읍내를 제외하고 다른 지역의 저항은 여전히 완강했다.

어느 날 레포로서 양대못에 갔을 때, 창세는 한떼의 청년들이 연못 가까운 풀밭에 앉아 소리 높여 분통을 터뜨리는 장면을 목격했다.

"아아, 지긋지긋! 이런 생활, 언제까지 해사 하나."

"벌써 일년 열두달이여. 허구한 날 산과 들로 숨어댕겨야 하니, 이런 풍찬노숙, 이젠 참을 수 없어! 나가 내 집에서 못 자고, 먹을 것도 제대로 못 먹고……"

"육지에서는 인민들이 씩씩하게 일어나 죽창 들고, 장총 들고 지서를 습격해서 경찰을 응징하는데, 우린 뭣 하는 거여?"

"맞아! 저놈들은 총을 가졌는데 우리는 맨손에 맨몸, 그러니까 맨날 당하는 거주. 우리에게 총이 없으니까 저놈들이 일방적으로 우리 몸뚱이에 총알을 박고, 일방적으로 두들겨 패는 거여. 우리도 총을 가져사 해여. 그래야 저놈들이 무서워서 함부로 못 덤빌 거 아니라."

이야기 도중에 한 청년이 흥분한 나머지 근처 왕대밭에 가서 죽창을 깎아 나타나서는 모두들 죽창을 들자고, 조천 지서를 습격하자고 했다. "오늘 밤 당장 저 서청 놈들을 죽이러 가자!" 하지만 총 가진 자들을 죽창으로 어찌 맞서겠는가. 아무도 호응하지 않자 그 청년은 "에이, 씨팔!" 하고 씩씩대다가 찬물을 벌컥벌컥 들이켜고, 물 한바가지를 떠서 머리에 끼얹고는 그냥 주저앉고 마는 것이었다.

2·7투쟁 관계로 읍내 경찰서에 잡혀갔던 양순태가 모진 매를 맞고 나왔다. 터지고 문드러진 상처를 누나 양갑추가 독주 한병을 부어 소독하고 닭 피와 오줌을 먹여 맷독을 빼어 간신히 살려놓았다. 그가 두 주먹을 쥐고 부르르 떨면서 말했다. "두고 보라! 우리는 반드시 일어난다! 우리는 결사코 하고 말 것이다!"

조천중학원 교원 이덕구는 십이일 만에 석방되었는데, 혹독한 고문을 받아 한쪽 고막이 파열되고 어깨뼈가 골절되고 발가락들이 짓뭉개지는 중상을 입었다.

그러한 분위기 속에서 창세의 마음도 늘 불안했다. 마을 어른들은 청년들이 파국을 향해 달려갈까봐 크게 걱정하고 있었다. 큰 위험이 가까이 왔다고 전전긍긍했는데, 그 위험이 구체적으로 무엇인지 어린 창세로서는 알

수 없었다. "곪으면 터뜨려야 새살이 돋는 법. 지금은 곪을 대로 곪았어. 이제 터뜨려야 해!"라고 선배들은 말했다. 그들이 하는 일이 어쩐지 미심쩍고 불안감이 일었지만 그렇다고 다른 생각을 할 수도 없었다. 그래서 창세는 애써 불안감을 누르며 선배들을 믿기로 했다.

그 무렵 조천리 바구머리 동네 청년 김두민이 제대로 사고를 쳐 마을 사람들 간에 화제가 되었다.

남태평양의 사이판에 강제징집당했다가 전쟁이 끝난 지 일년이 지나서야 천신만고 끝에 고향에 돌아온 그는 농사만으로는 먹고살기 힘들어 대바구니 만들기를 부업으로 삼고 있었다. 칼로 잘게 쪼갠 대오리를 엮어 소쿠리, 아기 구덕(바구니) 등을 만드는 일이었다. 그는 시국에 무심해 민애청에서 아무리 불러도 나가지 않아 미움을 샀다. 시국에 무심했다기보다는 일부러 무심하려고 애썼던 것인데, 온당치 않은 것을 보면 흥분하기 잘하는 자신의 성미가 무슨 일을 저지를까 두려웠기 때문이다. 그는 얇은 알루미늄 냄비에 물 끓듯 금방 바르르하는 다혈질이었다. 그가 동네 친구 양순태에게 말했다. "좌익질이 뭣인지, 우익질이 뭣인지 난 몰라. 알고 싶지도 않고이. 나는 먹고사는 일이 바빠서 그런 거 생각할 겨를이 없다게. 나같이 흙 파먹고 사는 놈은 그저 해가 나면 밭에 가 엎어지고, 해 떨어지면 마누라 배 위에 엎어지고, 그것이 나가 할 수 있는 일이여, 하하. 다른 일은 못 해여." 이렇게 양순태를 실망시켰던 그가 어느 날 뜻밖의 일을 맞닥뜨렸다.

그날 저물녘에 김두민은 빌레못 근처 대밭에서 대나무를 한짐 베어 짊어지고 돌아오다가 강풍을 만났다. 조천 지서에서 그리 멀리 떨어지지 않은 일주도로였는데, 한길에 흙먼지를 일으키며 바람이 휘몰아쳤다. 바람은 계속 부는 것이 아니라 세게 불었다가 잠깐씩 멈추었다 하면서 단속적으로 불었다.

그는 대나뭇짐을 진 채 맞바람을 받아야 했다. 부피 큰 등짐이라 바람을 거슬러 걷기가 여간 힘들지 않았다. 좌우로 기우뚱 비틀거리면서 걸어가다가 그만 바람에 밀려 뒤로 자빠지고 말았다. 자빠진 김에 쉬어간다고, 잠시 바람이 잦아들기를 기다리기로 했다. 그래서 길바닥에 두 발을 뻗고 주저앉아 있는데, 한 젊은 여자가 뒤에서 불어오는 강풍에 치마폭을 펄펄 날리면서 걸어오는 것이 보였다. 마을에서 본 적이 있는 처녀였다. 그런데 무슨 일인지 그 뒤로 장총을 멘 조천 지서 소속 서청 한 놈이 급히 달려왔다. 혹시? 김두민은 문득 불안한 생각이

들어 방금 옆을 지나친 여자를 돌아다보았다. 바람에 밀려 걸어가는 무심한 뒷모습이 위험스럽게 보였다. 거센 바람에 치마가 몸에 붙어 잘록한 허리와 둥근 엉덩이 윤곽이 그대로 드러났던 것이다. 서청 놈이 노린 것은 바로 그것이었다. 뒤쫓던 그놈이 여자를 덮쳐 허리를 꽉 껴안고는 마구 몸을 비벼대는 것이 아닌가. 여자가 벗어나려고 비명을 지르면서 필사적으로 몸부림치자 그자는 메고 있던 총을 벗어 그녀의 가슴팍에 들이댔다.

"이보라, 에미나이! 내 말 안 들으면 이 총으루 칵 둑여버리갔어!"

총구 앞에서 여자가 새파랗게 질려 덜덜 떨었다.

그 순간 김두민은 부르르 치미는 분노에 머릿속이 하얗게 바랬다. 이쪽에 등을 보인 채 서 있는 서청과의 거리는 불과 예닐곱발짝이었다. 충동적으로 튀어나간 그의 몸이 와락 달려들어 뒤에서 그자의 목에 팔을 걸고 졸랐다. 상대가 목 비틀린 닭처럼 두 팔을 마구 휘저었다. 두민은 두려우면서도 더 세게 목을 졸랐다. 그자의 얼굴에 벌겋게 독이 오르고 눈알이 개구리눈처럼 불거졌다. 숨이 막혀 캑캑거리던 그자가 축 늘어지면서 장총을 땅바닥에 떨어뜨렸다. 두민이 얼른 조른 목을 풀고 총을 집어올렸다. 그자가 축 늘어져 땅바닥으로 쓰러졌다.

죽었나? 그 순간 가슴이 덜컥 내려앉았는데, 다행히 그자는 곧 숨이 돌아왔다. 쓰러진 채 꿈틀거리면서 가쁜 숨을 몰아쉬더니, 두민이 총을 들고 있는 것을 보자 화들짝 놀라 몸을 일으켜 무릎을 꿇었다.

"아이고, 내레 잘못, 잘못했수다. 제발 살려주시오!"

숨을 헐떡거리면서 애원하는 서청의 입에서 기름진 고기 냄새, 술 냄새가 역하게 풍겼다. 게다가 바지 앞섶이 열려 있는 것이 보였다. 술 때문인지 숨이 막혀 그런지 두 눈이 벌겋게 충혈되어 있었다. 역한 입 냄새에 두민은 헛구역질이 일어나는 것을 간신히 참았다. 잠시 멈췄던 바람이 불어와 그 더러운 얼굴에 흙먼지를 끼얹었다. 두민은 그제야 자기가 큰일을 저질러버린 것을, 이제부터는 어쩔 수 없이 쫓기는 신세가 되고 말았다는 것을 깨달았다.

여자는 얼빠진 표정으로 얼어붙은 듯 그 자리에 서 있었다. 두민은 너무 긴장한 탓에 목이 꽉 잠겨서 말이 나오지 않았다. 말 대신에 손짓으로 여자에게 어서 가라고 했다. 여자가 고맙다고 연신 머리를 꾸벅거리고는 허겁지겁 한길을 달려갔다, 바람에 치마폭을 펄펄 날리면서.

충동적으로 일을 저질러버린 두민은 이제 어떻게 해야 할지 몰랐다. 두 손에 움켜쥔 총을 내려다보았다. 일본군이 사용하던 99식 장총이었다. 총을 빼앗았지만, 그 총으로 무엇을 할 수 있단 말인가. 총을 쏜다면 죽음을 자초하는 어리석은 행위가 되고 말 것이다. 살려달라고 애걸하는 그 악취 풍기는 주둥이를 개머리판으로 쳐버리고 싶은 마음이 굴뚝같았지만, 그것도 후환이 두려워 참아야 했다. 그러니까 지금 당장 해야 할 일은 다른 놈들이 나타나기 전에 재빨리 도망치는 것뿐이었다. 그럼에도 서청 한 놈이 그의 발밑에 무릎을 꿇고 있는 바에야 도망치기 전에 한마디 갈겨주지 않을 수 없었다.

"야, 이 새끼, 너 어디서 그렇게 술을 처먹었어?"

"천일식당……"

"이 새끼, 참말로 안 되겠네! 우리한테서 약탈한 돈으로 술이나 처먹고 말이지."

두민이 총 손잡이를 잡고 노리쇠를 철커덕 능숙하게 당겼다 밀었다. 그러자 화들짝 놀란 서청이 머리를 두 손으로 감싸고 몸을 웅크리면서 울부짖었다.

"아이고, 제발, 제발 살려주시오, 제발!"

두민이 너털웃음을 터뜨렸다.

"하하하! 죽이진 않을 테니 걱정 마라. 이 총이 참말로 지긋지긋해여! 사이판 전투에서 싸울 적에 나가 이 총을 갖고 싸웠단 말이다. 아휴, 지긋지긋한 99식 총! 그런디 뭐여, 왜놈들이 쓰던 총을 왜 느네들이 사용하는 거여? 왜, 왜놈들을 대신해서 이젠 느네들이 우리를 죽이겠다고? 이 총으로 우릴 쏘아 죽이겠다고? 에이, 이따우 사람 잡는 물건, 필요 없다! 이런 작대기는 필요 없어!"

두민이 노리쇠를 당겨 총알을 빼낸 다음 총을 밭담 돌에 서너번 힘껏 내리쳐 방아쇠를 망가뜨리고는 담 너머 보리밭 안으로 휙 던져버렸다. 그러고는 대나뭇짐을 버린 채 산 쪽으로 급히 달아났는데, 그날 이후 김두민은 그 많은 입산자들 중 한 사람이 되었다.

안만옥과 현옥미 등 몇몇 여맹원은 지서 경찰의 동태를 살펴 산에 알리는 역할을 하고 있었다. 창세네 샛별소년대가 주로 그런 활동을 했지만 여맹도 못지않게 적극적이었다. 그들은 서청에게 기습당할까봐 얼굴에 재를 묻히고 치마를 서너벌씩 껴입어 몸을 부풀렸다. 여자는 치마를 입기 때문에 임신부나 아기 어멍 등으로 위장이 가능했고, 치마 속에 뭔가를 감출 수도 있었다. 그들은 평상시에 흰 저고리에 검정 치마를 입었는데, 흰 저고리의 안감을 특별히 검정색 천으로 하여 야간에는 눈에 띄지 않도록 뒤집어 입었다.

여맹원들은 낮에는 밭에서 김을 매면서 경찰의 동태

를 살폈고, 밤에도 저고리를 뒤집어 입고 적극적으로 활동했다. 대담하게 지서 뒤의 돌담에 달라붙어 담 구멍에 귀를 바싹 대고 안에서 들려오는 소리를 염탐하기도 했다. 현옥미는 저녁마다 지서 경찰과 면서기의 단골인 천일식당에 가서 심부름을 하는 체하면서 그들이 하는 말을 엿들었다. 때에 따라서는 남자들을 대신해 쌀과 부식품을 산으로 나르는 보급반 역할도 했다. 만옥은 밤중에 옥미와 함께 간장을 담은 허벅을 번갈아 등에 지고 운반한 적도 있었다. 어둡고 고요한 밤길, 잔뜩 긴장한 채 가다가 오르막길을 오를 때 들리는 찰랑찰랑 간장 흔들리는 소리가 얼마나 무섭던지!

그렇게 지하활동을 하면서 한편으로 여맹원들은 서청후원회의 과중한 요구에 시달렸다. 식수 운반, 세끼니 부식 마련, 김치 담그기, 서청 군복 빨래하기, 풀 먹여 다리기, 옷 수선 등의 일을 해야 했다. 적을 뒷바라지해야 하는 처지를 다들 너무도 기막히고 억울해했다. 산야 출입이 위험스러운 탓에 땔나무가 귀하여 한번은 보릿짚으로 갈치를 구워 올렸는데, 검은 재가 조금 붙은 것을 두고 독약을 발랐다고 의심하여 서청이 밥상을 걷어찬 일도 있었다. 안만옥 등 여맹원들이 울분을 푸는 방법이라곤 오직 서청 군복을 빨 때 "죽어라! 죽어라!" 하면서 방망이로 모질게 두드려 패는 것뿐이었다. "야, 만옥아, 그만 때리라. 그러다간 옷 터진다!" 하여 웃음이 터지기도 했다.

교원 이덕구는 고문에 상한 몸이 어느 정도 회복되자 주위에 잠시 서울에 다녀온다고 말하고는 종적을 감추어버렸다.

부대림은 자신의 폐병을 돌보기 위해 와흘리 위 새미 오름 근처에 있는 오소리 사냥꾼의 집에 올라가 있었다. 폐병에는 양질의 지방이 많은 오소리 고기가 특효라고 했다.

6부

3월 6일, 조천중학원 자치회 회장 김용철이 조천 지서에 잡혀간 지 이틀 만에 돌연사했다. 마을 청년들과 학생들 수십명이 나서서 샅샅이 수색했는데, 시신은 마을 밖 냇가 덤불 속에 버려져 있었다. 얼굴이 피투성이였고 혀가 입 밖으로 빠져나와 있었다. 구타로 인한 뇌출혈임이 밝혀졌다. 천장에 거꾸로 매달아놓고 사쿠라 몽둥이로 때렸다고 지서에서 심부름하는 급사 아이가 증언했다.

　학우의 등에 업혀 집으로 돌아온 김용철은 마당 한가운데 깔린 멍석 위에 눕혀졌다. 넓은 마당은 뒤따라온 사람들로 가득했다. 아들의 시신을 보자마자 어머니는 날카롭게 비명을 지르며 달려들었다. 단 한번의 비명이었다. 그러고는 입이 굳어버린 듯 더이상 비명도 울음도 내지 않았다. 아들의 시신을 안고 퍼들퍼들 미친 듯이 나뒹굴었다. 사람들 모두가 숨을 죽이고 이 광경을 바라보았다. 마당 가득 숨죽인 침묵이 "스무살 김용철이 맞아 죽었다!"라고 외치는 것 같았다. 그 어머니가 아들의 몸을 당겨 안고 심장의 고동 소리를 들으려는 듯이 가슴팍에다 몇번 귀를 대보더니, 검정색 교복 상의의 단추를 풀기 시작했다. 터진 머리에서 흘러내린 피가 한쪽 뺨과 목을 거쳐 가슴으로 흘러들었는데, 단추를 풀어 상의를 열어젖히자 붉은 피가 넓게 번진 흰 러닝셔츠가 드러났다. 가슴으로 흘러내린 다량의 피가 허리띠 근처에 더께로 굳어 있었다. 닫혔던 어머니의 입에서 통곡이 터져나왔다. "이 피! 피! 내 새끼야, 이건 내 피다!" 처절한 울부짖음이었다. 비녀를 뽑아 머리를 풀어헤친 그녀는 아들의 시체를 일으켜 앉히고 뒤에서 껴안은 채 몸부림쳤다. "이건 내 피다! 이건 내 피야!" 아들을 자기 몸속으로 빨아들이려는 듯이 꽉 안고 무섭게 울부짖었다. "용철아, 용철아, 아이고, 내 새끼야!" 고통의 울음소리가 사람들의 가슴속을 후볐다. 마당 안이 일시에 울음바다가 되었다. 모두들 아이고아이고 곡을 하며 울부짖었다. 창세도 같이 울었다. 온몸이 부들부들 떨렸다. 창세는 그의 죽음이 믿기지 않았다. 마을에서도, 학교에서도 가장 촉망받던 그였다. 공부도 일등, 달음박질도, 공 차는 것도, 연설도 일등이던 잘난 선배가 죽임을 당하다니 믿을 수가 없었다. 그 어머니의 통곡은 어느새 목이 쉬어 꺽꺽 소리로 변해 있었다.

추모 집회 장소는 조천소학교였다. 조천중학원은 바로 지서 앞이어서 소학교를 택했던 것이다. 중학원생들이 마을 길을 내달으며 외쳤다. "큰일 났소! 큰일 났수다! 김용철이 죽었수다! 조천중학원생 김용철이 죽었수다! 서청 놈들이 죽였수다!" "모두들 소학교 운동장으로 나옵서!"

촉망받던 청년의 죽음은 조천리 전체에 큰 충격을 주었다. 마을의 모든 집, 모든 사람은 마을 공동체를 구성하는 같은 핏줄의 세포들이었다. 이제 그 세포들이 일제히 터져버릴 듯 팽팽히 긴장했다. 부음은 조천리뿐만 아니라 인근 마을에도 전해졌다. 창세와 샛별소년대는 마라톤으로 신흥, 함덕, 북촌에 달려갔고, 만옥은 말을 타고 중산간의 와흘과 대흘 두 마을에 달려가 전했다.

저녁때가 되자 마을 사람들이 학교 운동장에 가득 모여들었다. 보름간 조직에서 이탈해 있던 강행필도 두 주먹을 불끈 쥐고 소리치며 나타났다. 장대에 매단 수십개의 만장이 바람에 펄럭거렸다. 흰 무명천이나 창호지에 붓으로 쓴 만장들이었다. 창세와 갑송도 만장을 들었다.

뒤늦게 다른 마을들에서 청년들이 말을 타고, 자전거를 타고 왔다. 길목마다 몽둥이를 든 청년들이 지켰고, 경찰은 멀찍이 떨어진 곳에 숨어서 관망하고 있을 터였다.

많은 사람이 둘러서서 지켜보는 가운데 송판을 대패질하여 관을 만들었다. 송진내 물씬 풍기는 관 속에 시신을 눕히고, 솜으로 얼굴과 목을 덮어 쌌다, 부드럽게, 따뜻하게. 관 뚜껑을 덮고 그 위에 동백꽃을 얹었다.

집회의 중심은 가슴에 제비 꼬리 모양의 검은 리본을 단 조천중학원생들이었다. 다른 때와 달리 어른들도 많이 모여들었다. 마을의 촉망받던 어린 청년이 경찰에게 살해당하다니 큰 충격이었고, 자기 자식도 그런 끔찍한 일을 당하지 않을까 두려웠다.

공중을 날던 까마귀들이 멀구슬나무에 내려와 앉았는데, 밀려오는 어둠에 섞여 곧 보이지 않게 되었다. 어둠 속에서 대여섯개의 횃불이 붉게 타올랐다. 시신을 안치한 관은 조회대 앞에 놓였다. 경찰에 쫓기는 입산 청년들이 군중 속에 나타났다. 창세는 양순태, 김용현, 양성규, 김정생, 김영환 등을 알아보았다. 양순태를 제외한 모두가 조천중학원 학생들이었다. 입산 청년들이 나타나자 기다렸다는 듯이 군중이 참고 있던 울음을 터뜨렸다. 밤하늘을 크게 울리는 비탄의 곡소리였다. 창세와 갑송도

목 놓아 곡을 했다. "아이고아이고, 아이고아이고, 아이고아이고⋯⋯"

입산 청년들이 한 사람씩 조회대에 올라 외쳤다. 혼신의 힘으로 절규하는 그들의 입에서는 말이 아니라 심장이 토해져나오는 것 같았다.

"우리가 사랑하는 김용철 군이 죽었습니다! 매 맞아 죽었습니다! 저 경찰 놈들, 서청 놈들이 죽였습니다! 아아, 우리의 희망 김용철 군이 이렇게 비참하게 죽다니, 이럴 수가 있습니까! 아아, 애통하고 절통합니다!"

"우리는 사랑합니다! 김용철 군을 사랑합니다! 우리는 미워합니다! 저놈들을 미워합니다! 김용철 군을 죽인 저 집단을 증오합니다!"

그들의 격정적인 발언을 들으면서 청중은 연설하던 김용철의 모습, 그 대담한 눈빛과 유창한 언변을 떠올렸다. 나중에 반드시 훌륭한 사회 지도자가 될 것이라고 믿었는데, 그렇게 예비되어 있다고 생각했는데, 그런 그가 경찰에 살해당하고 말았다! 그들의 대표자, 그들의 미래, 그들의 희망이 살해당했다!

군중은 격정의 회오리에 휘말렸다. 어두운 운동장은 곡소리와 울부짖는 절규로 가득했다. 심장에 불이 붙은 듯했고, 온몸에 소름이 돋고 머리칼이 곤두서면서 격정이 무섭게 끓어올랐다. 사람들은 무어라도 와장창 때려 부숴야 직성이 풀릴 것 같은 심정이 되어 모자를 벗어 땅바닥에 내동댕이치고, 주먹으로 자기 가슴을 치고, 머리를 때리고, 머리칼을 쥐어뜯었다. 김용철이 당한 고문을 자기가 당하고 있는 듯이 고통스러워하며 마른 땅에 새우 뛰듯이 풀쩍풀쩍 뛰는 사람도 있었다. 아이고아이고, 아이고아이고…… 창세도 다른 사람들처럼 곡을 하면서 눈물을 펑펑 쏟았다.

그때 쿵쿵 북소리가 울리고, 누군가 조회대에 뛰어올랐다. 북소리에 장내가 곡성을 멈추고 조용해졌다. 횃불 불빛에 흐릿하게 드러난 그 얼굴은 김용철의 절친한 벗 김영환이었다. 그가 외쳤다.

"자, 여러분, 이젠 울음을 멈춥시다! 언제까지 우리가 울기만 할 겁니까? 언제까지 우리가 매 맞기만 할 겁니까? 저놈들은 용철이처럼 우리도 매를 때려 죽일 거우다. 저놈들한테 매 맞아 죽을 수는 없는 거 아닙니까? 앉은 채 매 맞아 죽을 순 없지 않습니까? 우리 일어납시다. 일어나서 싸웁시다. 싸웁시다! 복수합시다! 여러분, 저 악독한 서청 강도들을 이 땅에서 몰아냅시다! 여기는 우리 땅입니다. 그런데 우리의 이 땅을 저 침략자들이 짓밟고 있습니다. 저 육지 놈들이, 저 육지 경찰 놈들이, 저 서청 놈들이 이 땅을 짓밟고 있습니다. 침략자들을 물리칩시다!"

그 말에 사람들이 우렁찬 목소리로 "옳소! 옳소!" 하며 화답했다. 흥분한 군중 속에서 주먹 쥔 팔들이 불쑥불쑥 솟구쳤다.

"싸우자! 싸우자! 싸우자!"

"침략자 서청을 타도하자!"

"복수하자! 복수하자! 복수하자!"

"미국 놈들 몰아내자!"

"원수 놈의 살인쟁이들 때려죽여라!"

창세 바로 앞에 서 있던 공순도 폴짝폴짝 뛰면서 "복수하자! 복수하자! 복수하자!" 하고 외쳤다. 군중 전체가 파도처럼 크게 요동치면서 함성을 터뜨렸다. 가슴이 빠개지도록, 허파가 파열되도록 터져나온 함성이었다. 창세는 자신의 몸속 혈관을 세차게 내달리는 피의 소리가 귀에 들리는 듯했다. 민애청 행동대장 양순태가 조회대에 올라 주먹을 휘두르며 격정적으로 외쳤다.

"이제 눈물을 거둡시다. 김용철이 우리에게 눈물을 거두라고 말하고 있습니다. 철석같이 단결하여 앞으로 전진하라고 말하고 있습니다. 모두 뭉칩시다. 단결합시다. 단결만이 살길입니다. 저 한라산을 앞세우고 우리 전진합시다! 전진, 전진! 폭풍이여, 오라! 먹구름이여, 오라! 단두대여, 오라! 얼마든지 맞서 싸워주마!"

공순이 폴짝폴짝 뛰면서 외쳤다. "양순태! 양순태! 잘한다, 양순태!"

어둠 속에서 횃불들이 펄럭거렸다. 어둠과 피가 뒤섞인 검붉은 횃불, 불의 붉은 혓바닥들이 펄럭거리면서 어둠을 핥았다. 불빛에 번들거리는 눈망울들, 어둠 속에서 희뜩거리는 여자들의 머릿수건과 흰 만장들…… 장내는 마치 귀기에 사로잡힌 듯했다. 누군가 일제 때 부르던 추도가를 불렀다. "산에 나는 까마귀야 시체 보고 우지 마라 몸은 비록 죽었으나 독립 정신 살아 있다."

쿵쿵쿵, 북소리가 크게 울렸다. 가슴마다 북소리가 진동하여 근육이 꿈틀거렸다. 북소리에 맞춰 쿵쾅거리는 심장의 박동을 느끼면서, 사람들이 발을 구르며 왓샤를 외치기 시작했다. 왓샤! 왓샤! 왓샤! 조회대 위에서 김영환이 다시 외쳤다. "지축을 울려라! 우리의 행진을 저들은 두려워한다!"

김용철이 살해되고 일주일 뒤, 모슬포 지서에서 대정면 영락리 청년 양은하가 경찰의 고문으로 목숨을 잃었다.

김용철의 모친은 아들의 피 묻은 러닝셔츠를 햇볕에 말려 단지에 넣고 앞마당의 감나무 밑에 파묻었다.

양갑추네 네살 난 아기는 웅얼거리는 낮은 울음을 여전히 그치지 않았다.

김용철의 죽음은 혹독한 탄압 속에서도 희망을 잃지 않았던 마을 청년들에게 완전한 좌절을 의미했다. 그들은 밤잠을 이룰 수 없었다. 두려움에 가슴이 짓눌려 잠을 이룰 수 없었고, 참을 수 없는 분노에 잠을 이룰 수 없었다. 정의로운 국가를 갈망하여 지난 삼년간 열정적으로 뛰어온 그들이 아닌가! 나와 세계가 하나였던 열광의 시간, 이제 그 세계가 무너지고 말았다. 희망이 살해당했다는 크나큰 좌절감이 억제할 수 없는 분노를 몰고 왔다. 그것은 자기파괴의 불씨가 되었다. 그 분노가 그들을 떠밀었다. 한번 마음먹으면 돌이키기 어려운 고집 세고 완강한 기질, 참다 참다 못 참게 되면 눈이 뒤집혀 물불 가리지 않는, 먼 조상으로부터 유전된 기질에 불이 붙고 만 것이다. 지난 일년간 죄 없이 모진 탄압을 당하면서 쌓여온 분노, 서청과 경찰에 대한 분노가 미친 듯이 끓어올랐다. 이제는 더이상 참을 수 없다고 청년들은 생각했다. 청년들뿐만 아니라 어른들도 크게 동요했다. 이러다간 우리 자식들이 모두 맞아 죽게 생겼다고 그들은 생각했다.

마을마다 청년들이 인민자위대를 조직했다.

분노의 기운이 팽배해짐에 따라 불안감도 높아졌다. 항쟁 조직 내에서 나이 많은 축은 과격해진 후배들을 보며 몹시 조마조마했다. 해방 전부터 지하 생활과 감옥살이를 겪으면서 투사로 일관해온 선배들이 뒤로 밀려나고 이십대와 삼십대 초반의 혈기 방장한 신진파가 활동의 주역이 되었다. 이제 후배들은 선배의 말을 들으려고 하지 않았다. 오직 자신의 몸에 뛰노는 뜨거운 피의 박동 소리밖에 듣지 못했다. "전기 고문을 견디려면 무조건 혀를 깨물어. 피를 내면 덜 아프거든. 얻어맞아 내려앉은 어깨뼈에는 돼지비계가 좋지" 같은 조언 외에는 선배의 경험으로부터 배울 게 없다고 생각했다.

대부분이 조천중학원생인 조천리 자위대 청년들은 그들의 선배인 장영발, 이민하, 문상옥, 박털보 들에게 노골적으로 반발했다. 강경파의 입김이 세면 무쇠도 녹인다고 했던가.

"선배님들 시대는 갔수다. 이게 무슨 항쟁입니까? 말로만 싸우는 것이 항쟁입니까? 수수방관 팔짱 끼고서 적이 저절로 거꾸러지기를 바라는 것이 항쟁입니까? 우릴 가르치젠 하지 맙서! 선배님들 시대는 갔수다. 이미 끝 났수다!"

"하지만 무력은 안 되여! 구닥다리 장총 몇자루 갖고 저 강적 미국과 싸우겠댄 하는 거라? 그건 너무 나가는 거여. 큰일 날 소리여. 총을 들면 일이 돌이킬 수 없게 커 져부러. 더 큰 불행이 닥친다는 걸 왜 모르나?"

"이 기회에 우리 제주도가 무장봉기함으로써 혁명의 불쏘시개가 되어사 합니다. 남북분단을 막기 위해서! 새 로운 독립투쟁, 혁명을 위하여! 우리 제주도에서 혁명을 시작해서 한반도에 상륙해사 합니다!"

"어림없는 소리! 혁명에는 때가 있고 모인 힘이 있어 사 해여. 그게 소소한 일이 아닌데, 이 작은 제주에서 일 으키겠다는 건 가당찮아! 무너지는 하늘을 작대기 하나 로 받치겠다니, 도대체 느네들 제정신이냐? 무기도 없이 맨손, 맨주먹으로?"

"제발 참아라! 이번만은 정말로 참아사 한다. 참을 수 없는 걸 참는 것도 용기여. 이길 수 없는 싸움은 피해사 하는 거 아니냐!"

"예예, 이건 이길 수 없는 싸움이 맞수다. 하지만 우린 싸워사 합니다. 항일 의병들이 벌인 싸움을 생각해봅서.

이길 수 있다고 해서 싸운 건 아니지 않우꽈? 강도 일본에 나라를 빼앗겼는데 순순히 복종할 수가 있수과? 우리도 마찬가지우다. 우리도 의병을 일으켜사 합니다."

"의병이라……"

"필패필망(必敗必亡)일지라도 싸워사 합니다. 나라가 두조각이 날 판인데, 이길 수 없는 싸움이라고 순순히 복종할 수는 없는 거우다. 역사를 위해서, 훗날 우리의 후손에게 부끄럽지 않은 조상이 되기 위해서라도 분단 반대의 항쟁 모습을 보여주어사 합니다. 지는 싸움이라도 싸워사 해여마씸. 우리도 의병을 일으켜사 합니다!"

"옳은 말이긴 하지만…… 아아아, 괴롭구나! 하지만 지금은 때가 아니다. 제발 가망 없는 싸움에 목숨 바치지 마라. 지는 싸움은 해서는 안 되여. 종국에 이기기 위해서는 우선 살아 있는 것이 중요해여. 죽는 것은 쉬워, 용감하게 사는 게 어렵주. 좀 기다려보자. 강적과 싸우기 위해서는 서두르지 말고 준비를 착실히 해서 싸워야 하는 거라. 이길 수 없으면 굴복하는 척하고 나중을 도모해야 하는 거여."

"굴복하는 척하라고? 준비하고 나서 싸우라고마씸? 당장 저놈들이 우리를 막 죽이고 있는 판에, 그냥 앉은 채 당하란 말이우꽈? 김용철, 양은하처럼 그냥 앉은 채 얻어맞앙 죽으란 말이우꽈? 작년 3·1사건 이후 지금까지 도민 열다섯명이 저놈들한테 총 맞안 죽고, 매 맞안 죽지 않았수과? 가만있으면 우리도 맞아 죽을 거우다."

"아아아, 총을 들면 느네들 다 죽어! 그건 자살행위일 뿐이여. 지금은 때가 아니여. 참아라, 제발 참아!"

"자살행위, 맞수다. 우린 살고 싶지 않아마씀. 분단된 나라를 내 나라 삼아 살고 싶지 않아마씀! 그런 더러운 나라에 사느니 차라리 죽는 게 낫수다. 죽어도 총 들고 싸우다 죽을 거우다!"

"우리는 저 악당, 저 원수들과 싸우다가 죽을 거우다! 이 현실에 굴복하느니 차라리 꿈을 안고 죽고 싶수다! 통일 조국의 꿈을 안고 죽고 싶어마씀. 싸우다가 죽어버리자, 이거우다. 우린 결사적으로 하고 말 거우다!"

"에이, 빌어먹을! 의병이니 혁명이니 그따위 거창한 거 우린 필요없수다. 우리가 싸우고 싶어 싸우자는 거 아니우다. 앉아서 죽기 싫으니 서서 싸우자는 거우다."

"내 동족이, 내 친구가 억울하게 살해당했는데 원수를 갚지 않으면 그건 사람이 아니우다. 복수를 해사 합니다!"

"지금 백명도 넘는 동지들이 경찰서와 각 지서에 갇혀 고문받고 있수다. 지서를 습격해서 그들을 구출해내사 합니다.”

“우린 마침내 일어날 거우다! 천둥소리가 온 천지에 울려퍼질 거우다! 우릴 말리지 맙서.”

“죽음을 죽음으로! 죽음을 죽음으로 갚아내자!”

“복수! 복수! 복수! 싸우자! 싸우자! 싸우자!”

“제발, 제발 정신 좀 차려라! 총 들면 큰일 난다! 느네들이 일어나면 민중은 견뎌낼 재간이 없어. 느네들만 죽는 게 아니여. 왜 그걸 모르나, 더 많은 사람들이 죽는다는 걸? 아아아……”

모슬포와 한림항 앞바다에 던져버린 일본군의 장총 수십자루와 약간의 탄약통을 해녀들이 건져냈다. 일본군이 태워서 땅에 파묻은 개머리판 없는 총들도 더러 찾아냈다.

3월 말에는 서청 경찰대에 붙잡힌 한림면 금능리 청년 박행구가 곤봉과 돌에 찍혀 초주검 상태에서 끌려가다가 총살당한 사건이 발생했다. 청년들의 분노는 바람 탄 불길처럼 걷잡을 수 없이 커졌다. 이제 청년들 사이에서 입산은 지상명령처럼 떠올랐다.

행필이 마침내 자기 집 왕대숲에서 죽창을 깎았다. 다른 청년 두명과 함께 죽창을 깎았다. 솔개가 낮게 날면 암탉이 병아리들을 데리고 오르르 숨어들곤 하는 대숲이었다. 솔개에 쫓긴 병아리들처럼 경찰에 쫓겨 대숲에 숨던 행필이 이제 거기에서 죽창을 깎았다.

봄바람이 부드럽게 불어오는 짙푸른 대숲, 무수한 댓잎들이 눈부시게 햇빛을 튕기며 초록 물고기떼처럼 파닥거렸다. 결의에 찬 눈빛의 그들은 대숲에 들어가 적당한 왕대를 골랐다. 톱날에 베인 왕대가 쓰러지면서 스친 댓잎들이 우수수 소리를 냈다. 이제 막 땅거죽을 뚫고 솟아나기 시작한 죽순들이 발에 차였다. 지난 삼년간 왕대밭의 죽순처럼 왕성한 생명력으로 빠르게 성장해온 그들이었다. 그 성장의 열정이 무자비하게 짓밟힌 지금, 그들은 왕대를 베어 죽창을 깎았다. 낫자루를 꽉 쥔 손의 뼈마디가 하얗게 두드러졌다. 왕대 끝을 낫으로 깎아 말의 귀처럼 뾰족하게 날을 세웠다. 그 뾰족한 창끝에서 싱싱한 풋내가 짙게 풍겼다. 창끝을 숯불에 굽고 콩기름에 담갔다.

4월 3일, 마침내 봉화가 올랐다. 횃불들이 모여 봉화가 되었다. 성난 민중은 각자가 하나의 횃불이었고, 그 횃불들이 모여들어 거대한 봉화를 이루었다. 켜켜이 쌓인 분노가 마침내 몸 밖으로 터져나온 것이었다. 더이상 참을 수 없는 울분과 원한이 민중을 높은 파도로 철썩 일으켜 세웠다.

이제 투쟁이 개시되었다! 전인민, 전도민은 총궐기하라!
원한 맺힌 제주도민이여, 일어나라, 봉기하라! 광포한 적에 맞서 일어나라!

입산 청년들이 봉기를 주도했다. 물론 그들 역시 죽음이 두려웠다. 그러나 울분과 원한의 크기가 그 두려움을 압도했다. 싸울 만한 변변한 무기도 없이 총기라곤 바다에서 건져올린 99식 장총 서른자루 정도뿐, 나머지는 죽창이었다. 가장 대담하고 가장 원한이 많은 자들, 혹독한 고문을 당해 복수심에 불타는 자들만이 그 총을 가질 자격이 있었다. 그들은 이길 수 없는 싸움이라는 것을 알면서도 아우성치면서 일어섰다. 정복당한 공동체, 무자비한 학살과 고문, 치욕, 박탈이 자살행위나 다름없는 절망적 항쟁을 낳았다. 상대가 도저히 이길 수 없는 강적이기 때문에 오히려 강하게 부딪쳐 처절하게 깨지고 싶었다.

스스로를 '인민자위대'라고 칭한 그들은 전도를 통틀어 그 수가 이삼백명에 불과했다. 사람들은 그들을 산부대, 산군, 혹은 산사람이라고 불렀다.

봉기를 반대하던 온건파도 일단 일이 터지자 자연히 그 높은 파도에 휩쓸려들었다. 온건파였던 이민하와 문상옥도 조천면 면조직의 간부로서 활동을 시작했다.

4월 3일, 칠흑같이 어두운 그믐밤 자정이 넘은 시간, 어둠을 태우면서 이 오름 저 오름, 이 동산 저 동산에서 펄떡펄떡 봉화가 솟아올랐다. 봉횟불을 신호로 각 지역의 산부대가 일제히 경찰지서들을 습격했다. 곳곳의 전신주와 전화선이 이미 절단되어 통신이 마비된 상태였다

만세동산, 서우봉, 원당봉, 기시네오름에도 봉화가 올랐다. 대장 양순태가 열댓명의 산군을 이끌고 조천 지서를 향했다. 강행필도 죽창을 들고 참여했다. 총을 가진 자는 단 두명뿐, 나머지는 모두 죽창이었다. "출정이다, 출정! 죽음을 각오하고 출정하자!" 대장이 다그쳤다. 하지만 목숨을 걸기는 아무래도 두려운 것, 주정을 물에 타 마신 자들도 있어 "술 먹고 무슨 일을 하나? 맨정신으로 해사주!"라며 대장의 꾸중을 듣거나, 지서가 가까워

지자 오줌을 눈다는 핑계로 뒤로 처지는 자도 있었다. 그런대로 습격을 실행해 99식 장총의 총구가 불을 뿜었고, 화염병이 날아가고 죽창 부대는 뒤에서 와와 아우성치면서 지서를 향해 돌을 던졌다. 그러나 그들은 싸움이 무엇인지, 어떻게 싸워야 하는지 몰랐다. 경찰이 어둠 속에서 총을 난사하면서 대응하자 그들은 겁을 집어먹고 맥없이 후퇴하고 말았다. 쌍방 간에 어느 쪽도 피해가 없는 싱거운 싸움이었다.

이튿날 아침, 창세는 조천리 비석거리에 나붙은 격문을 보았다. 그 격문을 보기 위해 사람들이 모여들었을 때, 글을 모르는 이들을 위해 창세의 친구 갑송이 큰 소리로 읽어내렸다.

시민 동포들이여! 경애하는 부모 형제들이여! 4·3 오늘은 당신님의 아들딸 동생이 무기를 들고 일어섰습니다.

매국 단선(單選)·단정(單政)을 결사적으로 반대하고 조국의 통일 독립과 완전한 민족해방을 위하여!

당신들의 고난과 불행을 강요하는 미제 식인종과 주구들의 학살 만행을 제거하기 위하여!

오늘 당신님들의 뼈에 사무친 원한을 풀기 위하여!

우리들은 무기를 들고 궐기하였습니다.

당신님들은 종국의 승리를 위하여 싸우는 우리들을 보위하고 우리와 함께 조국과 인민의 부르는 길에 궐기하여야 하겠습니다.

그날 밤 조천리 산부대는 전날의 실패를 만회하기 위해 다시 한번 지서 습격을 감행했으나 그것 역시 실패로 끝나고 말았다. 교전 중 산군 한명이 사망하고 경찰 쪽은 부상 두명의 피해를 입었다.

4월 3일에 산부대가 공격한 곳은 스물네개 경찰지서 가운데 고문이 심했던 열두개 지서, 그리고 경찰 후원회 간부, 대청 간부 들의 집이었다. 사망자는 민간인 여덟 명, 경찰 네명, 산군 두명이었다.

거칠 것 없이 마음대로 독장치던 경찰과 서청, 대청에게 4·3봉기는 매우 큰 충격이었다. 봉기 이후 산부대의 공격은 산발적이지만 매우 치열하게 계속되었는데, 처음으로 두려움을 느낀 경찰과 서청 등은 마을 안을 순찰하는 것조차 겁을 냈다. 산부대가 미군정에 회담을 제의

했다는 소문도 들려왔다. 그래서인지 소강상태가 한달쯤 지속되었는데, 불안한 가운데서도 참으로 오랜만에 맛보는 평화였다. 국방경비대는 4월 한달 동안 그 사태에 개입하지 않고 있었다.

늘 불안에 싸여 있던 창세도 마음이 다소 편안해졌다. 어느 날 창세는 영주와 함께 바닷가에 바람을 쐬러 갔다. 그렇게 한가하게 둘이서 바닷가에 나가보기도 오랜만이었다. 드넓은 바다 위로 막힘없이 불어오는 바람을 맞으면서, 끝없이 밀려왔다가 밀려가는 파도를 바라보면서 창세는 새삼 평화라는 것을 실감했다. 이제는 싸움이 끝난 것 같은 착각마저 들었다. 외돛배, 쌍돛배가 비스듬히 돛을 기울여 바다 위로 미끄러져 가고 그 위로 갈매기 몇 마리가 떠서 따라가고 있었다. 바닷가에서는 장애물이 없어 소리가 멀리까지 들렸다. 끼룩대는 갈매기 울음소리에 섞여 해녀들의 숨비 소리가 들려왔다. 새똥여 근처에서 해녀들이 물질하고 있었다. 거기에 누나가 있고, 숙희 누나도 만삭의 몸으로 물질을 하고 있었다. 배 속의 아기와 함께 물속을 헤엄쳐다닌다고 했다. 그 평화로운 풍경이 꿈같았다. 아니, 얼마 전의 무장봉기가 꿈인 듯했다.
긴장과 두려움에 쫓겨 한동안 다른 생각을 할 여유가

없었던 창세는 이제 문득 영주가 이전과는 전혀 다른 존재로 변해 있음을 깨달았다. 저만치 떨어져 있던 영주가 갑자기 바로 코앞에 와락 다가온 것처럼 느껴졌다. 창세와 동갑인 영주는 열여섯살, 어느새 얼굴의 솜털을 성숙해 있었다. 바닷바람을 맞아 발그레해진 두 뺨과 맑은 눈빛이 신비로웠고, 아랫입술을 살짝 물고 웃어 보일 때 드러나는 하얀 대문니 세개가 너무도 예뻤다. 바람에 날린 그녀의 머리칼이 홀연 자기 입안에 들어왔을 때 창세는 얼마나 놀랐던지!

그러다 그 바닷가에서 영주가 창세의 등에 업히는 일이 생겼다. 여느 날처럼 물가 바위에 나란히 앉아 이 이야기 저 이야기 하면서 깔깔대고 놀고 있는데, 밀물이 밀려와 그들이 앉은 바위를 에워싸기 시작했다. 둘은 그 사실을 알면서도 모르는 척 이야기에만 열중했다. 바닷물이 점점 수위를 높여 바위를 기어오를수록 둘의 말소리와 웃음소리가 더욱더 숨 가쁘게 빨라졌다. 차오른 물이 발끝을 적셨다. 마침내 영주가 비명을 질렀다, 밀물 든 것을 그제야 발견했다는 듯이.

"아이고, 물 들어왔져, 물!"

창세도 그제야 알았다는 듯이 호들갑을 떨며 장단을 맞췄다.

"어이구, 이거 큰일 났네! 어떵 하지? 물 건너가젠 하면 종아리를 적셔사 하는디…… 난 괜찮은디, 넌 어떵 할래?"

"어떵 하긴, 네가 날 업엉 건네주어사주!"

"어어, 알았어!"

그러나 창세가 느꼈던 평화로운 분위기는 며칠 뒤 다시 깨졌다. 조천 지서 경찰이 야간 통금을 위반했다며 총격을 가해 마을 주민 한명을 살해하고 다른 한명에게 중상을 입혔던 것이다.

모슬포와 한림의 해녀들이 바닷속에서 총과 탄약통을 건져올렸다는 소문을 듣던 날, 만옥은 자다가 꿈을 꾸었다. 함덕리 서우봉 앞바다에도 일본군이 투척한 무기들이 있었지만 물이 너무 깊어 건져낼 수 없었는데, 자신이 그것들을 건져올리는 꿈이었다. 물속 바위 절벽을 따라 깊이 자맥질해 들어갔는데, 해류를 타고 흐느적거리는 미역과 모자반 무리를 지나 바닥에 이르자 울긋불긋 고운 채색의 산호숲이 나타났고 거기에 눈부신 광채의 놋잔 두개와 함께 99식 장총 여러자루가 놓여 있던 것이다.

드디어 국방경비대 제9연대가 미군정으로부터 토벌 출동 명령을 받았다. 명령은 받았지만 '좌도 우도 아닌 민족주의'를 표방한 경비대로서는 진퇴양난이었다. 군대는 외적과 싸우는 것이지 경찰 소관인 국내 치안에 관여해서는 안 된다는 것이 경비대 총사령부의 기본 입장이었다. 그래서 한동안 경비대는 토벌 작전에 소극적이었다. 산부대도 경비대와의 교전을 가급적 피하고 경찰만 상대하려고 했다. 혹시 경비대에 총격을 가할까봐 경우에 따라서는 총기를 한곳에 회수해놓기까지 했다. 마주쳐도 쌍방 간에 서로 바라만 볼 뿐 교전은 별로 이루어지지 않았다. 토벌대가 움직이면 산부대도 움직이고, 토벌대가 멈추면 산부대도 멈추는 식이었다. 한편으로 산부대는 4월 3일의 경찰지서 습격에서 나타났던 전투의 미숙함을 극복하기 위해 맹렬히 유격훈련을 하고 있었다.

　9연대 연대장 김익렬 대령이 고민 끝에 미군정에 화평 정책을 제안했다. 최대한 유혈 사태를 줄이고자 평화 협상을 제안한 것인데, 그것이 받아들여져 그는 산부대의 군사총책 김달삼을 만날 수 있었다. 이른바 4·28평화회담이었다. 그 회담에서 쌍방은 전투를 중지하고 서북청년단을 해산할 것과 장차 제주의 치안은 경찰이 아니고 군이 책임질 것을 합의했다. 합의 내용이 알려지자 산부대는 이제는 총을 버릴 수 있게 되었다며 환성을 질렀다.

그러나 기대를 모았던 그 회담은 한갓 어릿광대짓에 불과했음이 곧 밝혀졌다. 미군정이 표변하여 회담 결과를 뒤집어버렸던 것이다. 군정장관 딘 소장을 둘러싼 최고 수뇌부가 항공편으로 날아들어 비밀회의를 열었는데, 딘 소장을 대변한 경무부장 조병옥이 화평 정책을 내세운 김익렬 연대장을 공산주의자라고 매도하면서 무섭게 몰아붙였다. 김익렬이 모처럼 얻어낸 산부대와의 약속은 채 일주일도 지나지 않아 미군정 당국에 의해 파기되었다. 정책은 화평이 아닌 강경 무력 진압으로 급선회했다. 남쪽만의 단독선거인 5·10선거가 코앞으로 닥쳐왔으므로 그전에 군대를 투입해 저항 세력을 속전속결로 진압해버리자는 것이 미군정의 의도였다. 순식간에 경비대의 대이동이 이루어졌다. 온건파 김익렬이 해임되었고, 9연대도 일부만 남기고 육지부로 전출시키고 수원에 있던 11연대를 불러들였다. 9연대는 대부분 제주 출신이라 동향민에게 총을 겨누는 것을 꺼릴 것이고 자칫 반란을 일으킬 위험도 있다고 판단했던 것이다. 조병옥은 때맞춰 오백명 내외의 서청을 새로 제주에 파견했는데, 기왕에 와 있던 오백여명과 합쳐 이제 서청의 인원수는 천명에 달했다. 미군정은 그들 서청 단원 대부분을 현지에서 군복이나 경찰복으로 갈아입히고 기존의 제주 출신보다 위 계급을 주어 경비대와 경찰에 발령했다. 계급 부여도 마구잡이여서 "넌 주먹을 좀 쓰니까 일등중사 해라" "넌 이등중사 해라" 하는 식이었다. 학교에도 서청이 들어왔다.

갑자기 교체된 11연대는 9연대와 달리 일본군이 쓰던 99식 장총 대신에 미제 카빈총으로 무장하고 군비 일체를 미제로 일신했다. 박격포, 로켓포 등 중화기도 들어왔다. 일본군 출신 중령 박진경이 연대장이었다. 그 무렵 경비대에서는 그때까지 주도권을 잡고 있던 민족주의 세력이 제거되고 그 자리를 일본군 출신들이 차지하고 있었다. 박진경은 북소학교 운동장에 박격포와 로켓포를 진열하고 사살한 시체들을 관덕정 마당에 늘어놓아 공포 분위기를 조성한 다음, 수많은 사람들을 연행해 포로수용소에 수감했다.

강경 무력 진압 명령을 받은 박진경은 취임사에서 말했다. "제주도 폭동 사건을 진압하기 위해서는 제주도민 삼십만명이 희생되더라도 무방하다. 제주 백성 아니라도 나라가 선다."

경무부장 조병옥 역시 서청 오백명을 증파하면서 공언했다. "건국에 저해가 된다면 비행기로 휘발유를 뿌려 온 섬을 불태워버릴 수도 있다!"

경비대 병영 안에 산부대의 삐라가 살포되었다. "너희들도 단독정부를 지지하느냐? 단독정부 반대 투쟁에 궐기하라!"

5·10총선거를 앞두고 전국적으로 반대 투쟁이 일어났다. 한민당을 제외하고 좌우를 막론한 모든 정당이 투쟁의 대열에 나섰다. 상황은 내전을 방불케 할 정도였으니, 무력 충돌로 쌍방 간에 백오십사명의 사망자가 발생했다.

제주도의 상황은 훨씬 더 심각했다. 산부대는 면사무소를 습격하여 선거인명부를 탈취했고, 선거위원들에게 사표를 제출하도록 강하게 압박하면서 죽창을 휘둘렀다. 어느 마을에서는 선거위원장이 살해당하기도 했다. 그러한 무력 충돌에서는 당연하게도 죽창이 미제 카빈총을 당해낼 수 없어 산부대 쪽 사망자가 세배나 많았다.

총선거를 닷새 앞두고 숙희가 아기를 낳았다. 해산이 가까워지자 사뭇 걱정이 된 행필이 그날 마침 집에 와 있었다. 경찰이 마을 순찰을 두려워해 지서만 지키고 있었기 때문에 별 탈 없이 집에 숨어들 수 있었다. 숙희는 배 속의 아기가 꼬물거리기 시작하면서 입덧을 심하게 했었다. 밥에서는 밥 냄새, 국에서는 국 냄새가 나고 물에서는 뻘 냄새가 난다며 도리질을 했고 새콤달콤한 다래가 먹고프다, 새큼달짝 오미자가 먹고프다, 파릇파릇 미역채도 먹고프다면서 입덧을 하더니 해산할 때도 별나게 진통이 심했다.

바로 며칠 전만 해도 어미 배 속에서 어미와 함께 바다를 헤엄치던 아기가 이제 세상 밖으로 나오려 하고 있었다. 시어머니가 붙어앉아 산파 노릇을 했다. 돗자리에 고운 보릿짚을 푹신하게 깔고 그 위에 산모를 눕혔는데, 아이고 배야, 아이고 허리야, 고통의 신음을 토하며 방바닥을 뒹구는 산모 곁에서 행필 자신도 끙끙 앓는 소리를 내며 안타까워 발을 동동 굴렀다. 그러는 행필을 어머니가 손으로 밀쳤다. "널랑 밖에 나가 있어라." 그녀는 며느리를 일으켜 앉히고 윗몸을 뒤에서 안고 두 무릎으로 배를 꾸욱 눌렀다. "아이고, 요 아이야, 참으라, 좀만 참으라! 옳지, 옳지, 그렇게!" 무진 애를 쓰는 숙희의 이마에 진땀이 송골송골 맺혀 있었다.

행필은 창밖에서 초조하게 기다렸다. 아내의 신음 소

리에 자신도 괴로운 듯 몸을 비틀고 헐떡거리면서, 운동선수에게 하듯이 손뼉까지 치면서 격려했다. "잘한다, 잘한다! 우리 숙희, 잘한다!" 그는 코를 연신 쿵쿵거리면서 급히 마당을 왔다 갔다 하다가, 두 주먹을 꽉 쥐고 발을 동동 구르다가, 자신도 모르게 울담 옆에 있는 감나무를 타고 오르기까지 했다. 행필이 불안과 초조를 못 이겨 마구 흔들어대는 바람에 나무에 가득 피어 있던 노란 감꽃이 우수수 떨어져내렸다. 그때 문득 경찰지서 이층 건물이 눈에 들어왔다. 아뿔싸! 그제야 행필은 산군인 자신이 위험에 노출되었다는 것을 깨닫고 얼른 뛰어내렸다. 방 안에서 어머니의 다급한 목소리가 들려왔다. "아기가 나오젠 머리를 돌렸져! 힘을 주라, 맥(힘)을 써라, 맥을 써!" 행필도 창문 앞으로 달려가 낮게 소리쳤다. "숙희야, 숙희야, 맥, 맥을 쓰라! 맥을 써!" 마침내 움켜쥔 숭어 한마리가 파들짝 빠져나가듯이 빨간 아기가 배 밖으로 빠져나왔다. 으아아앙! 힘찬 고고지성에 행필이 두 손을 번쩍 들고 낮지만 희열에 찬 목소리로 만세를 불렀다. "오숙희 만세! 만세! 만세!" 행필의 어머니가 앞니로 탯줄을 끊고 실로 잘린 끝을 묶었다.

그 무렵의 어느 날 반나절 동안 조병옥의 허수아비가

비석거리 팽나무에 목매달려 있었다.

    총선거일은 애초에 5월 9일이었으나, 그날이 마침 일식이 있는 날이어서 사람들이 흉조로 생각할까봐 이튿날인 5월 10일로 변경되었다. 이전 시대 사람들은 일식을 전염병이나 괴변, 민란이 발생할 흉조로 여기고 두려워했다.

    선거일을 앞두고 각 면사무소는 투표함을 마을에 전달해야 하는데 산부대의 습격이 두려워 어찌할 바를 몰랐다. 대청 간부들 중에는 그 일을 맡게 될까봐 핑계를 대고 읍내로 피해버린 자들도 있었다. 특히 중산간 마을들이 문제였다. 선거위원장이 살해되고 선거위원들의 사퇴가 줄줄이 이어지는 상황이다보니, 투표함을 운반할 사람도 없고 가져간대도 마을에서 받을 사람도 없었다. 투표함이 누구도 건드리지 못할 폭발물처럼 여겨졌다.

    그 와중에 와흘2리 이장 양산도가 대담하게도 몸소 투표함을 운반했다. 총선거 하루 전날인 5월 9일 아침에 그는 큼직한 붉은색 도장이 쾅쾅 찍힌 투표함과 투표용지가 든 상자를 면사무소에서 받아 말에 싣고 와흘리로 향했다. 길가 밭에는 봉긋이 이삭이 팬 푸른 보리가 바람에 싱그럽게 흔들리고 있었다. 투표함을 실은 말을 끌고 와

홀로 올라가는데 돌연 한떼의 청년들이 우르르 나타나 앞길을 막았다. 와흘리 산부대였다. 김의봉만 장총을 멨고 나머지 네명은 죽창을 쥐고 있었다. 김의봉이 히물히물 웃으면서 빈정거렸다.

"아이고, 삼춘, 도대체 이거 뭐 하는 짓이우꽈? 저따우 더러운 물건, 어디 써먹젠 가져가는 거우꽈?"

"아하, 의봉이, 이거 마을을 위한 일이여. 이번에 투표 안 하면 참말로 큰일 나! 틀림없이 무서운 보복이 있을 거여. 사람들 다 죽고, 마을이 망하고 말 거라. 저놈들은 인간이 아니여. 참말로 무서운 놈들이여."

"삼춘이 그렇게 비겁한 사람인 줄 몰랐수다. 투표하는 건 반역질이우다. 저리 비킵서! 저따우 더러운 투표함은 불태워부러사 합니다!"

김의봉이 투표함을 내리려고 다가왔다.

"투표함을 불태워? 안 된다, 그건 안 되여!"

양산도가 덥석 의봉의 뒷목 옷깃을 잡아 밀쳤다. 그러자 청년 네명이 와락 달려들어 죽창을 겨누고 양산도를 포위했다. 쓰러졌던 의봉이 일어나 먼지를 털면서 말했다.

"어이구, 삼춘, 우리한테 힘자랑하는 거우꽈? 우리 같은 약골한테 힘쓰지 맙서. 그 힘으로 저 서청들이나 때려잡지 않고서, 쯧쯧!"

청년 네명이 죽창을 겨누고 양산도를 포위한 동안 김의봉이 말에서 투표함과 투표용지 상자를 끌어내렸다. 양산도가 노여움에 온몸을 부들부들 떨었다. 김의봉이 투표용지 상자를 개머리판으로 부수고 그 안에 든 투표용지를 불쏘시개 삼아 투표함에 불을 붙였다. 만든 지 얼마 되지 않은 투표함은 송진내가 물씬 나는 송판이어서 불에 잘 탔다. 투표함이 활활 타기 시작하자 청년들이 양산도에게 향했던 죽창을 거두어 땅바닥을 탁탁 치면서 소리 높여 구호를 외쳤다. "단독선거 결사반대! 투표하면 인민의 반역자다!"

일식이 시작된 것은 투표함이 반쯤 타들어갔을 때였다. 양산도가 하늘을 가리키면서 소리쳤다. "저것 보라, 하늘 개가 해를 먹엄져! 흉조여, 흉조!" 엷은 구름 속에서 해가 조금씩 이지러지는 것이 보였다. 이른바 하늘 개〔天狗〕가 해를 삼키고 있었다. 모두들 넋을 놓고 야금야금 먹혀들어가는 해를 보았다. 해는 반달 모양이었다가 초승달 모양이 되더니, 마침내 금반지 모양의 빛나는 테두리만 남기고 새까만 둥근 암흑으로 변했다. 그와 동시에 지상의 모든 풍경이 해쓱하게 흐려졌다. 흐릿해진 풍경 속에서 투표함을 태우는 불길만이 강렬한 주황빛으로 더욱 뚜렷했다. 잠시 불길한 기운이 지상에 가득했다.

그런 다음에야 하늘 개는 삼킨 해를 서서히 토해내기 시작했다. 일식은 거의 십분간 계속되었다.

그날 한밤중에 다시 오름들에 봉화가 치솟았다. 4·3에 이은 두번째 봉기, 단독선거 보이콧을 선포하는 봉화였다.

자정이 가까워 왓샤 소리에 잠이 깬 정두길은 만세동산, 서우봉, 원당봉에 솟아오른 봉홧불을 보았다. 어둠 속에서 청년들이 왓샤왓샤 소리를 지르며 횃불 시위를 벌이고 있었다. 내일 매국적 선거에 참여하지 말자고, 강제 투표를 피해 중산간 목장에 올라가자고 그들은 외쳤다. 와흘리처럼 경찰력이 제대로 미치지 않는 중산간 마을은 대부분 투표함을 불태우거나 수령하기를 거부했던 것이다.

이튿날 새벽 조천리 주민들은 집에 남아 돼지 밥을 줄 노인들을 제외하고 아이들까지 모두 데리고 중산간 목장 지대로 올라갔다. 하루이틀 전에 올라간 사람들도 많았다. 영춘반점의 중국인도 덩달아 올라갔다. 사람들뿐만 아니라 소와 말도 동행했다. 목장에 간 김에 풀밭에 놓아먹이고 돌아올 때는 땔나무를 거두어 싣고 올 요량이었다. 솔개가 채어갈까봐 병아리들을 암탉과 함께 바구니에 담아간 아낙네들도 있었다. 마을은 텅 비어버렸다. 전신주와 전화선이 잘려 통신이 두절된 상태에서 경찰만 남아 지서를 지키고, 투표자 없는 투표소를 지킬 수밖에 없었다.

조천리 사람들은 와흘리 근처 목장으로 올라갔다. 들일을 하러 갈 때처럼 대개 갈옷을 입고 있었다. 만옥과 창세도 돼지에게 밥을 줄 어머니만 남겨두고 올라갔다. 목장에 도착한 것은 해 뜰 무렵이었다. 초원에는 안개가 가득했다. 안개는 풀밭 위에 퍼져 기어가고, 안개 속에 잠겨 윗부분만 보이는 오름들은 마치 바다에 떠 있는 섬들 같았다. 해가 솟았다. 햇빛의 금빛 물결이 일시에 초원 위에 범람했다. 그러자 안개는 순식간에 사라지고 싱싱한 초록빛 풍경이 드러났다. 허물 벗듯이 안개가 걷히며 오름들도 제 모습을 드러냈다. 산부대가 두려운지 조천 지서 경찰은 따라 올라오지 않았다.

조천리 사람들은 목장에 도착한 즉시 이슬 젖은 풀밭에 선 채로 얼마 동안 집회를 가졌다. 조천리와 와흘리 산부대 청년들 몇명이 번갈아가며 연설을 했다. 저놈들은 우리를 반역자라고 하는데, 왜 우리가 반역자인가? 우리는 미군정에 반대하는 것이지 민족에 반역하는 게 아니지 않은가? 통일 정부를 세우자는 주장이 애국이지 왜 반역인가? 오히려 단독정부를 지지하여 투표에 참여하는 것이 반역 행위다, 이 나라의 허리를 잘라서는 안 된다, 국방경비대는 우리 편이니 곧 해결이 날 것이다 하고 힘주어 말했다. 그러나 사람들은 자신들이 지금 하는 행동이 과연 잘하는 일인지, 큰 죄를 짓는 것은 아닌지 불안감을 떨칠 수 없었다.

집회가 끝나자 사람들은 풀밭 위에 이리저리 흩어졌다. 갈옷을 입은 그들은 짙푸른 풀밭 위에서 흙무더기처럼 보였다. 선거를 보이콧하는 것이 아니라 일하러 목장에 왔다는 듯이 그들은 부지런히 마소를 먹일 풀을 베고, 솔숲에 들어가 땔감용 마른 솔잎을 거두고, 고사리를 꺾었다. 철없는 아이들은 학교에서 소풍을 온 것처럼 마냥 즐거워했다. "꼼짝꼼짝 고사리 꼼짝 제주도 한라산 고사리 꼼짝……" 여럿이 어울려 이리 호록 저리 호록 풀밭을 내달리며 놀고, 데리고 온 마소를 돌보면서 고사리를 꺾고, 산딸기를 따 먹고, 삘기도 뽑아 먹고, 찔레 순, 망개나무 순을 꺾어 먹기도 했다.

그날 거기에서 정두길은 오랜만에 부대림을 만났다. 두 벗은 목장 아래 경작 지대의 누렇게 익어가는 보리밭을 바라보면서 이야기를 나누었다. 대림은 한달 전에 입산했는데, 투쟁에 참가하기 위해서가 아니라 자신의 폐병을 돌보기 위해서였다. 투쟁을 하든 뭘 하든 간에 우선

96

병부터 고쳐야 했다. 와흘리 위 새미오름 근처의 오소리 사냥꾼 고서방의 집에 머물면서 섭생을 하고 있다며, 폐병에는 오소리가 제일 좋지만 잘 잡히지 않고 고깃값이 털가죽값만큼이나 비싸서 개구리, 두꺼비, 도룡뇽도 주워 먹는다고 했다. 대림의 얼굴에는 한때 사라졌던 밝은 표정이 되살아나 있었다. 늘 웃는 얼굴이어서 붙은 '안면 근육 고장'이라는 별명대로 웃음이 다시 돌아온 것이다.

"하하하, 나가 고서방 조수여. 사냥할 때 따라댕기주. 그 사람은 홀아방인디, 한쪽 다리를 못 써서 목발을 짚엉 댕겨. 그래도 사냥할 때 보면 몸이 막 날래거든."

대림이 손으로 새미오름 쪽을 가리키면서 그 근처에 고서방의 외딴집이 있다고 했다. 멀리 새미오름까지 나지막한 언덕들이 완만하게 굽이치며 넓게 펼쳐진 초원에는 와흘 사람들이 방목하는 말들이 떼지어 풀을 뜯고 있었다. 두길이 고개를 돌려 해변을 향해 누렇게 펼쳐진 경작 지대를 가리키면서 말했다.

"올해 보리농사는 모두 잘된 거 같다."

"그럼, 풍년이주, 풍년! 그런디 두길아, 느한테 고백할 거 하나 있져."

대림이 두길을 돌아보며 장난스럽게 눈살을 찌푸렸다가 천천히 펴면서 씽긋 웃었다.

"무스거?"

"만세동산 동쪽에 느네 밭 말이여, 그 보리밭에 요즘 개망초꽃 많이 피었을 거라이?"

"음, 피었주, 개망초꽃. 그런디 너는 여기 산에 와 있으면서 우리 밭에 개망초꽃 핀 거 어떵 아나?"

"다 아는 수가 있주, 하하하!"

"어디서 씨가 그렇게 많이 날아왔는지 우리 밭에 개망초 천지였주. 어머니하고 나하고 김맬 때 그 풀 때문에 아주 혼났어. 다 뽑지 못하고 남은 것들이 지금 하얗게 꽃을 피우고 있는 거라. 그런디 야, 뜬금없이 고백한다는 거 뭣고?"

"아하, 그 개망초 씨를 나가 뿌렸단 말이다, 작년 가을에! 하하하, 그땐 나가 따알리아 때문에 제정신이 아니었주. 느가 어찌나 밉던지 질투가 막 생겨서, 그래서 그짓을 한 거라. 미안하다이, 하하하!"

"아, 그랬구나, 그랬구나…… 아이고, 대림아, 나가 미안하다! 미안, 미안! 그런디 개망초 그거, 잡초지만 꽃은 참 곱더라, 하하하!"

"난 막 질투가 생겨서 느가 불행해지기를 바랐어. 솔직히 말해서 느가 경찰에 잡혀가 고문당했으면 하고 바라기도 했단 말이다. 하지만 느가 잡혀가면 따알리아가 괴로워할 거 아니냐. 따알리아가 슬퍼하고 괴로워하면 안 되지, 안 되고말고! 따알리아가 행복하기 위해선 너도 불행해선 안 되겠지. 질투! 질투! 아아, 질투 없이 사랑할 수는 없을까……" 대림이 한숨을 내쉬다가 갑자기 웃음을 터뜨렸다. "하하, 개망초! 느가 그 개망초 때문에 혼났구나, 하하하!"

둘은 손을 마주 잡고 눈물을 글썽거리면서 깔깔댔다.

때는 개망초꽃도, 찔레꽃도 하얗게 피어나는 5월이었다. 몇발짝 떨어진 돌덩이 위로 얼크러진 찔레 덤불 속 흰 꽃들이 두길의 눈에 들어왔다. 센 바람에 흔들린 꽃향기가 짙게 풍겨왔다. 초원은 지대가 높아 바람이 세고 구름이 빨리 움직였다. 바람에 풀밭이 물결처럼 굽이치고 여기저기 흩어져 있는 찔레 덤불, 망개나무 덤불이 들판 위로 굴러갈 듯이 마구 뒤흔들렸다.

질주하는 구름들이 초원에 그림자를 던질 때마다 햇빛이 밝았다 흐렸다 했다. 두길에게는 그것이 마치 대지의 불안한 맥박, 가쁜 숨결처럼 느껴졌다. 무사하고 평화롭게 보이는 풍경이었지만 숨죽이고 뭔가를 기다리는 듯, 금방 무슨 큰일이 닥칠 것만 같은 느낌, 아니, 멀지 않은 어딘가에서 이미 어떤 무서운 일이 벌어지고 만 듯한 느낌이었다. 풀 베던 사람들이 가끔씩 허리를 펴고 투표가 벌어지고 있을 해변 쪽을 심란한 표정으로 바라보곤 했다. 자발적으로 마을을 비우고 초원으로 올라온 것인데도 어쩐지 마을에서 쫓겨난 듯한 불안감이었다. 해변에서 올라온 조천리의 소와 말도 풀을 뜯다 말고 자기들이 왜 이 낯선 곳에 와 있는지 모르겠다는 듯이 우두커니 해변 쪽을 바라보았다. 두길은 읍내 쪽을 바라보았다. 다른 곳은 몰라도 미군정의 관권이 빈틈없이 장악하고 있는 읍내만은 투표가 아주 순조롭게 진행되고 있을 터였다. 그래서 똑같이 맑은 날씨인데도 두길의 눈에는 초원은 재난이 닥칠 듯이 어두워 보였고, 햇빛은 읍내만 비추는 것 같았다.

그때 읍내 쪽에서 미군 경비행기 한대가 빠르게 날아왔다. L19 정찰기였다. L19는 지면에 닿을 듯이 고도를 한껏 낮추고 요란한 엔진 폭음과 함께 초원으로 날아들었다. 갑작스러운 미군기의 출현에 놀란 사람들이 허둥지둥 내달려 소나무숲으로 숨어들었다. 말과 소도 산지사방으로 냅다 튀어 달아났다. 두길과 대림도 반사적으로 찔레 덤불 앞에 몸을 던져 엎드렸다. 초원이 삽시에 비워지고 그 공간을 귀청 떨어지게 요란한 폭음이 지배했다. 비행기가 큰 그림자를 드리우면서 초원 위를 몇번 선회했다. 비행기 안에 미군 두명과 경비대원 한명이 타고 있는 것이 두길의 눈에 보였다. 확성기 방송이 들려왔다. "빨리 귀가하여 투표하십시오! 투표 안 하면 나라에 죄인이 됩니다. 늦기 전에 어서 귀가해 투표하십시오!"

5·10총선거 개표 결과, 제주도의 세개 선거구 중 두개 선거구가 과반수 미달로 무효 처리되었다. 한민당을 제외하고 좌파 우파 가릴 것이 없이 전국의 거의 모든 정당, 사회단체가 5·10총선거를 부정하고 무효를 선언했다.

제주도민의 총선거 보이콧에 크게 분노한 미군정은 대대적인 토벌 작전을 발동했다. 박진경의 경비대가 토벌의 주도권을 잡고 나섰다. 경비대가 토벌 작전을 전담하게 되자 경찰은 한발 물러나 경비대가 잡아온 사람들에 대한 심사를 맡았고, 때로는 군경 합동으로 토벌에 참여하기도 했다. 미군이 토벌 작전을 감독하고, 토벌대를 훈련시키고, 잡혀온 사람들을 심문했다. 미 극동사령부는 구축함을 급파하고 날마다 전투기와 정찰기를 띄웠다.
이때부터 섬 도처에서 노골적인 학살이 벌어지기 시작했다.

한산하던 일주도로에도 군용차량이 잇따라 먼지구름

을 일으키며 무섭게 질주했다. 속력을 늦추었다간 자칫 산부대로부터 습격당할 우려도 있었다. 산부대의 매복 습격을 방지하기 위해 일주도로를 따라 500미터 이내의 나무를 베어내고 밭담을 허물었다. 일주도로변의 마을은 차례차례 신속히 토벌대에 접수되었고, 마을 사람들의 힘으로 지은 마을 학교에는 군대가 주둔했다.

조천리도 일주도로변의 다른 마을들처럼 군 토벌대에 장악되었다. 어쩌다 보이던 군용차량이 이제는 요란한 폭음과 함께 상시적으로 일주도로에 나타났다. 이웃 마을 함덕리에는 9연대 3대대가 주둔했는데, 구성원 대부분이 서청 출신이어서 '서청 대대'라고 불렸다. 대대에서 조천리에 파견한 한개 중대는 소학교 자리에 진을 쳤다. 그들의 업무란 도피자를 찾아낸다면서 마을 사람들을 족치고 들볶아대고, 이틀에 한번꼴로 술판을 걸게 벌여 질탕하게 노는 일이었다. 마을 사람들이 그 술판을 마련해야 했다. 조금이라도 대접이 소홀하다 싶으면 총을 난사해 사람들을 공포에 떨게 했다. 젊은 여자들이 술심부름을 해야 했고, 허리띠를 풀고 배불리 먹은 그들은 여자들에게 덤벼들곤 했다. 젊은 여자들은 강간이 두려워 외출을 삼갔고, 집 안 마루 밑이나 장독대 밑, 외양간 바닥에 구덩이를 파서 군인이 나타나면 그 안에 숨었다. 외출할 때면 피 묻은 생리대를 차거나 치마를 서너겹 껴입고 임신부나 아기 어멍으로 위장했다. 안만옥은 와흘리에 올라가 지냈다.

이제 마을 사람들은 호랑이 아가리 앞에 놓인 신세가 되어버렸다. 호루라기 소리, 고함치는 호령 소리, 부대의 군홧발 소리, 군용차량의 엔진 소리가 수시로 들렸다. 대낮에 함부로 쏘아대는 총탄에 비석거리의 비석들과 팽나무, 멀구슬나무가 상처를 입었다. 밤이면 더욱 무서웠다. 한밤중에 순찰대가 도피자를 수색한다며 수시로 민가를 급습했던 것이다. 창문 앞에서 갑자기 군홧발 소리가 우르르 나고, 다음 순간 발길에 걷어차여 문이 벌컥 열리면서 방 안으로 검은 그림자들이 뛰어들고 손전등 불빛이 쏟아지곤 했다. 소학교 운동장에서 한밤중에 군인들을 집합시키는 날카로운 호루라기 소리도 무서웠고, 출동하는 차량이 전조등 불빛을 내쏘면서 터뜨리는 엄청난 엔진 소리에도 가슴을 쓸어내려야 했다. 어떤 때는 밤중에 방향도 모르게 총성이 울렸는데, 그때마다 사람들은 다투어 불을 끄고 어둠 속에서 오들오들 떨어야 했다. 누가 쫓기고 있는가보다. 누굴까? 우리 집으로 뛰어들지 몰라! 공순네 네살짜리 아기에게도 그 공포가 전해졌는지 늘 입에 물고 있던 울음이 사라졌다.

바닷가를 헤매고 다니던 김성주가 어디서 총에 맞아 죽었는지, 바닷물에 빠져버렸는지 보이지 않았다.

여전히 정신이 온전치 못한 현옥미의 모친은 길을 가다가 군인이나 경찰을 보면 허리를 굽혀 절을 했다. 군용 차량이 지나가도 절했다.

상황이 위험해지자 마을에 남아 숨어 있던 청년들마저 집을 떠나 중산간 지대로 도피했다. 거기에서도 산군이 아닌 그들이 할 수 있는 것이라곤 오직 들키지 않게 잘 숨어 있는 일뿐이었다. 그들은 산도 아니고 해변도 아닌 중산간 숲 지대의 동굴 같은 데에 숨어들었다. 숨어서 얼마 동안만 기다리면 평화가 오리라고 믿었다. 한봉 어른도 『정감록』에 의거하여 큰 난리에는 불근산 불근해(不近山不近海)가 이롭다고 말했다. 산도 해변도 가까이 하지 말고 그 중간에 있으라는 뜻이었다.

토벌대의 최고 지휘관 로스웰 브라운 대령은 천명했다. "사태의 원인에는 흥미가 없다. 나의 사명은 오직 진압뿐이다."

경비대 연대장 박진경이 부하들에게 본때를 보인다고 화북리의 주민 한명을 총살하고, 그 죽은 아비를 안고 울부짖는 소년마저 쏘아 죽였다. 산군이 있는 곳을 안다고 안내한 양민을 그곳에 산군이 없자 총살해버렸고, 사격 연습을 한다며 마을의 말과 소를 함부로 쏘아 죽였다.

산부대가 경비대 영내에 삐라를 뿌렸다.

"친애하는 국방경비대 장병 여러분! 우리의 적은 오직 경찰과 서북청년단이다. 우리는 미군정과 경비대를 적으로 생각하지 않는다. 친애하는 장병 제형이여! 제형의 민족적 양심과 정의에 불타는 올바른 행동을 우리는 믿노라."

그 무렵에 조천리 해녀 여섯명이 넉달을 기약하고 울산으로 원정 물질을 떠났는데, 문상옥의 아내 고염숙도 끼어 있었다. 여맹 활동 때문에 수배자가 된 안만옥은 그 배를 타고 울산으로 떠난 것처럼 꾸민 뒤 와흘리 외가에서 은신하면서 외삼촌과 함께 말떼를 돌보았다.

7월 초, 정두길도 입산을 결심했다. 시국이 한치 앞도

볼 수 없게 위태로워진 상황에서 마을에 그대로 있다간 불시에 잡혀가 목숨을 잃을지 모를 일이었다. 입산하기 전에 그는 자신이 지금 제주에 있지 않고 일본에 밀항해 가 있다는 거짓 부재증명을 만들어두려 했다. 그래서 일본으로 밀항하는 친구에게 일본에 도착하거든 즉시 거짓 편지 한통을 써서 보내달라고 부탁했다. 마치 두길 자신이 일본에 가서 무사히 도착했노라고 부모에게 보내는 것처럼 편지해달라는 것이었다. 그 편지는 나중에 경찰이 사라진 아들을 찾아내라고 닦달할 때 그의 부모가 내보일 물증이 될 것이었다. 스무날쯤 지나서 마침내 부탁한 편지가 도착했다.

두길은 입산하기 전에 약혼녀 따알리아를 만났다. 불안한 시국 때문에 거의 한달을 만나지 못한 터였다. 두 남녀는 남의 눈을 피해 일몰 후에 늘 만나던 연대 아래 바닷가에서 만났다. 순비기나무 덤불이 얼크러져 바닥을 기어가고 어둠 속에서 순비기꽃 냄새가 달콤하게 풍겨왔다. 순비기 덤불 바로 아래가 모래가 깔린 물가였다. 바다는 잔잔했다. 해가 떨어진 지 오래였지만 바다에는 은은한 빛이 남아 있고 멀리 수평선 쪽에서는 고깃배 불빛이 반딧불처럼 아물거렸다. 둘은 어둠 속에서 서로의 그리운 얼굴을 쓰다듬어 확인하고 볼을 마주 비볐다. 두길은 죽음의 위험이 바로 코앞에 닥쳐온 느낌이어서 입산이 불가피하다고 말했다. 따알리아도 병원 상황이 매우 무섭고 불안하다고 말했다. 입원실이 늘 만원인데, 환자들은 대개 전투에서 부상당한 군인, 경찰이나 대청, 민보단의 민간인들이었다. 그런데 토벌대는 그 부상당한 민간인들을 의심했다. 그들 중에서 의심스러운 자들을 가려내어 토벌대의 총에 맞은 산군인 주제에 산군의 총에 맞았다고 둘러댄다면서 옥상에서 총살했고, 그런 자를 알면서도 치료하는 것 아니냐고 간호사인 자기까지 의심한다는 것이었다. 물가에 단속적으로 밀려와 모래를 쓰는 잔물결 소리가 깊은 한숨처럼 들렸다. 두 사람은 가슴을 옥죄는 불안감을 내쫓으려고 숨을 깊이 들이마셨다.

눈이 어둠에 익숙해지자 서로의 얼굴이 또렷이 드러났다. 두 연인은 준비해온 담요를 깔고 나란히 누웠다. 하늘에 가득한 별빛이 그리운 서로의 얼굴을 비추어주었다. 천지에 가득한 공포와 그 속에서 조마조마하게 이어온 사랑, 자유롭게 만날 수 없었기에 그리움은 깊어져 참을 수 없는 갈증으로 변했다. 그토록 오랫동안 만나기 어려웠는데 오늘 만나고 헤어지면 그보다 더 오랜 이별이 될지 모른다는 생각, 앞으로 그들의 사랑에 어떤 위험이 닥칠지 모른다는 두려움이 그들의 가슴을 쓰리게 했다.

두 연인은 서로를 부둥켜안았다. 뜨거운 손, 뜨거운 뺨, 뜨거운 입술! 두 몸이 격정으로 달아올랐다. 서로를 제 몸속으로 빨아들이려고 기운껏 끌어당겼다. 너무 오래 기다려 목마른 그리움이었다. 그러나 뜨겁게, 빈틈없이 맞붙어 있어도 그리움은 좀처럼 해소되지 않았다. 다시는 이런 밤이 오지 않을지도 모른다는 불안감이 그들을 더욱 헐떡이게 했다. 둘은 필사적으로 서로를 빨아들여 제 몸을 채우면서 힘차게 절정을 향해 솟구쳤다. 순비기꽃 향기가 짙게 풍겨왔다.

따알리아의 눈에서 한줄기 눈물이 주르륵 흘러내렸다. 별빛에 반짝거리는 눈물을 두길이 손바닥으로 닦아주었다. 눈물을 금세 증발시킬 듯이 볼이 뜨거웠다. 두길은 눈을 감은 그녀의 얼굴을 부드럽게 어루만졌다. 사랑하는 이의 얼굴을 손의 감각으로 기억해두고 싶었다. 볼살을 손바닥으로 쓸어보고, 손부리로 두 눈썹과 콧등을 부드럽게 쓰다듬었다. 감은 눈까풀 위에 가볍게 손가락을 얹어보았다. 엷은 꽃잎의 떨림처럼 눈까풀의 미세한 진동이 손가락에 전해졌다. 두길의 입에서 감동의 탄식이 새어나왔다. "아, 그대는 내 안에 있어. 내 핏속에, 내 살 속에 있어!"

달 뜨기 직전, 동쪽 수평선 위의 하늘이 희부윰하게 밝아왔다.

　입산한 정두길은 신문 제작을 도왔다. 조천면 면조직의 선전부 소속인 문상옥이 동료 한명과 함께 줄판 등사기를 갖다놓고 삐라와 한장짜리 신문을 제작하고 있었는데, 그 일의 일부를 정두길이 맡아서 하게 되었다. 용지 부족으로 신문이라야 한 마을당 다섯장밖에 만들지 못했다. 오소리 사냥꾼 고서방의 집에 머물러 있던 부대림도 그들과 합류했다.

　두길이 머무는 곳은 와흘리 위 새미오름 근처 잡목숲 속의 아지트였다. 거기에 입산자 아지트가 여럿 있었다. 작은 용암동굴 몇개와 일본군을 위해 숯을 굽던 숯막들이 있었는데, 조천, 신촌, 신흥 등지에서 온 청년들이 거기에 은신했다. 화산섬이라 숲속은 암반과 돌투성이였고 암반 밑으로 작은 용암동굴들이 있었다. 그러나 전투원인 산부대는 항상 기민하게 움직여야 하므로 적의 기습에 취약한 동굴에 들지 않고 숲속에 움막을 지었다. 두세명이 들어갈 수 있는 조그만 움막이었다. 가는 나무들을 골라 동쪽 나무는 서쪽으로 휘어잡고 서쪽 나무는 동쪽으로, 남쪽 나무는 북쪽으로, 북쪽 나무는 남쪽으로 휘어잡는 식으로 지은 움막이었다. 때로는 땅을 파고 산죽

떼장을 덮어 개인 아지트를 만들기도 했다. 선전부 아지트와 이웃한 조그만 아지트에는 김동완, 김옥희 등 여맹원들 몇명이 머물고 있었는데, 주로 부상자를 돌보는 일을 했다. 외갓집에 와 있는 만옥이 말을 돌보면서 자주 그 아지트에 드나들었다.

입산자들은 자기들이 숨어든 숲을 '해방구'라고 불렀다. 한라산 바로 아래의 중산간 지대는 여전히 산부대의 영향권 안에 있었다. 그곳은 큰길이라고 해봐야 돌투성이의 좁고 험한 마찻길뿐이어서 군용차량의 통행이 어려운데다가, 산부대의 매복 습격이 두려워 토벌대가 접근하기를 꺼렸다. 두길은 그곳에서 참으로 오랜만에 해방감을 느낄 수 있었다. 우선 검거와 고문의 불안에서 벗어날 수 있어서 좋았다. 짓눌렸던 가슴이 탁 트였다. 거기에는 하늘과 초원이 어울려 만들어내는 드넓은 공간이 있었다. 그 드넓은 공간이 입산자들에게 해방이 무엇이고 자유가 무엇인지 실감하게 했고, 그들의 가슴을 자부심으로 가득 채워주었다. 자신감도 생기는 것 같았다. 거기에서 보면 일주도로를 달리는 군용차량들이 하찮게 보였다. 풍뎅이처럼 작고 그 질주도 느리게 보였다. 그들은 마음껏 소리 높여 얘기했고, 노래를 불렀고, 그 초원을 무섭게 내달리던 선조들의 투쟁을 떠올리기도 했다.

초원에 바람이 불어왔다. 바람에 물결치면서 서걱거리는 풀잎 소리에 묻혀 선조들의 아우성이 들려오는 것 같았다. 수많은 연대에 걸친 고난과 투쟁의 흔적이 저 질펀한 초원의 들풀 아래에 묻혀 있었다. 양수, 번석, 문행노, 김통정, 강제검, 방성칠, 이재수와 함께 일어난 수많은 인간들의 피가 스며든 곳이었다. 그들이 싸우라고 명령하는 것 같았다. 바람은 옛 바람 그대로 불고, 세찬 바람에 밀려 초원의 풀들이 그 옛날의 인간들 무리처럼 물결치며 앞으로 내달리는 듯했다.

두길은 등사판으로 찍은 한장짜리 신문에 가끔 자작시를 싣기도 했다. "초원에 뿌려진 피, 풀잎의 이슬이 되어 빛나네."

이양일은 자기 소유의 화물선 세척 중에 두척을 토벌대에 징발당했다. 일제에 징발당했다가 도로 찾은 것을 다시 빼앗겼다. 빼앗긴 배가 하는 일도 일제 때와 마찬가지로 군경용 쌀과 소금, 휘발유 따위를 부산에 드나들며 운반하는 수송선 역할이었다.

단추 공장 고영두의 화물트럭도 징발당했다. 그 트럭을 몰던 박석호는 김녕 지서의 스리쿼터 운전병이 되어 전투경찰을 실어날랐다.

군 토벌대는 중산간 마을들을 자주 습격했다. 토박이여서 제주 지리에 익숙한 대동청년단이 앞장섰다. 토벌대가 나타나면 사내들은 밭에서, 집에서 일하다 말고 허둥지둥 흩어져 달아났다. 사내라면 열대여섯살 소년들까지 잡아가기 때문이었다. 들녘에서 마소를 돌보거나 조밭에서 김매던 소년들도, 잃어버린 소를 찾으려 들판을 헤매던 노인도, 심지어 장티푸스에 걸려 육개월을 누웠다가 간신히 살아나 지팡이를 짚고 운신하는 사내도 무조건 잡아서 읍내 농업학교로 압송했다.

학생들 대다수가 수배를 받아 폐교 상태나 다름없는 농업학교는 운동장에 대형 군용 천막 열채를 친 포로수용소로 변해 있었다. 거기에서 구타와 고문이 일상으로 벌어졌다. 경비대의 발표에 의하면, 5월 말까지 삼천명 이상의 민간인이 검거되어 취조를 받았고 그중 절반가량이 혐의자로 분류되었다. 그들이 혹독한 구타와 고문을 당한 것은 물론이다. 또한 경비대의 발표에 의하면, 그 기간 동안 노획된 무기는 고작 장총 세자루와 죽창 열두개뿐이었다.

6월 18일, 연대장 박진경 대령이 문상길 중위와 손선호 하사에 의해 암살당하는 사건이 발생했다. 문상길과 손선호는 곧바로 체포되어 서울로 압송되었다. 후임 연대장은 송요찬 중령이었다.

박진경의 암살에 분개한 송요찬의 9연대는 무차별 고문 학살의 길로 나아갔다. 6월 말까지 제주도민 이천오백명이 체포되어 취조 과정에서 가혹한 구타와 고문을 당했다.

문상길 중위의 최후진술 내용이 전해졌다. "스물세살을 최후로 문상길은 갑니다. 여러분은 조선의 군대입니다. 마지막으로 바라건대 미국인의 지배 아래, 미국인의 지휘 아래 민족을 학살하는 조선의 군대가 되지 않기를 바라며 문상길은 갑니다."

취조는 가차 없고 단도직입적이었다. 3·1절 집회, 총파업, 5·10총선거 반대운동과 그밖의 무허가 집회에 참가했다고, 또는 도로를 차단하거나 전신주와 전화선을 절단하거나 산에 식량을 올려 보냈다고 고문을 통해 강제 자백을 받아냈다.

창근아, 영미야, 그놈들이 하는 고문, 그건 한번 보지 두

번은 못 본다. 잡히면 무조건 죽도록 때렸주. 형편없이 두들 겨 패니 살 수가 없어. 어허, 매 맞은 사람들은 석방되어 나 와도 장독(杖毒)으로 얼마 못 살고 죽기가 십상이었어. 그 러니 입산할밖에. 그 사람들이 뭐 사상이 있거나 특별히 애 국심이 많아서가 아니고 그냥 매 안 맞으려고 입산한 거라. 입산자 가족들까지 고문에 시달렸주. 젊은 여자에겐 남편 내놔라, 마흔 넘은 여자에겐 아들 내놔라 하멍 막 두들겨 패는 거라. 자식을 살리젠 뇌물을 먹이기도 했어. 두들기면 돈이 나오니까, 그놈들이 돈이 좀 있을 것 같아 보이면 우 익 활동을 하는 자라도 빨갱이 누명을 씌워 잡아다가 막 두 들겨 패. 그래서 말, 돼지를 팔아 몸값을 마련해 바치고 시 계도 풀어줬주. 시계를 여러개 찬 놈들도 있었어.

고문은 빈틈없는 완벽한 고통이었다. 극단의 고통 속 에서 생명은 한점으로 위축되어 위태롭게 깜빡거렸다. 몸과 정신을 송두리째 몰수당한 채 모진 고문을 당하기 만 하는 피해자는 무력하기 그지없는 존재였다. 그리고 고문 끝에 기다리는 것은 총살이었으니, 그런 절대 절망, 극한의 고통 속에서 그가 자신의 의지로 할 수 있는 것 은 단 하나, 스스로 목숨을 끊는 것뿐이어서 고문 도중에 자살하는 경우도 적지 않았다.

고문의 무서운 고통이 지나간 후 완전히 탈진한 몸에서는 그 고통이 만들어낸 송장 냄새 비슷한 야릇한 냄새가 풍겼다. 죽지만 않을 만큼, 죽음 직전까지 몰고 가는 혹독한 고문이 만들어낸 냄새였다. 고문을 받다가 그 자리에서 죽거나, 풀려나더라도 한달 안에 맷독으로 죽는 일이 드물지 않았다.

중산간 지대에서 잡힌 청년들 예닐곱명이 포승줄에 묶이는 중이었다. 지서에 끌려가 고문당할 생각에 가슴이 오그라들고 무릎에서 힘이 빠져 비틀거렸다. 머뭇거리며 포승줄을 받으려고 두 손을 내밀던 한 청년이 갑자기 고함을 지르며 덤벼들어 경찰의 면상을 주먹으로 갈기고는 아아아, 소리치며 산을 향해 내달렸다. 그를 향해 수십발의 총알이 날아갔다. 자살이었다.

경찰지서의 취조실. 시멘트 바닥에 쓰러진 채 한번만 봐달라고, 살려달라고 쉴 새 없이 애원하는 청년의 입을 고문자의 군홧발이 걷어찼다. 고문을 견디다 못해 죽기로 결심한 청년이 난로의 부삽을 들고 덤벼들어 고문자의 머리를 내리쳤다. 다른 경찰이 부삽을 든 청년을 사살했다. 자살이었다.

시어머니 출타 중에 서청이 마을에 나타나자 며느리는 남편이 죽었다고 속일 양으로 얼른 안방에 병풍을 치고 상에 향로를 올려 상청을 꾸몄다. 귀가한 시어머니가 상청을 차린 것을 보고 불같이 화를 냈다. "내 아들 안 죽었다! 이거 무슨 짓고? 이년이 집안 망칠 년이로구나. 나가라!" 남편이 죽은 것으로 해야 서청이 찾지 않는다고, 며느리가 한참 시어머니를 설득했다.

"너레 산에 식량 얼마나 올렸네? 바른대로 말하라우! 쌀 몇되 올렸어?" "아이고, 나리님, 난 산에 식량 안 올렸수다게! 저, 거시기, 나가 작년에 남의 집 양식을 훔친 적은 있수다만 산에 식량은 안 올렸수다게. 난 그냥 도둑놈이라마씸!" "허, 이 간나 새끼, 거짓부레기하는 것 좀 보라. 쇠좆매 맛을 보여줘야디 안 되갔어. 야, 졸병, 이놈 등껍질 벗기라우!" 청년의 상의가 벗겨지자 고문자가 팔에 뱀처럼 휘감았던 쇠좆매를 풀어 청년의 벗은 등을 서너번 후려쳤다. 처절한 비명이 터져나왔다. 등에 금세 지렁이처럼 기다란 상처들이 엇갈려 부풀었다. "아이고아이고, 잘못했습니다. 예예, 쌀은 없어 못 올리고 고춧가루 조금 올렸수다, 아이고아이고."

"뭐, 고춧가루 조금? 이 새끼가 아직도 거짓부레기하네! 너레 매 맞고 죽어야 자백할 거이야? 매에 장사 없어. 내레 죽은 시체라도 매 때려서 자백을 받아낼 수 있어!" 고문자가 다시 쇠좆매를 내리치기 시작했다. 고문당하는 자의 입에서 신음도 아니고 비명도 아닌, 흐엉 흐엉 소 우는 소리가 났다.

마구간에 매인 말을 끌고 가려는 서청을 두 팔 벌려 가로막은 열세살짜리 아이. 서청 군인이 권총을 꺼내자 아비가 달려가 "아이고, 선상님, 이 아이는 바보우다, 바보!" 하고 애걸한다.

"야, 이 에미나이, 거짓부레기하는 거 좀 보라. 키가 이케 큰데 결혼을 안 했다고? 그럴 리 없다. 날래 서방 내놓라우! 니 서방 어드메 간? 폭도질 하레 갔디?"

부당하게 끌려가 고문을 당한 어느 마을 민보단 단장이 분통을 터뜨린다. "돈 먹으려고 나 같은 골수 우익을 고문하다니, 네놈들이 진짜 빨갱이 아니냐!" 빨갱이라고 했다 하여 그는 즉시 총살당한다.

이 새끼, 말 잘하는 거 보니까 빨갱이가 틀림없어!

　돈이 없어 좁쌀 두가마니와 고구마 한가마니를 소대
장에게 뇌물로 가져간다. "이렇게 덩치 큰 거 말고 작은
걸로 줘야지." "예?" "무슨 말인지 몰라? 이걸 팔아서
돈으로 달라고."

　쇠좆매, 사쿠라 몽둥이, 목검, 장작개비로 두들기고,
후려치고, 개머리판으로 어깨를 찍고, 집게로 손톱을
뽑고, 드럼통에 넣어 마구 굴리고, 꿇어앉혀 장작개비
와 각목을 무릎 안쪽에 끼우고 허벅지를 군홧발로 자
근자근 밟고, 일본도 칼등으로 머리통과 어깨를 내리
치고, 군홧발로 복부와 고환을 걷어차고, 벗은 가슴팍
에 담뱃불을 비벼 끄고, 노인의 수염을 라이터 불로 태
우고, 남자 여자 가리지 않고 발가벗겨 거꾸로 매달고,
고춧가루 푼 물을 코에 졸졸 붓고, 긴 머리를 말 꼬리에
묶어 말을 달리고, 두 손가락 사이에 연필을 끼워 비틀
고, 말고삐 올가미를 목에 걸어 끌고 다니고, 개머리판
으로 입을 부숴 부러진 앞니가 옥수수알처럼 토해지고,
찌르르찌르르 전기 고문으로 까무러뜨리고, 어깨뼈를
무너뜨리고, 고막을 파열시키고……

촌민 수십명이 경찰지서 주위에 돌을 날라다 담을 두르고 진지를 쌓는 작업을 여러날 하던 중, 하루는 작업을 마치고 귀가하다가 서울에서 내려온 기자들을 만났다. 기자들이 질문을 던지자마자 봇물 터지듯 곡성이 터졌다. 괭이와 삽으로 땅을 치면서 죽으려야 죽을 수 없고 살려야 살 수가 없다는 호소가 이어졌다. 그러나 미군복을 입은 기자들이 할 수 있는 일은 아무것도 없었다.

이러한 무차별 강경 진압은 경비대 내부에 큰 반발을 불러일으켰다. 경비대 병사 마흔한명이 집단 탈영하여 입산했는데, 이틀 후 그중 이십명이 체포되어 총살당했다.

8월 15일, 마침내 삼팔선 이남에 대한민국 정부가 수립되었다.

토벌대의 무차별 강경 진압에 대한 산부대의 저항은 격렬했다. 분노와 복수의 의지로 똘똘 뭉친 그들이었다. 산부대는 도로를 끊고 전신주와 전화선을 끊어 차량 운행과 통신을 마비시킨 상태에서 순식간에 치고 빠지는 유격전을 벌였다. 전체 인원이 많아야 삼백명 정도에 불과한 산부대는 면별, 마을별로 독자적으로 행동했다. 각 부대는 각자 결정하고 각자 싸우고 각자 죽었다. 대개 이 삼십명 단위로 움직였는데, 그중에 총기를 가진 자는 서너명에 불과하고 나머지는 죽창이나 철창을 들었다. 탄약이 절대적으로 부족했다. 총이 있어도 총알이 없으면 무용지물인데 전투에 나설 때는 총 한자루에 총알 다섯발 정도만 배급했다. 토벌대가 쉰발을 쏘아대면 산군이 한발을 쏘았다. 공급처가 따로 없었기 때문에 산군이 총과 탄약을 구할 수 있는 방법은 성공적인 기습 공격뿐이었다. 토벌대 전사자에게서 총과 탄약을 거두었고 군복과 군화도 벗겨갔다. 토벌대 전사자의 군복은 산군의 위장복이 되었다. 그래서 토벌대는 산군의 보급부대라는 말이 생겼다.

여러 산부대 가운데 가장 인원이 많은 호부대의 활약이 두드러졌다. 호부대는 호랑이 부대라는 뜻이었는데, 조천중학원 교원 출신인 이덕구가 대장으로 백명의 대원을 이끌었다. 호부대의 잇따른 승전보는 많은 사람에게 용기를 불어넣어 산부대가 이길지도 모른다는 어설픈 희망을 품게 만들었다. 이덕구의 목에 거액의 현상금이 붙었다.

한라산 깊은 골짝 우리의 진지
아아 제주도 빨치산은
아아 조국의 자유를 지킨다
침략을 반대하고 일어선 동포
우리는 삼천만의 아들과 딸이다

변변찮은 무기에도 불구하고 산부대의 전투 능력은
만만치 않았다. 산부대는 언제나 정면 교전을 피했다. 토
벌대가 산으로 올라오면 산부대는 반대로 눈에 안 띄게
아래로 내려가거나 안개 속에 숨어 숨바꼭질을 하다가
돌연 토벌대의 후미에 나타나 타격을 가하고 순식간에
사라졌다. 중산간 지대는 안개가 낄 때가 많았다. 때때로
산군은 안개 속으로 사라졌다가 안개가 토벌대 쪽으로
이동하면 그 속에 숨어서 공격하기도 했다. 그들은 총탄
을 아끼기 위해 대담하게도 철창과 죽창을 사용한 백병
전을 자주 선택했다. 좁은 산길 모퉁이에서 토벌대의 후
미를 덮쳐 철창, 죽창으로 순식간에 백병전을 벌인 다음
달아나는 식이었다. 번개처럼 치고, 바람처럼 빠져라!
이동 중인 차량을 기습하기도 했다. 도로변의 전화선을
절단하면 수리하기 위해 일개 소대 이상의 병력이 차를
타고 출동하기 마련인데, 굽잇길에 매복했다가 차바퀴

를 쏘아 펑크를 내고 공격했고, 도로 가운데를 파거나 돌을 쌓아 차단한 다음 매복했다가 공격하기도 했다.

 군경 토벌대의 절대적 지배하에 있는 해변 마을 사람들은 참으로 처신이 어렵게 되었다. 군경의 삼엄한 감시의 눈초리를 피해 정기적으로 산에 식량을 올려야 했고, 때로는 산군의 명령에 따라 돌을 쌓아 도로를 차단하는 일 같은 것을 해야 했다. 그러나 군경의 보복이 두려운 마을 사람들은 산군이 올라가버리면 쌓아놓은 돌들을 밤사이에 다시 치워야 했다. 산과 토벌대 사이에서 참으로 위태로운 줄타기였다. 한편으로 서청 후원회에 약탈당하고 다른 한편으로 산에 식량을 올려야 하는 마을 사람들은 식량난에 처했다. 토벌대의 야간 감시가 어느 때보다 삼엄하여 산에 식량을 올리는 일이 더 위험해지기도 했다. 야간에 말이나 소에 짐을 싣고 혹은 사람이 등짐을 지고 산에 오르다가 적발되어 처형당하는 일이 한두번이 아니었다.

 조천리에서도 그 때문에 총살된 사람이 몇명이나 있었다. 봉소동 사람 강씨는 자신이 직접 쌀을 운반하지 않았는데도 억울하게 처형당했는데, 사연인즉 이러했다. 같은 동네에 사는 친지가 한밤중에 강씨를 찾아와 소를 빌려달라고 했다. 그 밤에 쌀을 싣고 산에 가야 한다는 것이었다. 강씨는 소가 아파서 안 된다고 거짓 핑계를 댔다. 친지가 그래도 내놓으라고, 산에서 쌀을 올리라는 명령인데 거역하면 좋지 못할 것이라고 다그치는데도 끝내 거절했다. 산에서 내려와 자기를 죽여도 할 수 없다고, 그 소는 자기네 다섯 식구의 목숨이라고, 그 소를 팔아 양식을 살 생각이니 절대 안 된다고 말했다. 그런데 아침에 일어나보니 소가 없었다. 그 친지가 소를 끌고 간 것이었다. 밤중에 쌀을 싣고 산에 오르던 그 소는 그만 토벌대에게 발각되고 말았다. 소를 끌던 사람은 재빨리 도망치고 소만 남았다. 소는 어디를 가도 제가 살던 집을 찾아갈 수 있는 짐승이었다. 토벌대가 그 소를 앞세우고 내려오니 소는 바로 강씨 집 앞에 멈춰 섰다. 강씨는 산에 쌀을 올리려 한 사람이 되어 총살당했다.

그 무렵 창세 같은 레포들이 마을에 전하는 밀서에는 식량을 올려 보내라는 내용이 많았다. 한밤중에 이장 고영두의 집에 유리창을 깨고 편지로 싼 돌멩이가 날아들기도 했다. 아무 날 아무 시 아무 장소에 식량을 갖다놓으라, 만약 응하지 않으면 처형하겠다는 협박장이었다. 이러지도 저러지도 못하고 쩔쩔매던 그는 결국 응하지 않고 밤에는 숨어서 지냈다. 제집에서 자지 못하고 남의 집을 옮아다니며 잤다.

　처음에 산부대는 마을 사람들이 식량과 된장, 간장을 모아놓으면 밤에 소를 끌고 내려와서 실어갔다. 사람들은 양념 김치를 할 여유가 없으면 배추를 바닷물에 닷새쯤 담갔다가 산에 올리기도 했다. 그러다 마을에서 식량 등 물자가 올라오지 못하게 되자, 산부대는 야간에 마을을 습격해서 약탈할 수밖에 없었다. 어둠 속에서 종이 확성기로 "어머니, 아버지, 안녕하십니까? 우리는 여러분의 자식들이우다 우리가 하는 일을 적극 도와주십서. 곧 해방이 될 거우다. 조금만 참아주십서"라고 선전하며 호소했지만, 약탈은 약탈이었다. 마을 사람들이 집에 쌀이 없어 굶는 판에도 산군은 나타나 쌀을 달라고 요구했다. 처음에는 도와달라고 사정하며 애걸하다가 그래도 말을 듣지 않으면 무섭게 화를 내면서 죽창으로 집 안 여기저기를 쑤셔댔다. 아궁이 속의 재까지 헤집었다.

　산부대가 다녀간 뒷날이면 어김없이 온 동네가 지서 경찰에 의해 박살이 났다. 왜 그놈들과 싸우지 않았느냐, 왜 쌀을 빼앗겼느냐며 마구 구타당하고 짓밟혔다. 지서가 습격당했을 경우에는 그보다 열배 이상의 보복을 당했다. 산군이 지서를 습격하면 겁먹은 경찰은 별 대응을 하지 못하고 숨거나 도망가기 일쑤였다. 지서에 별 피해가 없는데도 도피자, 입산자 가족들은 잡혀들어가 혹독하게 매질을 당했고, 지서 순경들 중 한명이라도 희생자가 나면 반드시 가혹한 보복이 뒤따라 여러 사람이 총살당했다.

때로는 불온분자로 낙인찍힌 집들이 불태워지기도 했다. "그 집 소탕해버려!" 한마디에 불붙인 건초 묶음이 지붕에 던져졌다. 동네 사람들은 그 불을 끌 수도 없고 안 끌 수도 없어 쩔쩔맸다. 경찰이 떠나고 나서야 망보는 사람을 세우고 불을 끄러 달려들었고, 망보는 이가 순경들이 다시 이쪽으로 온다고 알리면 모두들 뿔뿔이 흩어져 자기 집으로 달아났다.

그런 상황에서 삼팔선 이남에 단독정부가 수립되자 민심은 급격하게 달라지기 시작했다. 정부가 수립되었으니 이제는 모든 게 끝나버렸다고, 싸움은 비참한 패배로 끝나고 말 거라고 생각하는 사람들이 많아졌다. 얼마 전까지는 모든 활동이 분단을 획책하는 외세, 즉 미군정에 대한 정당한 투쟁이었지만, 단독정부일망정 정부가 수립된 지금 더이상의 투쟁은 반역 행위가 될 뿐이라는 생각이었다.

일찌감치 군경의 지배하에 들어간 읍내는 물론 일주

도로변의 마을들에서도 조직 이탈자가 속출했다. 이탈자는 살기 위해 전향자가 될 수밖에 없었다. 목숨을 구하기 위해서는 옛 동료의 이름과 아지트를 누설하고, 대청 혹은 민보단에 몸을 담아야 했다. 이탈자들 중에는 전향이 싫어 육지부나 일본으로 밀항하는 이들도 적지 않았다. 대개가 지식인들이었다.

입산하거나 도피하지 않고 마을에 남은 사람들도 관변단체에 가입하도록 강요당했다. 이십대, 삼십대 청년들은 대청에, 그 위 나이대면 민보단에 들었다. 여자들도 민보단에 가입해야 했으니, 처녀는 물론 결혼했어도 아이가 없는 젊은 여자들이 대상이었다. 민보단의 무기는 총은 없이 죽창이나 철창뿐이었다. 민보단 사람들은 말했다. "우릴 나쁘게만 보지 마라. 우리 위에 서청이 있다. 우리가 살려면 그 사람들 말을 들어야 한다."

높이 들어라 붉은 깃발을
그 그늘에서 굳게 맹세해
비겁한 자야 갈 테면 가라
우리는 붉은 기를 지킨다

그렇게 결의를 다졌지만 항쟁의 거대한 불꽃은 이제

급격히 그 생명력을 잃고 있었다. 살기 위해서는 굴복해야 한다고 생각하는 사람들이 많아졌다. 처음에는 공포가 사람들을 똘똘 뭉치게 하더니, 절망적 상황이 된 지금에는 공포가 사람들을 갈라놓았다. 군경 토벌대의 무자비한 파괴 공작은 그때까지 한 몸 같았던 도민 공동체를 두쪽으로 찢어놓았다. 두쪽으로 찢겼을 뿐만 아니라 서로 적대 관계가 되도록 내몰렸다. 한 몸의 오른팔과 왼팔이 서로 적이 되어버렸다. 모든 사람이 좌냐 우냐, 산이냐 해변이냐, 철저하게 양분되어 찢겨나갔다. 저항 세력을 산부대, 산군 혹은 산사람이라고 부르던 것이 토벌대가 시키는 대로 차츰 폭도 혹은 산폭도로 변해갔다. 폭도놈, 폭도 년이라고 흔히 불렀다. 처음에는 차마 그 말을 입에 담지 못했으나 차츰 그렇게 부르는 것이 살길이라고 생각하게 되었고, 산사람은 이제 두렵고 낯선 대상이 되었다.

한봉 어른이 창세를 걱정하여 말했다. "한발짝이라도 잘못 디디면 죽는다. 느 집에 남자는 너 하나다. 너는 살아야 한다. 명심하고 근신하거라."

이제 산부대의 싸움은 아주 불리한 양상으로 변하고 말았다. 인민의 이탈은 치명적이었다. 게릴라는 인민이라는 연못 속의 물고기와 같은 존재여서 인민이 없으면 살 수 없기 때문이었다. 게다가 부모 형제와 처자식이 적의 손아귀에 인질로 잡혀 자신들 때문에 고문을 당하고 죽임을 당했다.

산부대는 점점 과격해져서 피에는 피, 너희가 죽이면 우리도 죽인다는 식이 되었다. 죽음을 죽음으로 갚겠다고 했다. 처음에는 경찰 가족을 납치하여 짐꾼으로 한라산 기슭까지 데리고 갔다가 훈계만 하고 하산시키던 것이 이제는 병아리를 바구니에 담아 오일장에 팔러 가는 순경 어머니를 잡아 살해하는 지경에까지 이르렀다. 경찰과 대청 간부의 집을 화염병으로 공격하고, 당사자가 없으면 가족을 살해하기도 했다. 전향자에 대한 응징도 가차 없었다. 궐석재판을 통해 숙청 명령을 내렸다. "놈들을 죽여라! 배신자의 말로가 무엇인지 보여주어라!" 입산자들 가운데는 무고한 인민 살상에 반대하는 사람들이 많았지만 분노한 산부대를 말릴 수는 없었다.

외세에 대한 싸움이 이제는 동족 간의 싸움으로까지 번져갔다. 산과 해변의 대립은 살벌했다. 좌우 양쪽이 번갈아 서로를 죽이고, 그 가족을 죽이고, 그 집에 불을 질렀다. 복수심에 눈멀어 물불을 가리지 않았다. 친구가 친구를 잡아먹고, 친척이 친척을 잡아먹었다. 천년의 공동체, 무엇으로도 끊어낼 수 없을 것 같던 끈끈한 우애와 혈연의 공동체, 씨줄 날줄로 정교하게 엮인 그 돈독한 공동체가 무참히 찢겨나가고 있었다. 일찌감치 군경에 장악당한 읍내의 여자아이들은 고무줄놀이를 하면서 노래를 불렀다. "위에 붙어라, 아래 붙어라 산에 붙어라, 해변에 붙어라."

그 무렵 창세도 상부의 지시에 따라 건전지와 설탕을 구입하러 읍내에 갔다가 그 노래를 들었다. 건전지는 라디오, 무전기, 손전등에 꼭 필요한 물품이어서 수색당하지 않도록 각별한 주의가 필요했다. 의심을 받을까봐 전파사 두군데를 돌면서 두개씩 사서 미리 구입한 설탕 봉지 속에 파묻어 숨겼다. 그런데 오랜만에 보는 읍내 분위기는 사뭇 달라져 있었다. 군용차량이 내달리고, 군인들이 많이 보이고, 거리 한쪽에서 청년들 몇명이 모여 행인들을 향해 "공산 역도 남로당을 때려잡자!"라고 마이크 방송을 하고 있었지만, 놀랍게도 거리는 대체로 평온해 보였다. 행인들은 별로 불안한 기색이 없이 담담한 표정이었다. 창세가 찾아간 전파사는 거리를 향해 마이크로 유행가를 흘려보내고 있었고, 전신주 밑에서는 단발머리 여자아이들이 깡충깡충 뛰면서 그 노래를 부르며 고무줄놀이를 하고 있었다.

더 놀라운 것은 영화 광고의 행렬이었다. 덩덩덩 깽깽깽 북 치고 꽹과리 치는 가운데 아이들이 우쭐거리며 뒤를 따랐고, 변사가 마이크를 입에 대고 소리를 질러댔다. "아아, 눈물 없이는 볼 수 없고 손수건 없이는 볼 수 없는 감동의 영화, 「검사와 여선생」! 눈물의 주옥편! 기대하시라, 오늘 저녁 여섯시, 제주극장에서!"

밖에서는 수없이 많은 사람들이 죽어가는데, 읍내는 그렇게 우물 속의 물처럼 잔잔하고 평온해 보였다. 딴 세상이었다. 제주극장에서는 영화뿐만 아니라 악극단 공연도 자주 열리는 모양이었다.

어느 마을 민보단 청년들이 죽창으로 싸울 수 없으니 총을 달라고 경찰에 애원했다. 줄 테니 따라오라고 해서 기쁜 마음으로 갔는데, 뜻밖에도 거기에는 죽음이 기다리고 있었다. 총을 주면 그 총으로 우리를 죽이려는 거 아니냐면서, 경찰은 그들을 총살했다. 청년 열한 명이 총에 맞아 쓰러지면서 "대한민국 만세"를 불렀다. 자기 자식들의 살길을 위해서였다.

다른 마을의 민보단 대표가 부들부들 떨면서 지서 주

임에게 애원했다. 같은 마을 사람에게 죽창질은 도저히 못 하겠다고, 제발 다른 마을 사람들을 시켜서 해달라고. 죽창질은 이웃 마을이 맡게 되었고, 그 결과 화목했던 두 마을은 철천지원수가 되어버렸다.

입산한 두 아들 때문에 경찰에 시달릴까봐 읍내 친척집에 숨어 살던 중년의 아비가 산에서 몰래 찾아온 막내에게 전향을 종용했다.

"말젯놈아(막내야), 내 말 잘 들으라이. 느 두 형제가 산에 붙은 것 때문에 이 애비가 큰 걱정이여. 산이 이길지 해변이 이길지 모르지만, 아직 장가도 안 간 느 두 놈이 산에 같이 붙어 있다가 싸움에 져서 둘 다 죽으면 그런 낭패가 어디 있겠느냐. 우리는 멸족이 되는 거여! 그러니 한군데 있지 말란 말이다. 말젯놈아, 네 형은 계속 산에 있겠다고 고집을 피우니 널랑 하산해서 해변에 붙으라이!"

박털보의 대장간에서 조수로 일하다가 입산했던 황평일이 경찰에 붙잡혀 모진 고문을 당한 끝에 전향했다. 그는 대장장이여서 총살을 면했는데, 경찰은 철창을 벼릴 줄 아는 그의 기술이 필요했던 것이다. 주인 박털보의 입산으로 비어 있던 대장간에서 황평일이 철창을 만들었다. 경찰이 민가에서 걷어온 낫을 곧게 펴서 막대 끝에 고정하면 철창이 되었다. 그러나 그는 전향한 지 보름쯤 지난 어느 날 아침, 산군의 철창에 찔린 시체로 발견되고 말았다.

죽은 황평일의 모친이 그날 양순태의 집을 찾아가 돌담 울타리를 허물면서 울부짖었다. "내 아들 살려내라, 내 아들 살려내! 산에 올라간 놈들 다 죽여라!" 그러나 서청 경찰이 나타나 성냥을 주면서 그 집을 불 지르라 했을 때, 그 노파는 그런 짓은 할 수 없다고 거부했다.

그 무렵의 어느 날 밤 창세는 샛별소년대의 한 아이와 함께 비석거리에 삐라를 붙이다가 현장에서 발각되었다. 창세는 무사히 달아날 수 있었지만 그 아이는 잡혔다. 잡힌 아이가 매를 견디지 못해 달아난 자가 누구라고 실토할 것이 분명하므로 내친김에 와흘리로 올라가버렸다. 어머니가 일본군 군화를 구해다 신겨주었다. 동갑내기 벗 갑송은 그보다 열흘 전에 입산해 있었다. 와흘리 위 새미오름 근처 숲속에 입산자의 아지트들이 있었다. 창세는 근처에 외갓집이 있어 누이 만옥과 함께 주로 거기에서 먹고 잤다. 낮에는 외삼촌네 말떼를 돌보면서 날마다 숲속 아지트를 드나들었다. 창세가 날마다 들르는 곳은 조천면 선전부의 아지트였다.

뉴스삐빠 창세는 거기에서도 레포 역할을 했다. 갑송과 번갈아 했다. 여전히 양대못의 큰 바위가 밀서 전달 장소였다. 상부가 전달하는 밀서를 갖고 가서 그 바위 밑에 숨겨놓고 거기에 숨겨진 마을의 밀서를 찾아왔다. 몸을 숨기기 위해 마찻길을 피해 오솔길로 다녔고, 때로는 길을 버리고 밭담을 넘어 다니거나 물이 마른 냇바닥을 걸어가기도 했다. 그러다보니 길을 잃고 헤맬 때도 있었지만 달음박질 선수답게 창세는 민첩하고 빠른 걸음으로 길을 찾았다.

언제나 그의 등에는 끈 달린 삽 한자루가 총처럼 메여 있었는데, 소학교 졸업식에서 우등상으로 받은 삽이었다. 삽은 산에서 꼭 필요한 도구이기도 했지만 죽창 대신 자신을 방어할 무기로도 쓸 만했다. 레포 활동을 하다가 적을 만나면 삽날로 적의 목을 치라고 선배들은 말했지만, 창세는 과연 그렇게 할 수 있을지 자신이 없었다. 하지만 레포 활동의 그 아슬아슬한 느낌이 야릇하게 좋았다. 활동하러 다니는 산길에서 산딸기, 볼레나무 열매를 따 먹는 재미도 있었다. 산딸기 덤불에는 열매가 검붉게 익어 있었고, 볼레나무를 삽으로 후려치면 밑에 깔아둔

보자기 위로 붉은 열매들이 초록 벌레들과 함께 와르르 쏟아졌다.

산길을 갈 때면 시나 노래를 흥얼거렸다. 창세가 갖고 다니는 수첩에는 정지용 시집과 소월 시집에서 옮긴 시들이 깨알 같은 글씨로 쓰여 있었다. "넓은 벌 동쪽 끝으로/옛이야기 지줄대는 실개천이 휘돌아 나가고,/얼룩백이 황소가/해설피 금빛 게으른 울음을 우는 곳,//그곳이 차마 꿈엔들 잊힐 리야……" 창세는 시를 여러 편 외우고 있어 자주 동굴 속 사람들에게 낭송해주었다. 또한 읍내에 건전지를 사러 갔을 때 들은 영화 광고의 변사 말투를 흉내 내어 사람들을 웃기곤 했다. "아아, 눈물 없이는 볼 수 없고 손수건 없이는 볼 수 없는 감동의 영화,「검사와 여선생」! 눈물의 주옥편! 기대하시라, 오늘 저녁 여섯 시, 제주극장에서!"

창세가 날마다 들르는 선전부 아지트는 열 명 정도를 너끈히 수용할 수 있을 만큼 넓은 동굴이었지만 입구는 한 사람이 겨우 비집고 들어갈 정도로 좁아서 은신하기 안성맞춤이었다. 그 대신 연기가 잘 빠지지 않아 불을 피워 밥을 지으려면 부득불 동굴 밖으로 나가야 했다. 다행히 새벽이면 늘 안개가 있어서 그때 밖에 나가 덤불 속에서 밥을 지었다. 밥 짓는 연기를 덤불이 잘 흩뜨려주었다. 그 동굴에는 예닐곱명 정도의 청년들이 은신하고 있었는데 문상옥, 박털보, 정두길, 고승우를 비롯해 거의가 아는 사람들이었다. 면 조직부의 양순태는 다른 아지트에 가 있었다. 박털보와 정두길은 신문 제작을 도왔고, 일본에서 스프링 제작 기술을 배운 고승우는 산부대의 고장 난 총기의 스프링을 고치는 일을 했다. 창세는 누구보다도 정두길 선생이 거기에 와 있어서 좋았다. 일주일에 한번쯤 신문이 만들어지면 그것을 창세들이 양대못까지 가져갔다. 신문에 실린 기사들 중에 중요한 것은 토벌대의 가혹 행위와 산부대의 투쟁 소식이었다. 산부대의 투쟁은 대부분 호부대의 대장 이덕구가 주도한 것으로 되어 있었는데, 그것이 사실과 다르다는 것을 창세는 한참 후에야 알았다. 그러니까 그건 적을 속이기 위한 전략이었다. 동에 번쩍 서에 번쩍 신출귀몰하는 날랜 장수를 만들기 위한 전략. 산부대는 위로는 면 단위로, 아래로는 리 단위로 독자적으로 전투했는데, 그중에서 승리한 전투를 이덕구 한 사람에게 몰아주었던 것이다. 그래서 주민들은 물론 군과 경찰까지도 한동안은 중요한 전투는 모두 이덕구가 주도한 것으로 생각했다.

창세는 새미오름 근처 초원에서 누이 만옥과 함께 말 떼를 돌보던 어느 날 뜻밖에도 호부대 대장 이덕구를 보았다. 백명가량의 산부대가 산 쪽으로 행군하는 도중에 솔숲 속에 들어앉아 점심을 먹고 있었는데, 와흘 마을에서 가마니 하나에 가득 담아온 보리밥이었다. 그들 중에 그가 있었다. 서울에 잠깐 갔다 온다고 학교를 떠난 지 거의 반년 만에 보는 얼굴이었다. 안경을 쓴 얼굴 모습은 그대로인데 옷차림이 낯설었다. 중절모에 누런 바바리코트를 입고 허리에는 권총을 차고 있었다. 창세가 얼른 다가가서 반갑게 꾸벅 인사를 했다. 밥을 먹던 이덕구가 놀라서 눈을 크게 뜨고 "아이고, 이거 누게고? 너, 창세 아니가? 안창세 학생⋯⋯" 하고 반색하더니 곧 고개를 내두르면서 탄식했다. "하아, 어린 느네들까지 이렇게 산에 올라오게 만든 이 세상이 참말로 한심스럽구나! 아아아⋯⋯"

9월 9일, 삼팔선 이북에서 또다른 정부의 수립이 발표되었다.

"삼팔 이북에도 나라가 생겼댄!"
"개새끼들!"

"나라가 완전히 두동강 났구나! 허리가 끊어졌어!"

"남북분단이 완성되어버렸네! 아아, 우린 망했다, 망했어!"

남북분단에 절망한 읍내 청년 한명이 자살했다는 소문이 돌았다. 그의 유서에는 "나의 조국은 남도 북도 아니다. 남북이 하나로 된 것이 나의 조국인데 이제 갈라져 나의 조국이 없어져버렸으니, 나는 더이상 살 이유가 없다"라고 쓰여 있었다고 했다.

9월 중순부터 창세의 모친은 함덕리 3대대, 즉 서청 대대 군인들의 피복 수선을 전담하게 되었다. 닷새에 한번씩 자전거에 잔뜩 싣고 와서 떠안기는 군복 무더기를 하나하나 수선하느라고 그녀는 날마다 밤늦게까지 미싱을 돌려야 했다.

비슷한 시기에 양갑추의 남편 고정오가 서청 대대의 전속 이발사로 차출되었다.

위험을 느낀 장영발은 아내와 딸 영주를 밀항선에 태워 일본으로 보내고 리베라 상회에 홀로 남았다.

조천 지서 경찰이 산에서 비무장의 청년 한명을 잡아왔다. 조천리 빌레못 동네 청년이었다. 경찰은 그 청년의 목에 "나는 폭도입니다"라고 쓴 나무판을 걸고 등에는 북을 지워 마을 안길을 돌렸다. 재작년에 친일 면장 하이 하이가 그랬던 것처럼 순경이 뒤에서 덩덩 북을 치면 그 청년이 큰 소리로 "나는 폭도입니다"라고 외쳐야 했다. 그렇게 마을 구석구석을 돌린 다음 그를 팽나무에 목매 달아 죽였다. 정미소 옆에 서 있는, 명절 때마다 돼지를 매달아 잡던 바로 그 나무였다.

열여섯살의 창세는 코밑에 거뭇거뭇 수염이 나고 여 드름이 솟았다. 키도 더 자라서 교복 바지가 깡뚱해지 고 손목이 소매 밖으로 나왔다. 창세가 소학교를 졸업할 때 정두길 선생이 물려준 옷이었다. 처음 입을 때는 너무 커서 어머니가 바짓단과 소맷단을 줄여주었는데, 이제 는 접었던 것을 풀고도 모자랐다. 열여섯살이 되기를 얼 마나 기다렸나. 열여섯살부터는 성인이어서 군경의 표 적이 되기도 하지만, 창세는 성인이 된 것이 기뻤다. '이 젠 나도 어른이다' 하는 자부심이 생겼다. 이팔청춘 열 여섯살은 사랑도 하고 장가도 갈 수 있는 나이라고 행필 이 말했었다. 그런데 애석하게도 영주가 떠나버렸다. 창 세는 산에 와 있는 동안 자주 그녀를 생각했다. 하얀 이 를 드러내고 생글생글 웃는 그 얼굴, 밀물의 물가에서 놀다가 엉겁결에 그녀를 업고 물을 건너던 장면, 그녀 앞에서 장래 희망은 소설가라고 다짐하던 자신의 모습이 자꾸만 떠올랐다. 그러나 이제 그녀는 더이상 만날 수 없는 일본 땅, 제 어머니의 고향으로 가버렸다.

창세는 오름이나 동산에 올라 멀리 해변을 바라볼 때마다 마음이 울적해지곤 했다. 이제 산과 해변은 양쪽으로 찢겨나가 서로 닿을 수 없는 머나먼 곳이 되어버렸다. 해변과 산 사이, 중산간 지대는 여기저기 군대가 주둔해 있고 해변 마을들은 군대와 경찰이 장악했다. 그의 마을 조천리도 걸어가면 두시간 정도밖에 안 걸리는 거리인데 갈 수 없는 먼 곳이 되어버렸다. 저녁이면 밥 짓는 푸르스름한 연기가 마을 위에 떠 있는 것이 보였고, 그럴 때면 아궁이 앞에 앉아 불을 때는 어머니의 모습이 떠오르고 보릿짚 타는 구수한 냄새도 생각났다. 때로는 파도소리가 나직이 바람에 실려오기도 했다. 지금은 두 남매가 산에 올라와버리고 어머니 혼자 남아 있는 쓸쓸한 집, 초가지붕에는 강풍을 막기 위해 헌 멸치 그물을 씌웠고, 툇마루 기둥에는 누나가 물질할 때 쓰는 테왁이 걸려 있고, 밀물이 울담 바로 아래까지 올라오고, 울담 위에 바닷물을 퍼올리는 두레박이 걸려 있는 물가 집이었다. 타타타타 하는 미싱 소리, 안경을 쓰고 미싱 앞에 앉은 어머니, 주로 집 안에서 미싱 일을 하면서 생활한 탓에 안색이 하얗고 까만 머리에 흰 가르마가 반듯한 얼굴, 그 얼굴이 정말로 보고 싶었다. 그러나 전보다 경계가 훨씬 삼엄해진 마을에 잠입한다는 것은 아무래도 두려운 일이었다.

그렇게 망설이다가, 입산 한달이 지나 생일을 맞게 되자 창세는 더이상 참을 수 없었다. 생일을 맞아 어머니께 엎드려 절하는 것이 자식 된 도리라고 생각했다. 창세는 레포 활동으로 익힌 자신의 능력을 믿기로 했다. 상현달이 짙은 구름 속에 들어 있는 어두운 밤이었다. 초저녁에 창세는 쌀을 담아올 빈 배낭을 메고 출발했다. 천지간에 가득한 거대한 어둠과 정적, 그 속에서 움직이는 것은 오직 자기 혼자뿐이라는 생각에 가슴이 조마조마했다. 창세는 어둠 속에서 꿈틀거리면서 해변을 향해 내려갔다. 돌에 차이고 덤불에 할퀴이면서 걸어갔다. 가다가 달이 구름 밖으로 번쩍 나타나면 적에게 노출된 것처럼 머리칼이 곤두서곤 했다. 마찻길을 피해 풀밭을 걷고, 때로는 밭담을 넘고 밭고랑을 넘었다.

그렇게 해서, 낮에 마찻길로 가면 두시간도 안 걸리는 곳을 어둠 속에서 세시간 넘게 걸려 도착했다. 달이 엷은 구름 속에서 희미한 빛을 뿌리고 있었다. 마을 서쪽 외곽의 일주도로에 당도한 창세는 땅바닥에 엎드려 주의 깊게 사방을 살폈다. 어둠 속에서도 일주도로 주변이 많이 달라진 것을 알 수 있었다. 산군의 기습에 대비해 일주도로변은 말끔히 사계청소(射界淸掃)가 되어 있었다. 길가 밭담이 모두 허물어지고 동백나무숲도 베이고 없었다. 서쪽으로 멀지 않은 곳에 조그만 감시초소와 죽창을 들고 그 앞을 서성거리는 민보단 보초의 검은 실루엣이 보였다.

포복으로 한길을 건넌 창세는 민첩하게 골목길의 어둠 속으로 뛰어들었다. 돌담 울타리 밑 그림자 속에 몸을 숨기고 살금살금 걸었다. 그렇게 친숙했던 골목길이 무섭고 적대적으로 느껴졌다. 누군가 어둠 속에서 불쑥 나타날 것만 같았다. 발자국 소리가 들리는 것 같아 몸이 오싹해졌다. 정미소를 지나자 굵은 나뭇가지가 골목길을 가로지르는 늙은 팽나무가 으스스한 모습으로 눈앞에 나타났다. 명절 때마다 돼지를 목매다는 나무, 사랑 때문에 한 청년이 목매고 죽어 칠흑같이 깜깜한 밤이면 그 밑을 지나는 행인의 목을 노리는 올가미가 내려온다는 나무였다. 두려움에 얼른 나무 밑을 지나쳤다. 쓰러져가는 연자방앗간을 지나고 행필네 집을 지나자, 드디어 타타타 미싱 소리가 들려왔다. 집 뒤로 가서 도둑처럼 돌담을 타고 넘었다.

작업 중인 균복 더미와 함께 미싱 앞에 앉아 있던 어머니가 졸지에 나타난 아들을 보고 너무 놀라 얼른 손바닥으로 입을 막았다. 창세도 목을 태우며 치밀어오르는 감격을 애써 눌러야 했다. 어머니가 재빨리 석유램프의 심지를 낮추고 불빛이 새어나가지 않게 담요로 창문을 가렸다. 두 모자는 한껏 목소리를 낮춰 무언극처럼 재회의 기쁨을 나눴다.

"어머니, 절 받읍서!"

넙죽 엎드린 아들의 눈에서 뜨겁고 매운 눈물이 솟구쳤다.

"오오오, 내 새끼, 내 새끼로구나!"

어머니가 와락 무릎을 꿇어 아들을 일으켜 안았다. 눈물을 글썽이면서 아들의 머리를 쓰다듬고 팔을 어루만졌다. 그러나 오래 허비할 시간이 없었다. 아들은 이 밤이 새기 전에 다시 산으로 올라가야 했다. 우선 옷을 갈아입혔다. 정선생으로부터 물려받아 중학원 생활 삼년간 아껴 입었던 학생복이 입산한 지난 한달 사이에 험하게 헐어버렸다. 바지 무릎이 터지고 가시덤불에 할퀴이고 찢긴 상의에는 구멍이 뻐끔뻐끔 나 있었다. 어머니는 때 묻고 헌 학생복을 벗기고 창세의 아버지가 입던 양복 바지와 솜 넣은 누비 상의를 입혔다. 아비의 옷이 아들에게 딱 맞았다. "네 키가 어느새 이렇게 컸구나!" 어머니의 입에서 낮게 감탄사가 흘러나왔다.

어머니가 서둘러 아들의 생일상을 차렸다. 흰쌀 한줌으로 냄비밥을 보그르르 끓이는 동안 마른미역을 불려 국을 안쳤다. 몹시 배가 고팠던 창세는 허겁지겁 숟갈질을 했는데, 밥 먹는 도중에 극심한 피로가 몰려오면서 잠이 쏟아졌다. 세시간 넘게 어둠 속에서 긴장하여 걸어온 탓이었다. 밥을 다 먹자마자 창세는 그 자리에 픽 쓰러져 잠이 들었다. 어머니는 곤히 잠든 아들에게 누비이불을 덮어준 다음, 혹시 있을지 모를 기습적인 가택수색에 대비해 문단속을 했다. 마루의 앞문을 잠그고, 뒷문을 열고 그 앞에 아들의 신발을 갖다놓았다. 보리쌀을 퍼다가 빈 배낭을 채우고 그것 역시 뒷문에 갖다놓았다. 그러고는 램프 불을 끄고 곤히 잠든 아들 곁에 살며시 몸을 눕혔다. 어둠을 응시한 채 두 손 모아 기도했다. "할마님아, 할마님아, 새콧알할마님아, 부디 도와주십서. 나이는 열여섯, 이름은 안창세, 옛날 옛적 안씨 선주, 그 자손 됩네다. 할마님이 키운 자손이 아닙네까. 부디 할마님이 도와주십서. 어디를 가나 싸우는 데 가더라도 몸 다치지 않게 해주십서. 부디 무사하게 도와주십서. 운수 좋게 해주십서."

시국이 위험해지자 삼엄한 해상경비에도 불구하고 밀항하는 사람들이 계속 생겼다. 밀항선은 대개 캄캄한 밤에 눈에 잘 띄지 않는 2, 3톤짜리 조그만 발동선이었다. 밀항자 스무명가량이 생선 보관용 배 밑창에 짐짝처럼 포개져서 하늘 한번 구경하지 못한 채 사나흘을 견뎌야 했다. 도착지는 대개 일본이었다.

동지를 배반할 수 없다고 버티는 아들을 몽둥이로 때려가며 억지로 밀항선에 태운 아비가 말했다. "아들아, 설사 죽더라도 이 아비의 눈이 닿지 않는 곳에 가서 죽어라."

화물선 세척 중 두척을 이미 군대에 징발당한 이양일은 그 무렵에 남은 배 한척마저 징발하겠다는 통고를 받았다. 그는 배를 징발당하기 보름 전에 산으로 아들을 찾아갔다. 미리 정한 날, 정한 시에 정한 지점으로 쌀 두말을 허서방의 지게에 지우고 올라갔다.

감시를 피한, 달 없는 어두운 밤이었다. 아들은 산군 한명을 데리고 나타났다. 서로 얼굴을 분간하지 못할 정도로 어둠이 짙었다. 두 사람은 허서방과 산군이 듣지 못하게 좀 떨어진 곳으로 옮겨 이야기를 나누었다. 어두운 풀숲에 풀벌레 울음소리가 가득했다. 얼굴 좀 보자고 하면서 아비가 라이터를 켜서 아들의 얼굴을 비추었다. 이발을 하지 못해 얼굴을 반쯤 덮은 긴 머리와 텁수룩한 수염을 보고 아비가 혀를 찼다.

"에구, 그 꼴이 뭣고? 깔축없이 산적 꼴이네, 산적!"

"아버지, 무슨 일이우꽈? 위험한 밤길에 여기까지……"

"산에서 식량난이 심각하다는 말을 들었다. 그래서 쌀 두말을 가져왔다. 그리고 이건 돈이다. 받아라."

아비가 돈 봉투를 아들의 손에 쥐여주었다.

"고맙수다! 고맙수다만, 이젠 마을에서 협조를 안 하니……"

"이젠 마을에서 산에 쌀 못 올린다. 쌀을 모으다가 걸리면 바로 죽는 거여."

"그런디 아버지, 며칠 전에 천일식당에서 그놈들과 어울려 술 먹고 노래까지 불렀다고 첩보가 올라왔던데, 그게 사실이우꽈?"

"그놈들과 사귀어봐야지. 그래야 우리가 하는 말을 조금이라도 들어줄 거 아니냐. 마을을 위해서 한 일이지만, 돈을 거두지 않고 음식값은 순전히 내 돈으로 했져."

"그래도 보기 안 좋으니 그놈들과 술자리에 어울리는 건 하지 맙서."

"허 참! 느가 나한테 이래라저래라 할 자격이 있나? 나는 마을을 위해 애쓰는 시늉이라도 하지만, 느네들이 마을을 위해 한 일이 도대체 뭐냐? 도리어 느네들이 한 행동 때문에 마을 사람들이 총살당하고, 고문당하고, 곡식을 빼앗기고 있지 않느냐. 느네들이 처음에야 좋은 나라를 만들어보젠 투쟁했주만, 다 틀렸다! 대한민국 정부가 생긴 이상 모든 게 허사여. 애국자가 역적이 되어버린 거라. 정신 차려라, 이놈아! 이대로 그냥 있으면 너는 반드시 죽고 말 것이다. 식량도 없이 어떵 싸우냐. 총 맞아 죽든지 굶어 죽든지 반드시 죽고 말 거여. 느만 죽고 느만 망하는 게 아니여. 김해 김씨 집안처럼 느 때문에 우리 집안이 망하는 거여. 이놈아, 정신 차려!"

아비의 흥분한 목소리가 갑자기 부드럽게 낮아졌다. 보름 뒤면 남은 화물선 한척마저 징발당하게 되었다고 말하면서 한숨을 토했다.

"화물선 세척을 모두 빼앗기면 나는 뭘로 벌어먹고 살 거냐고, 놈들한테 조금만 봐달라고 사정했주. 나도 살아야 할 거 아니냐고, 징발되기 전에 마지막으로 일본 무역 한번만 하고 싶으니 허가해달라고 말이여. 제주 해산물은 인기가 있잖아. 다행히 오늘 아침에 허가가 나왔다. 앞으로 닷새 후에 일본으로 출항할 예정이다. 아들아, 민

146

하야, 이것이 기회다! 그 배에 타라! 여러 생각 말고 그 배에 타! 감시가 심하긴 하주만, 나가 평소에 그자들을 잘 사귀어놨으니깐 아무 문제없어. 포구 옆 조밭에 잠시 숨어 있다가 신호하면 얼른 나왕 가마니 속에 들어가기만 하면 되는 거여. 그다음엔 우리 선원이 새끼줄로 동이고 물표를 붙여 해산물로 둔갑시키면 끝! 간단해여. 이 기회를 놓치지 마라. 이것이 나가 너를 도울 수 있는 마지막 기회다. 이 기회를 놓치면 너는 아주 끝장날 거여. 사람은 어떻게든 살아야 한다. 죽어버리면 무슨 소용이 있느냐."

그러나 아들은 끝내 아비의 말을 듣지 않았다. 면조직 책임자의 일원으로 동지들을 배반할 수는 없다고 했다. 아비의 깊은 한숨이 새어나왔다.

"정 그렇다면 할 수 없다, 느 팔자가 그것밖에 안 되니…… 제발 몸조심하고, 요거 하나는 명심하라. 조천 지서를 습격하면 큰일 난다! 9연대 연대장 송요찬이 뭐라고 한 중 알암시냐? 며칠 전에 학교 운동장에 마을 사람들을 모아놓고 연설했는디, 조천에 만약 무슨 일이 생기면 한꺼번에 몰살시킨댄 했어!"

검은 하늘에 가득한 별들이 아무 뜻 없이 찬란한 밤이었다.

안만옥과 김옥희 등 여맹원 몇명은 산부대의 부상자를 치료, 간호하는 일을 맡았는데, 어느 날 만옥이 땔감용 마른 솔잎을 한짐 지고 여염집 아낙으로 가장하여 몰래 읍내에 들어갔다. 따알리아를 만나 약혼자 정두길의 편지를 전달하고 사흘간 그녀의 자취방에 머물면서 응급치료법을 배운 뒤 모르핀, 주사기, 핀셋, 붕대, 거즈, 요오드액, 소형 가위 따위가 든 구급낭 하나를 얻어왔다. 구급낭은 물론 따알리아가 자신이 근무하는 병원에서 훔쳐낸 것이었다. 고문 부상자들이 많아 몇 안 되는 읍내 약국에는 구급약품이 거의 동나서 돈이 있어도 구할 수가 없었다.

조천면 중산간 마을의 청년들로 구성된 산부대의 대장인 김의봉이 대원 여섯명을 거느리고 마찻길에서 동쪽으로 20미터쯤 떨어진 억새밭에 매복했다. 서쪽 길가 좀 떨어진 곳에 잎이 무성한 머귀나무가 그늘을 드리운 작은 연못이 있었다. 총을 가진 사람은 대장 김의봉과 다른 한 사람뿐이고 나머지는 죽창 부대였다. 그들은 억새 숲에 몸을 숨긴 채 앉아서 낮은 목소리로 잡담을 나누며 때가 오기를 기다렸다. 그런데 어찌된 일인지 거의 두시간이 지나도록 경찰 스리쿼터가 나타나지 않았다. 오전 9시에서 10시 사이에 출동한다고 했는데 혹시 일정이 변경된 것인가? 이제나저제나 하며 마찻길을 주시하던 김의봉은 긴장이 풀리면서 짜증이 나기 시작했다. 담배를 피워 물었다. 행인이 전혀 없이 텅 빈 마찻길에는 햇빛만이 일렁거렸다. 박석호가 운전하는 전투경찰 스리쿼터가 그 길로 달려오다가 저 연못 근처에 정차할 것이라는 첩보가 어제 전해졌다. 박석호가 차가 고장 났다고 거짓말을 하여 멈춰 세운다고 했다.

뒤쪽에 있던 강행필이 담배 연기 냄새를 맡고 죽창을 끌면서 재빠르게 의봉에게로 기어갔다. 의봉의 두 콧구멍에서 담배 연기가 푸짐하게 뿜어져나왔다.

"아따, 성님, 담배 참 맛나게 피우네! 나도 한개비 줍서. 나 여러날 담배 굶었수게" 하면서 행필이 버릇처럼 혀를 날름거리며 윗입술을 핥았다.

"너 몇살고?"

"열아홉마씸."

"어허, 여섯살 아래 새파랗게 어린놈이 나하고 맞담배질을 하겠다? 좋아, 해주지. 그런디 나도 이것이 마지막 담배여. 같이 나눠 피우자."

행필이 담배를 넘겨받아 연기를 한모금 깊이 들이마

셨다가 푸른 하늘을 향해 내뿜었다. 오랜만에 피우는 담배라 머리가 어찔했다. 초가을 햇볕이 푸지게 쏟아지는 조밭을 바라보며 의봉이 말했다.

"조 이삭이 개 꼬리처럼 굵직굵직 탐스럽게 늘어진 걸 보난 올해 조농사는 풍년이여."

"풍년은 풍년인디, 한달 뒤 추수할 일이 걱정 아니우꽈. 토벌대가 중산간의 이 들판에 수시로 나타낭 총질을 해대니 밭에서 조를 베다가도 그놈들 나타나면 도망가사 하고……"

"그놈들이 그렇게 맘대로 덤벼들지는 못할 거여. 우리가 가만히 있나. 그럴 때일수록 유격전을 치열하게 벌여사 해여. 낮에 조 베는 일이 위험하면, 깜깜한 밤중에라도 낫질을 해사주."

"아, 깜깜한 밤에……"

"그러나저러나 이러다 오늘 허탕 치는 거 아닌가? 에이!"

의봉이 무릎에 올려놓은 99식 총을 바닥에 내려놓고 벌렁 드러누웠다.

"야, 나 좀 누웡 쉴 테니 마찻길 잘 보라이."

행필이 의봉의 99식 장총을 집어들고 신기한 듯이 만져보았다. 아직 총알을 장전하지 않은 빈총이었다. 실전 상황이 벌어지기 전까지는 총알을 장전하지 않는 것이 규칙이었는데, 매복 중에 자칫 오발하면 위치가 발각되기 때문이었다. 행필이 총구를 들여다보았다. 그 새까만 구멍이 금방 뱀이라도 튀어나올 것처럼 아슬아슬하게 느껴졌다. 그는 여태 한번도 총을 쏘아본 적이 없었다. 총알이 귀해 단 한방의 연습 사격도 해보지 못했다. 실전에 나온 의봉도 단 세발만 주머니에 넣고 왔다. 그래서 일단 사격을 하면 백발백중, 정확히 맞혀야 하고 세발을 다 쏘고 나면 무조건 줄행랑을 쳐야 했다.

"행필아, 너 총 갖고 싶댄 했지?" 의봉이 누운 채 강아지풀 풀대를 뽑아 잘근잘근 씹으면서 말했다. "우리가 필요한 건 총보다도 탄환이지만…… 탄환이 절대 부족이여."

"예예, 총 갖기가 소원이우다! 죽창질은 정말 못 하크라마씸. 사람 몸에 죽창 찌르는 건 진짜 지긋지긋해여."

"오늘 검은 개들과 싸워서 우리가 이기면 총 한자루쯤은 얻을 수 있을 거여. 우리 산군한테는 무기를 공급해주는 데가 따로 없으니까 적의 무기를 빼앗앙 사용할 수밖에 없주. 적의 무기로 적을 쳐라, 이거여!"

"하아, 적의 무기로 적을 쳐라!"

적을 사살하면 그 몸에서 총과 총알뿐만 아니라 군복

과 군화를 빼앗을 수 있었다. 헌 운동화를 신고 있는 행
필은 총뿐만 아니라 군화도 절실했다.

　그 시간에 운전병 박석호가 모는 경찰 스리쿼터는 송
당리 방향의 마찻길을 올라가고 있었다. 중산간 마을에
토벌하러 가는 김녕 지서 소속 전투경찰 일개 분대 여섯
명이었다. 중산간 길이 대개 그렇듯이 그 길도 돌부리가
삐죽삐죽 솟은 돌짝길이었다. 어찌나 험한지 하루만 달
려도 차바퀴가 너덜너덜해지는 길이었다. 그래서 출동
중 차 고장이 잦았고 고치려면 시간이 걸렸는데, 그때마
다 경찰은 석호에게 총을 들이대면서 산폭도와 연락해
서 부러 지연시키는 것 아니냐며 위협을 했다. 출동 중에
두번이나 산부대의 습격을 받았는데, 그가 날래게 운전
하여 간신히 위기를 모면했음에도 그들은 그를 의심하
여 총도 주지 않았다.
　석호는 중산간 마을에 출동할 때마다 양심의 가책으
로 괴로워했다. 학살자들을 태우고 가는 자기 자신을 견
딜 수 없어 한번은 너 죽고 나 죽자는 심정으로 일부러
차를 함부로 몰았다. 그러잖아도 험한 길인데 마구잡이
로 차를 모니 순경들은 이리저리 부딪히고 구르며 호된
멀미에 구토까지 했다. 그 때문에 석호는 총살당할 뻔했

는데, 운전 기술을 가진 자가 워낙 희소한 터라 겨우 죽지 않고 살았다. 죽지는 않았지만 몹시 얻어맞았다. 그렇게 지내던 그는 마침내 크게 한번 사고를 치고 입산하기로 결심했다. 스리쿼터가 돌짝길을 뒤뚱대면서 달려갔다. 석호는 잠시 후 일어날 일이 두려워 핸들을 잡은 손이 진땀으로 흠뻑 젖었다. 옆에 앉은 분대장이 볼까봐 몰래 바지에 땀을 닦았다. 적재함에 탄 순경들이 「서청가」를 합창하고 있었다. "삼천만 대중 부르는 소리에 젊은 가슴 붉은 피는 펄펄 뛰고 휘날린다 (…) 서북군 사명 무겁고 크도다 굳게 뭉쳐 원수 때려라 부숴라!"

　김의봉 부대는 마찻길 북쪽에 누런 먼지구름이 떠오르자 즉각 전투태세에 들어갔다. "검은 개들 나타났다! 검은 개들 나타났다!" 강행필 등 죽창 부대 다섯명이 빠르게 언덕을 내려가 연못 근처 억새밭에 매복했다. 바람이 북쪽에서 불어왔다. 바람에 억새풀이 누울 때마다 행필은 드러날까봐 몸을 더욱 낮추었다. 흙먼지를 앞으로 길게 날리면서 스리쿼터가 달려오는 것이 보였다. 합창하는 노랫소리도 들려왔다. 적은 빠르게 달려왔다. 여섯명이었다. 뒤뚱대면서도 속력껏 달리던 스리쿼터가 연못 근처에서 급정차했다. 박석호가 황급히 튀어나왔다.

그가 보닛을 열어 머리를 처박고 살피는 시늉을 했다. 분대장이 눈을 부라리며 다가왔다.

"뭐이가, 이 간나 새끼! 또 고장이네? 이 새끼는 맨날 고장이래. 너, 일부러 차 세우고 산폭도들 부른 거 아니가?"

석호가 급히 운전석으로 가서 밑에 있는 빈 물통을 꺼내들고는 능청을 떨며 말했다.

"아이고, 차가 목마르다고 물을 달랜 햄수다!"

"뭐라, 차가 목말라?"

"예예, 냉각수가 떨어졌수다. 잠깐만, 잠깐만 기다립서. 저 연못에 강 얼른 물을 떠오쿠다."

말을 끝내자마자 석호가 물통을 들고 부리나케 연못으로 달려갔다. 그가 20미터쯤 떨어진 연못에 다다랐을 때, 한발의 총성이 울리고 분대장이 쓰러졌다. 거의 동시에 석호가 연못가 풀숲에 납작 엎드렸다. 적재함에 타고 있던 경찰 다섯명이 뛰어내려 차바퀴 뒤에 몸을 숨겼다. 졸지에 기습당한 그들은 총알이 어디서 날아왔는지 몰라 아무 데나 총을 쏘아댔다. 다섯명의 죽창 부대가 억새풀에 몸을 숨기고 신속하게 움직였다. 차바퀴 뒤에서 총질하는 경찰들의 등 뒤로 접근한 죽창 부대가 화염병을 던지는 것과 동시에 벼락같이 소리를 지르며 달려들었다. 경찰들이 미처 총구를 돌릴 틈을 주지 않고 죽창과 철창이 날아갔다. 두명이 창에 찔려 쓰러지고 세명은 그대로 줄행랑을 놓았다. 행필의 죽창을 맞고 쓰러진 자는 오른팔만 다쳤을 뿐 치명상은 아니었다. 그 순경이 총을 땅에 떨어뜨리고 꿇어앉은 채 두 손을 쳐들었다. 행필이 그자 앞에 놓인 총을 발로 차서 뒤로 보내고 다시 찌르려고 죽창을 치켜들었다. 그자의 입에서 두려움에 찬 비명이 터져나왔다.

"아아, 제발, 제발! 죽창으로 띠르디 말고 총으로, 총으로 쏘아 둑여주시오. 죽창은 너무 아파서리, 제발, 제발 총으로⋯⋯"

순간적으로 그 말에 얼떨떨해진 행필이 땅에 놓인 카빈소총을 힐끗 보았다. 제발 살려달라는 게 아니라 죽창 말고 총으로 죽여달라? 죽창을 맞은 순경의 오른팔에서 붉은 피가 흘러내렸다. 행필 또래, 스무살 안팎의 어린 청년이었다.

"제발, 제발, 둑창 말고 총으로 둑여주시오." 부상자가 손을 비비며 계속 애원했다. 행필이 어리둥절한 상태에서 죽창을 떨어뜨리고 총을 잡았다. 그러자 부상자의 눈에 안도의 빛이 돌았다. 그 눈빛에 행필의 가슴이 뭉클해졌다. 어떻게 할까? 힐끗 주위를 살펴보니 산군 두명이 죽은 자들에게 달라붙어 군복과 군화를 벗기고 있었다. 그때 "총과 총알 챙기고 삼분 내 철수!"하고 외치면서 옆을 지나던 김의봉이 멈춰 섰다.

"무사, 행필아?"

"불쌍해서⋯⋯"

부상자가 이번에는 김의봉을 향해 한 손을 내밀어 허우적거리면서 애원했다.

"그놈 말하는 거 맹랑하네. 살려달랜 하지 않고 총으로 죽여달라? 행필아, 죽이기 싫거든 살려 보내도 좋다. 껍데기는 다 벗기고!"

그 말에 안심이 된 행필이 우선 부상자의 군복 주머니에서 손수건을 꺼내 압박붕대 삼아 오른팔의 상처를 싸매준 다음 군복과 군화를 벗기고 실탄을 챙겼다. 속옷만 남은 부상자에게 행필이 거드름을 피우며 말했다.

"야, 서청 졸병, 이번엔 살려줄 테니 잘 가라! 다음번에 또 오면 또 너를 포로로 잡을 거니깐 그땐 더 좋은 군복 입엉 오라이, 히히!"

속옷 바람의 부상자가 고맙다고 연신 머리를 조아리고는 주춤주춤 뒤돌아보면서 마찻길로 내려갔다.

김의봉이 "전원 철수! 전원 철수!"하고 외치면서 솔가지에 불을 붙여 차의 연료통에 쑤셔넣었다. 펑! 연료통 터지는 소리와 함께 스리쿼터는 순식간에 화염에 휩싸였다.

그날 박석호는 입산했고, 강행필은 자기 소유의 총이 생겼다.

9월 중순께 삐라를 붙이던 열세살 소년이 붙잡혀 고문치사를 당한 사건이 중앙일간지들에 보도되자, 그에 대한 보복으로 그 신문들의 제주 지사장 두명과 『제주신보』 편집국장이 처형당했다.

『동아일보』 조천면 지국의 장영발이 행방불명된 것은 바로 그 무렵이었다. 아내와 딸을 밀항선에 태워 일본으로 보낸 뒤였다.

조천면 인민위원회 위원장이던 김시범 역시 토벌대에 잡혀간 뒤 행방불명되었다. 행방불명은 곧 죽음이어서 바다에 수장된 경우가 많았다.

이 무렵 총파업의 적극 가담자였던 창세의 당숙 안봉주가 은신 중 발각되어 살해당했다.

그러한 상황에서 추석 명절을 제대로 쇤 마을은 없었다. 수많은 사람이 체포되어 고문과 죽임을 당하고 있었다. 그런 소식은 입산자들에게 처음에는 분노와 복수심을 불러일으켰으나, 이는 시간이 갈수록 불안과 두려움으로 변해갔다. 조천면 선전부 아지트의 분위기도 마찬가지였다.

추석날 그들은 면조직 상부로부터 추석맞이 회식에 쓰라고 음식 선물을 받았다. 무섭게 변해버린 시국에 대한 불안과 두려움, 추석에도 집에 가지 못하는 우울한 심사를 조금이라도 달래라는 뜻이었다. 술 한병에 간고등어 여섯마리와 흑설탕 한봉지가 배급되었다. 그 설탕은 미국 본토의 잉여농산물로 재작년에 미군정이 각 마을과 공공기관에 할당하여 강제 판매한 바 있었는데, 귀한 것이라고 아껴 먹던 그것이 다른 식량과 함께 산으로 올라왔던 것이다.

입구가 좁아 연기가 잘 빠져나가지 않는 아지트 동굴 대신에 멀리 떨어진 꽝꽝나무숲 속에 회식 자리를 마련했다. 박털보, 문상옥, 정두길, 부대림, 고승우, 신갑송, 안창세 등의 선전부 사람들 외에 종아리에 총상을 입고 임시로 들어와 있던 산군 청년 한명이 함께 회식에 참가했다. 그는 전리품인 군복과 철모를 착용하고 있어 토벌대 군인의 모습이었다. 안만옥의 치료를 받아 상처가 말끔히 나은 그는 이튿날 원대복귀할 예정이었다. 그는 스프링이 고장 나서 고승우가 고쳐준 장총을 메고 군이 철모까지 쓰고서 회식 자리에 왔다. 바로 이웃에 있는 여맹 아지트의 안만옥과 김옥희도 참석했다. 여맹원 세명이 다른 아지트로 차출되어 나가고 여맹 위원장 김동완도 약한 몸에 산 생활을 몹시 힘들어하더니 결국 병이 들어 열흘 전에 하산해버려서 그 아지트에 남은 사람은 옥희와 만옥, 둘뿐이었다. 옥희는 하던 일을 계속하려고 회식 자리에 뜨개질감을 갖고 왔고, 만옥은 불에 말리려고 물에 빤 붕대를 갖고 왔다.

바닥이 움푹 들어간 넓은 곳을 골라 불빛이 새어나가지 않게 나뭇가지에 담요를 둘러치고 모닥불을 피웠다. 병 때문에 기침이 자주 나는 부대림은 다른 사람들과 조금 떨어져 서어나무 밑동에 기대앉았다. 추석 보름달은 짙은 구름 속에 들어 있었다. 모닥불을 둘러싼 얼굴들에 불 그림자가 너울거렸다. 햇고구마가 불 속으로 들어갔고, 만옥은 불 곁의 마른 나뭇가지들 위에 젖은 붕대를 널어놓았다. 불길은 펄럭거리며 타오르고, 잉걸불에 고구마 껍질이 부풀어 피식피식 소리를 내면서 구수하게 익어갔다. 고구마가 익자 불에서 꺼내 둘러앉은 사람들에게 일인당 한개씩 돌렸다. 고구마를 구운 다음에는 간고등어를 구웠다. 보름달이 구름 밖으로 나왔다 들어갔다 숨바꼭질을 하고 있었다. 고구마를 다 먹은 박털보가 담배를 피워 물면서 창세를 불렀다.

"창세야, 그 바구니에 있는 술 이리 가져와보라."

그 술을 상부로부터 받아온 것은 레포 창세와 갑송이었다. 술병을 바구니에서 꺼내면서 창세가 뽐내듯이 큰 소리로 말했다.

"위에서 이 술 주면서 말합다. 이건 술이 아니고 주정이니 꼭 물 탕 먹으라고예. 물 안 타고 그냥 먹으면 죽는댄, 직사한댄 합다."

"주정? 읍내 주정 공장에서 나온 그 주정 말이냐?" 박털보의 눈이 똥그래졌다.

"예. 알코올 순도가 90퍼센트라고예, 물을 타서 순도 50퍼센트로 낮추엉 먹으랜 합다."

"허허허, 그러니까 이거 왜놈들이 비행기 연료로 쓰던 그 에틸알코올이로구나. 술이라고 별걸 다 먹어보네!"

웃음과 함께 뿜어낸 담배 연기가 그의 텁수룩한 턱수염에 엉겼다. 그가 술병을 쳐들면서 만옥을 불렀다.

"만옥아, 거기 바가지 같은 거 없스까이? 이 술을 물에 타려면 좀 큰 그릇이 필요한데……"

"여긴 없수다, 설탕물이 든 이 주전자밖에는" 하다가 만옥이 "옳지!" 하면서 자기한테 치료를 받았던 청년을 불렀다. 그는 만옥과 동갑이었다.

"어이, 군인!"

"무사?"

"그거 줘봐, 술 그릇 하게."

"무스거?"

"느 대가리에 쓰고 있는 철모 말이다, 그 쇠바가지!"

만옥이 깔깔 웃었고, 쇠바가지란 말에 다른 사람들도 따라 웃었다. 산군 청년이 비딱하게 기울어진 철모를 고쳐 쓰며 엄숙한 척 말했다.

"무스거, 쇠바가지? 허 참, 난 군인이여. 내일 당장 원대복귀해서 전투에 나갈 사람이고, 이건 군인 철모여. 군인 철모를 함부로 그런 데 써선 안 된단 말이다!"

"아따, 총 든 산군이라고 잘난 척하네. 아픈 거 다 나았다고 내 말 안 들을 거라? 그 쇠바가지 썩 이리 못 내?" 만옥이 밉지 않게 눈을 흘기면서 엄포를 놓는 척했다.

"으으으, 알았져, 알았져!"

청년이 마지못해 철모를 벗었다. 만옥의 치료를 받아서인지, 아니면 그녀의 씩씩한 기세에 눌려서인지 그녀의 말에 따르는 것이 버릇이 된 모양이었다. 산군들 중에 총을 가진 소수는 목숨 걸고 싸우는 무서운 존재라 창세는 그 청년의 고분고분한 태도가 신기하게 보였다. 정두길이 흐흐 웃으면서 그 청년의 귀에 들리지 않게 낮은 목소리로 말했다.

"와, 만옥이 저 청년을 아주 말랑말랑한 강아지로 만들어버렸네. 역시 만옥은 씩씩해여, 남자 이상으로! 힘도 세주. 저 어깨 봐."

"씩씩하기만 하나? 얼굴도 곱주. 짙은 눈썹에 쌍까풀 눈!" 고승우가 말했다. "옥희 얼굴도 곱지. 옥희도 짙은 눈썹에 쌍까풀 눈, 그게 제주 여자의 특징이라. 다 그런 건 아니주만 그런 여자들이 많아. 일본에 가보난, 일본 여자들보다 제주 여자들이 훨씬 곱더라. 그런디 제주 여자들은 자기 얼굴이 고운 줄 몰라."

그 청년이 머리에 썼던 철모를 벗어 건네자 그것이 바가지가 되어 에틸알코올이 물과 일대일로 희석되었다. 남자들은 간고등어 안주에 물 탄 주정을 마시고, 여자들은 미숫가루를 섞은 설탕물을 마셨다. 열여섯살 창세는 이제 어른 같긴 했지만 아직 술을 입에 댄 적이 없는 터라 선뜻 내키지 않아 설탕물을 마셨다. 음식을 먹는 흰 이들이 모닥불 불빛에 반짝거렸다.

물을 타서 희석했는데도 술은 독했다. 뒤쪽에 떨어져

나무에 기대앉은 부대림도 술을 마셨다. 쇠바가지에 든 술이 좌중을 한바퀴 돌았을 뿐인데도 모두들 취기가 올라 말이 많아졌다. "조용, 조용! 목소리 좀 낮추라. 밤의 산중에서는 나무 꺾는 소리가 오리 밖에서도 들린다니까." 주위를 경계해야 하기 때문에 취해 높아지려는 목소리를 억누르면서 그들은 이야기를 나눴다. 주로 시국에 대한 이야기였다. 폐쇄적인 동굴 생활을 하는 그들은 늘 바깥소식에 굶주려 있었다. 뉴스삐빠 창세가 상부에 오가면서 나르는 밀서의 정보는 동굴 사람들에게 온전히 전해지지 않았다. 밀서는 아무도 읽지 못하게 밀봉되어 있어 최종적으로 수령하는 상부에서만 그 내용을 알 수 있었던 것이다. 이긴 싸움, 성공한 암살 같은 소식만 선택적으로 전해졌고 마을들에서 벌어지는 수많은 민간인 학살 소식은 입산자의 사기를 저하시킬까 두려워 일부만이 알려졌다. 문상옥과 정두길이 만드는 신문에 실리는 기사가 그런 식이었다. 그래서 좋은 소식은 빨리 퍼졌지만 나쁜 소식의 전달은 대부분 아주 나중까지 미루어졌다. 같은 이유로 인민위원회 김시범 위원장과 『동아일보』 장영발 지국장의 행방불명 소식도 나중에야 전해졌다. 뒤늦게 그 소식이 동굴에 전해졌을 때에도 정작 당사자인 위원장의 딸 김옥희는 더 나중에야 알았다.

그녀가 너무 상심할까봐 사람들이 전하기를 꺼렸기 때문이었다. 시일이 흐를수록 좋은 소식은 드물어졌고 조천 지서와 함덕 지서에서 누가 죽고 누가 잡혀갔는지, 그런 정보만 상부에 전달되었다.

술이 한바퀴 더 돌자 좌중의 분위기는 사뭇 들떠올랐다. 사람들은 낮지만 열띤 목소리로 시국에 대한 생각을 밝혔다. 얼마 전 단파 라디오에 잡힌 국제 뉴스에 대해서도 말했다. 제주 학살에 대해 소련이 미국을 맹비난했다는 뉴스였다.

"그것 봐, 우리 제주도의 싸움은 결코 우리만의 외로운 싸움이 아닌 거라. 우리의 투쟁은 세계에 널리 알려져 있어. 그러니까 우린 반드시 이기고 말 거여." 문상옥이 큰 코를 씰룩거리면서 말했다. 고등어 머리를 아작아작 씹어 먹던 정두길이 그 말에 오금을 박았다.

"아이고, 성님, 또 그 소리우꽈? 소련을 믿어마씸?"

고승우도 모닥불에 침을 탁 뱉으며 상옥을 반박했다.

"미국이랑 같이 조선 땅을 두동강 낸 장본인이 소련인디! 거시기, 스탈린, 그 미치광이! 그놈이야말로 대도살자 아니우꽈?"

그 문제를 놓고 몇마디 더 오가더니 이번에는 박털보가 미군 지프차 습격 사건을 문제 삼았다. 지난번에 선전부가 내보낸 신문에 그 사건에 대한 기사가 실려 있었다. 일주도로를 달리던 미군 지프차를 습격했으나 차에 장착되어 있던 단파 라디오와 배터리만 빼앗고 도망가는 미군을 추격하지 않고 공포탄만 쏜 것에 대한 비판이었다. 목소리들이 높아졌다.

"사태를 이 지경으로 만든 것이 바로 미국인디, 씨팔, 미국 놈 하나 못 죽이고 놓아주다니!"

"진짜 원흉은 놔두고 우리끼리 서로 죽이고 자빠졌으니, 아이고아이고!"

"아아, 미국! 미국 놈들!"

"하지만 미국은 무서운 나라여. 잘못 건드렸다간 참말로 큰일 나."

"원자탄 한방 빵 터뜨리면 우리 제주섬은 그냥 없어져부러."

"에이, 젠장!"

좌중이 잠시 조용해졌다. 불타는 굵은 나무토막에서 탁탁 소리를 내며 불똥이 튀어올랐다. 만옥이 자리에서 일어나 마른 나뭇가지에 널어놨던 붕대를 거둬들였다. 좌중이 조용해지자 만옥의 곁에서 말없이 뜨개질만 하는 옥희의 존재가 돋보였다. 만옥은 말을 다루기 시작한 뒤로는 손이 거칠어져 뜨개질이 잘 되지 않았다. 옥희는 산군들이 겨울에 쓸 방한모를 짜는 중이었다. 부친의 행방불명 소식을 들은 뒤로 그녀는 슬픔을 내색하지는 않았지만 눈에 띄게 말수가 줄었다. 모닥불 가의 남자들은 눈을 내리깔고 빠른 손놀림으로 뜨개질하는 그녀를 물끄러미 바라보았다. 정두길은 뜨개질하는 그녀의 모습이 참 아름답다고 생각했다. 짙은 눈썹, 쌍까풀 눈, 불빛이 미끄러져 내리는 검은 머리칼…… 신촌소학교 교원이던 스물여덟살 처녀의 손끝에서 대바늘이 털실을 물고 반복적으로 민첩하게 움직였고, 그에 따라 작은 바구니 속에서 주먹만 한 털실 뭉치가 데굴데굴 굴렀다. 엄숙하면서도 뭔가 골똘히 생각하는 듯한 표정이 그녀의 얼굴에 떠올라 있었다. 그녀는 뜨개질하면서 아버지를 잃은 슬픔과 분노도 함께 짜넣고 있는 것 같았다. 그 모습이 안쓰러워 두길은 한숨을 내쉬었다. 모두들 그녀의 표정과 뜨개질 동작에 마음을 빼앗겨 물끄러미 바라보았다. 명색이 회식 자리이므로 다른 때 같았으면 그녀에게 노래를 불러달라고 청했을 텐데, 그 엄숙한 표정 앞에 모두들 입을 다물었다. 옥희는 노래를 잘했다.

　젊은 여자로서 입산한 경우는 극히 드물어 옥희와 만옥은 남자 입산자들, 특히 산군들에게 인기가 좋았다. 두 여자는 부상자들을 치료하고 간호하면서 늘 다정한 웃음을 보여주었다. 그 웃음을 모두가 좋아했다. 잦은 전투 속에 생사를 넘나들어야 하는 산군들에게는 그녀들의 존재가 여간 큰 위안이 아니었다. 그녀들이 거기에 있다는 것만으로도 흐뭇했다. 산중에서, 죽음의 위협 속에서 듣는 그녀들의 말소리, 웃음소리는 너무도 매혹적으로 느껴졌다. 웃기 잘하는 만옥, 한번 웃으면 허리를 잡고 자지러지기 잘하는 그녀를 보면서 그들은 얼마나 즐거워했던지! 노래를 잘하는 옥희는 한곡 불러달라는 간청에 자주 들볶이곤 했다. 옥희가 노래를 부르면 산군 청년들은 감동을 받아 탄식하고 눈물을 흘렸다.

두길은 서어나무에 기댄 채 술에 취해 늘어진 대림을 건너다보았다. 나무는 모닥불 불빛에 바래어 허연 재 기둥처럼 서 있었다. 불빛이 많이 닿지 않아 그늘에 파먹힌 친구의 얼굴에 가슴이 아파서 두길은 또 깊은 한숨을 내쉬었다.

시간이 꽤 흘렀으나 보름달은 여전히 짙은 구름 속에 있었다. 술이 마지막으로 한바퀴 더 돈 다음 쇠바가지는 다시 철모가 되어 청년의 머리에 씌워졌다. 사람들은 모닥불을 바라보면서 낮은 목소리로 이야기를 이어갔다. 내년 농사를 걱정했다. 토벌대의 습격에 보리 파종을 하지 못했거나 메밀을 추수하지 못한 채 그대로 밭에 두고 온 사람들이 있었고, 누구는 병이 깊어 몸져누운 모친을 걱정했다. 패망한 일본군으로부터 헐값에 매입한 군수 물자를 조그만 발동선에 싣고 내전 중인 중국에 팔려고 떠난 농교생들은 어떻게 되었는지, 읍내 동문시장 앞에 자주 나타나 제주 독립을 외치던 정신병 걸린 청년은 죽었을지 살았을지 궁금해했고, 분단 때문에 절망하여 자살했다는 청년에 대해 말하면서는 다들 한숨을 쉬었다. 철모 쓴 청년은 이야기에 끼어들지 않고 앞에 펴놓은 무명 수건 위에서 총을 분해했다 결합하기를 반복했다.

불 속의 나무들이 하나씩 타서 바스라져 가라앉을 때마다 무수한 금빛 불티가 화르르 날아올랐다가 허연 재가 되어 내려앉았다. 두길이 조금씩 작아져가는 모닥불에 마른 나뭇가지를 던져넣어 불길을 키웠다. 모닥불 주위의 사람들은 취기에 몸이 무거워지면서 말이 점점 느려졌다. 대화의 흐름이 끊겼다가 이어지면서 자주 침묵이 끼어들었다. 펄럭이는 주황빛 불길의 황홀한 춤이 그들의 정신을 빼앗았다. 불은 따뜻한 온기로 그들의 몸을 감싸주었다. 혈육처럼 따뜻하고 다정한 온기였다. 두길은 그 불 속에 영혼이 있는 것처럼 느껴졌다. 그러한 느낌은 조상들이 그 들판에서 노숙하면서 피웠을 모닥불을 상상하게 만들었다. 불 속에서 나를 바라보는 눈동자…… 활활 타는 불 속에서 조상들의 눈이 그들을 바라보는 것 같았다. 불 주위의 사람들은 모두 같은 표정으로 홀린 듯이 모닥불을 바라보았다, 그 불 속에 모든 게 있다는 듯이, 그 불이 모든 것을 해결해줄 것처럼. 그 모닥불은 옛 조상들이 피웠던 모닥불과 똑같고, 조상들의 표정과 똑같은 표정으로 자신들이 불을 바라보고 있다고 두길은 생각했다. 추방당한 자들, 유배자들, 망명자들, 착취당한 자들의 설움, 초원에 뿌려진 문행노, 김통정, 강제검, 이재수의 군사들의 사나운 피……

보름달이 구름을 완전히 벗어난 것은 밤이 늦어 사람들이 모닥불을 끄고 아지트로 돌아갈 무렵이었다. 대림을 부축하고 천천히 걸어가면서 두길은 달빛 비치는 초원을 바라보았다. 어둠에 묻혔던 드넓은 공간이 달빛에 하얗게 드러나 있었다. 그 환한 빛이 뼛속까지 스미는 듯 시리게 느껴졌다. 사방은 바람도 없이 고요했다. 드넓은 하얀 정적 속에서 문득 어떤 야릇한 울림이 들리는 듯했다. 우우우우우, 땅속 깊은 데서 울려나오는 듯한 대지의 탄식 소리, 거기에 묻힌 조상의 탄식 소리……

9월 말의 어느 날, 조천리의 마을 심부름꾼 허서방이 돼지고기 한마리분을 등에 지고 산부대의 아지트 근처에 불쑥 나타났다. 훔친 돼지를 잡아왔노라고 했다. 산군이 그의 목에 총검을 대고 심문했다.

"허서방, 여기 지리는 어떻게 알고 왔어? 선을 타고 왔나?"

"선이 뭐우꽈?"

"비밀 선 말이다."

"그런 건 모르고예, 저번에 이사장님이 여기 올 때 같이 온 적이 있수다."

"이사장?"

"예, 저번에 이양일 사장님이 아드님 만날 때 나가 양식을 지고 여기까지 온 적이 있수다게."

그러나 허서방을 경찰의 첩자로 의심한 산군들은 그를 전송하는 척 산길을 함께 내려가다가 처형해버렸다.

그 사실은 다른 아지트에도 알려져 조천리 입산자들을 크게 실망시켰다. 우리가 적을 닮아가고 있다고, 사람을 함부로 죽인다고, 왜 죄 없는 사람을 죽이느냐고 개탄했다. 그러나 증오에 가득 차 물불을 가리지 않게 된 산군들 앞에서는 두려움에 차마 그런 말을 입에 올릴 수 없었다.

7부

10월 17일, 해안선에서 5킬로미터 이상 지역의 통행을 금지하고 이를 어길 경우 이유 여하를 불문하고 총살하겠다는 포고령이 떨어졌다.

10월 18일, 해상봉쇄령이 내려 공무를 수행하는 공무원을 제외한 민간인의 육지부 출입이 금지되었다.

10월 19일, 여수의 14연대가 제주도 파병에 반대하여 무장봉기를 일으켰다.

그 직후 경찰이 산부대 대장 이덕구와 그의 두 형제의 집에 방화했다.

여순 봉기는 궁지에 몰려 있던 산부대를 한껏 고무시켰다. "인민의 군대 14연대가 봉기했소! 우리 제주도민의 투쟁에 호응하여 그들이 일어났소! 이제 남조선 땅에 인민 봉기가 파죽지세로 일어날 거요. 조금만 참고 기다립시다. 곧 해방이 올 거요!"

제주의 9연대는 소속 장병들이 여순사건에 자극받아 봉기하거나 산부대에 가담할까 우려해 그중 백여명을 총살했는데, 주로 제주 출신이었다. 조천 지서 순경이었다가 9연대로 전향한 한쌍백 중사도 함께 처형되었다.

여순사건까지 터져 공포가 극대화된 상황에서 조 추수가 있었다. 수시로 총성이 울리는 들판에서 사람들은 두려움에 떨며 곡식을 거둬들여야 했다. 그해 조농사는 풍년이었다. 입산자들이 가을걷이를 위해 마을로 내려왔다. 포고령 이후 토벌대는 들녘에 젊은 남자가 보이면 무조건 총격을 가했기 때문에 가을걷이가 매우 두려운 일이 되어버렸다. 여자들도 들일을 하다 총에 맞아 죽는 경우가 적지 않았다. 그래서 중산간 마을 사람들은 동산에 망꾼을 세워놓고 조를 베어야 했다. 토벌대가 보이면 망꾼이 그쪽을 향해 흰 기를 매단 장대를 휘둘러 신호를 보냈다.

중산간 마을은 그런 식으로 추수를 했으나, 일주도로 인근에 밭이 있는 입산자들은 지서가 가깝고 토벌대 차량이 수시로 왕래하는 탓에 추수를 도우러 내려갈 엄두가 나지 않았다. 그래서 낮 시간을 피해 밤에 내려가 어둠 속에서 조를 베는 이들이 더러 있었다. 행필도 그렇게 했다.

행필네 밭은 일주도로 바로 위, 진뜨르에 있었다. 행필은 비밀리에 연락하여 밤에 아내 숙희를 그 밭에서 만났다. 장총을 멘 의젓한 모습으로 만났다. 해가 떨어진 지 한참 되어 사위는 캄캄했다. 불어오는 바람에 조 줄기들이 부스스 서로 몸을 비비고 있었다. 보름 만의 만남이었다. 이제 육개월 된 아기를 보고 싶고 아내도 보고 싶어 보름 전 밤중에 몰래 집에 다녀왔었다. 두 남녀는 만나자마자 서로 부둥켜안고 풀 위로 쓰러졌다. 얼른 사랑을 나누고 나서 조를 베어야 하기 때문에 속전속결이었다. 어둠이 두 사람을 대담하게 만들었다.

으스러져라 서로 힘껏 껴안고 격렬하게 입을 맞춘다. 사내가 여자의 양쪽 볼을 번갈아 한입씩 덥석 물어 살짝 깨물어보고는 적삼에 묻어 있는 아기 냄새를 코를 대고 킁킁 맡는다. 주먹 쥔 손을 입에 가져가 빨고 있는 아기 얼굴이 떠오른다. 침에 젖은 그 포동포동한 주먹, 이제 막 난 흰 쌀알 같은 아랫니 두개! 지금 아기의 할머니가 아기를 재우면서 노래를 흥얼거리고 있을 것이다. "우리 아기 고운 아기, 물 아래 옥돌처럼, 앞이마는 해 그린 듯,

뒤 이마는 달 그린 듯, 우리 아기 고운 아기……" 서로 맞
댄 가슴에서 심장의 거센 박동이 느껴진다. 늘 불안과 두
려움으로 찌들었던 사내의 심장이 아연 활기를 띠고 뛰
놀기 시작하자 여자의 눈에서 뜨거운 눈물이 솟구친다.
사내가 눈물 젖은 여자의 뺨에 입을 맞춘다. 눈물을 혀로
핥고, 입술을 빨고 입술 위 솜털도 핥는다. 두 남녀의 몸
이 빠르게 달아오른다. 마음이 바쁜 사내가 여자의 적삼
을 열어젖히자 여자의 몸에서 더운 열기가 살냄새와 함
께 훅 끼쳐온다. 여자가 사내의 등판에서 흐르는 땀을 손
바닥으로 느낀다. 달큼하면서도 시큼한 땀 냄새! 사내의
몸이 활처럼 팽팽하게 당겨진다. 두 팔과 두 다리가 마치
여덟 발 달린 문어인 양 여자의 몸을 빈틈없이 껴안는다.
달큼하고 매끄러운 진창 속으로 깊이, 더 깊이 빠져든다.
마침내 열정이 극점에 도달하고, 무참히 꺾여 썰물처럼
빠져나간다.

　사내는 여자의 배 위에서 깜빡 졸다가 깨어났다. 어느
새 달이 동편 하늘에 떠올라 사방이 밝아졌다. 약간 이지
러진 보름달이었다. 어둠을 벗어난 여자의 얼굴이 환하
게 웃고 있었다. 보름달처럼 싱싱한 얼굴!

　"허, 나도 모르게 깜빡 졸았네." 행필이 말했다.

　"많이 고단한 모양이구나."

"낮에 좀 센 훈련을 받안."

"자아, 달이 떴으니 일어나서 조를 베어보자!" 숙희가 먼저 훌훌 털면서 일어났다. 행필은 혼인 첫날밤을 지낸 아침의 그녀를 생각하고 피식 웃음이 나왔다. 숙희는 그 때도 그렇게 말했었다. 밤새 애쓴 탓에 곤하게 잠든 그를 새벽같이 깨워 어서 밭에 가서 일하자고 했었다. 달빛에 물든 조 이삭들, 불어오는 바람에 잎들이 서로 비비대며 서걱거렸다. 두 남녀는 달빛 아래 나란히 앉아 빠른 낫질로 조를 베기 시작했다. 휙휙, 낫날이 달빛에 번득였다.

창세와 갑송은 함께 상뒷동산에 올라 망꾼 노릇을 했다. 마을 위 숲속 아지트에 은신 중인 다른 마을 출신 입산자들도 내려와 조를 베었다. 문상옥, 정두길, 고승우들도 내려와 일손을 도왔다. 상뒷동산에는 굵은 소나무한그루가 있었는데, 창세는 갑송과 교대로 그 나무에 올라가 망을 보았다. 해가 중천을 벗어나자 점심으로 메밀떡을 구워 먹고 나서 창세가 그 나무에 기어올랐다. 큰 가지에 걸터앉아 멀리 시선을 보내면서 사방을 살폈다. 북쪽으로 일주도로까지 넓게 퍼져 있는 경작 지대에 갈옷 입은 사람들이 조를 베고 있고, 남쪽으로는 마을 너머 바농오름까지 뻗은 목장에 방목 중인 마소떼가 보였다. 늦가을의 들녘은 조밭도 목장도 누런빛으로 물들었는데, 조를 베는 사람들도 갈옷이 조밭의 누런색에 녹아들어 눈에 잘 띄지 않았다. 누런색 일색의 넓은 들녘은 아무 일도 없는 것처럼, 아무 일도 없을 것처럼 텅 비고 밋밋하게 느껴졌다. 바람도 불지 않아 사방이 조용했다. 거대한 정적 속에서 문득 아주 미세하게 차 엔진 소리가 들려왔다. 일주도로에 군용트럭 두대가 먼지구름을 일으키며 나타났다. 혹시나 하고 긴장했으나, 다행히 차들은 와흘리로 올라오는 마찻길로 꺾지 않고 그대로 서쪽으로 달려갔다. 거리가 멀어 트럭들이 풍뎅이처럼 작아 보이고 달리는 속도도 아주 느리게 느껴졌다.

그런데 뜻밖에 토벌대는 가까운 곳에 있었다. 두 언덕 사이의 평지에 갑자기 푸른 군복떼가 나타났다. 일개 중대 병력이었다. 부리나케 나무에서 뛰어내린 창세가 토벌대가 오는 동쪽을 향해 흰 기가 달린 장대를 휘둘렀고, 갑송은 동백 열매에 구멍을 뚫어 만든 호루라기를 삑삑 날카롭게 불어댔다. "누렁개들 온다! 누렁개들 온다!" 이 밭 저 밭에서 조를 베던 사람들이 황급히 서쪽으로 달아나기 시작했다. 두 소년도 장대를 내던지고 호루라기를 불면서 동산 아래로 내달렸다. 토벌대는 뿔뿔이 흩어져 서쪽으로 도망가는 사람들을 향해 총을 쏘아댔다.

저항은 없었다. 도망가는 사람들 중에 산군들 십여명이 끼어 있었지만 총을 가진 자가 몇명 되지 않아 중대 병력을 정면으로 맞서 싸울 처지가 아니었다. 도망치기 어려운 노인들과 아낙네들은 아직 베지 않은 조밭 속에 들어가 숨거나 밭고랑에 엎드렸고 고구마밭에서는 고구마 줄기들을 뽑아 고랑에 엎드린 몸을 덮었다. 총성이 잇따라 터졌다. 토벌대는 진군하면서 마을 안 민가를 향해 박격포를 쏘아댔다. 초가집 하나가 폭격을 맞아 불길에 휩싸였다. 마을 안이 발칵 뒤집혔다. 거둬들인 조를 타작마당에서 탈곡하던 사람들이 이리저리 달아나고 숨기에 바빴다. 울담 넘어 도망치고, 돼지우리에 숨고, 마당의 건초가리 속에 숨고, 부엌에 뛰어들어 땔감으로 쌓아놓은 콩짚 더미 속으로 파고들고, 헛간에 세워놓은 멍석들 뒤로 숨었다.

그때 타작마당에서 외숙모와 함께 일하고 있던 만옥은 방목 중인 말들이 걱정되어 얼른 일어났다. 토벌대는 말만 보면 총을 쏘아대기 때문이었다. 대문 앞에 매어놓은 자청비가 총소리에 놀라 머리를 내두르면서 발굽을 굴렀다. 만옥은 황급히 자청비에 올라타고 마을 밖 목장으로 달려갔다. 다른 테우리들도 다급하게 말을 달렸다. 목장에는 총소리에 놀란 말들이 이리저리 우왕좌왕하고 있었다. 만옥이 다른 테우리들과 함께 사납게 고삐를 휘둘러 채찍질하면서 말들을 몰아 간신히 소나무숲 뒤에 숨겼다.

토벌대가 마을에 들어가 집집마다 수색했다. 총 끝에 꽂은 총검으로 여기저기 함부로 쿡쿡 쑤셔댔다. 총검을 들이대자 겁에 질린 아낙이 손으로 얼굴을 가린 채 숨을 헐떡거렸다. "남편 어디 갔어? 남편 내놔!" "아이고, 우리 집 아기 아방은 여기 없수다게. 읍내 남문통 사촌네 집에 살멍 목수질 햄수다게." 헛간의 멍석 뒤에 숨었던 사내가 총검에 찔려 비명을 지르고, 마당의 건초가리에 불을 지르자 그 속에 숨어 있던 사내가 튀어나오고, 거둔 조를 소 등에 싣고 제 등에 지고 내려오던 노인이 토벌대의 사격으로 쓰러지고 소는 짐을 진 채 냅다 튀어 달아났다.

청년들이 신속하게 대피해버려서 붙잡힌 것은 대개 중년 사내들이었다. 조 베던 낫을 밭고랑에 던져둔 채, 고구마 캐던 호미를 밭고랑에 두고 손바닥에 고구마 진이 거멓게 묻은 채 끌려갔다. 열네댓살 된 아이들도 끼어 있었다. 그들은 향사에 주차한 트럭에 실려 읍내 농업학교로 향했다.

해안선에서 5킬로미터 이상 지역의 통행을 금지하고 어길 경우 총살한다는 포고령이 떨어진 이후 중산간 마을의 청년들은 토벌대의 습격이 두려워 집을 나와 산으로 들어갔다. 토벌대에게 습격을 당한 와흘리 청년들도 새미오름 근처 숲속으로 숨어들었다. 외갓집에 머물던 만옥과 창세도 곶자왈 속 아지트로 들어갔다. 토벌대의 막강한 공세 앞에서 산부대는 자연히 위축될 수밖에 없었다. 게다가 매복 기습을 위주로 하는 산부대로서는 들판의 나무들에 낙엽이 지고 풀이 시들어 가라앉자 몸을 숨기고 움직이기가 더욱 어려워졌다.

부대림은 섭생을 제대로 할 수 없었던 탓에 병이 많이 악화되었다. 표정도 달라졌다. '안면 근육 고장'이란 별명이 생길 정도로 늘 떠올라 있던 웃음이 사라지고 활발하고 다변이던 사람이 말수가 줄어들었다. 그는 날씨가 좋은 날에는 동굴을 나와 숲가 빈터의 풀밭에 누워 앙상하게 여윈 몸을 햇볕에 쪼였다. 그럴 때면 정두길이 옆에서 초원 쪽을 살피며 망을 보아주었다.

늦가을의 초원은 누렇게 물들어 있었다. 두 벗은 잔뜩 쌓인 낙엽 위에 앉아 망연히 초원을 바라보았다. 인적 없이 비어 있는 초원은 아무 일도 없는 것처럼 평온해 보였다. 그 위로 맑은 햇빛이 가득했다. 하늬바람이 살랑살랑 가볍게 불어오고, 그 바람길을 따라 햇빛이 물결처럼 굽이치며 흘러갔다. 꽃들이 하얗게 핀 억새밭 사이로 마찻길이 구불거리며 멀어지고 있었다. 그 길 끝에 해변이 있고 그들이 떠나온 내 마을, 내 집이 있었다. 두 사람에게는 그곳이 영원히 닿을 수 없는 피안처럼 느껴졌다.

"두길아, 우린 왜 여기에 와 있는 걸까? 우리가 죽더라도 저런 데 가서 죽어야 하는데, 어쩌다 여기에 와 있나……" 대림이 탄식했다. "아아, 이 공포, 이 불안이 언제 끝나나. 영원히 계속될 것만 같다. 애가 타고 심장이 말라붙어버렸어."

"조만간에 끝날 거야. 시작된 것은 모두 끝이 있어." 두길이 아픈 벗의 등을 쓰다듬었다.

"조만간? 아니야, 이 불안, 이 공포는 우리가 죽어야 끝나."

"아니래도, 이 사태는 조만간 끝날 거야. 언제 그랬느냐는 듯이 곧 끝날 거야. 조금만 더 기다리자!"

"너는 지금 너 자신도 믿지 않는 말을 하고 있구나."

대림이 한숨을 토하고는 쌓인 낙엽 위에 번듯이 드러누웠다. 따뜻한 햇볕과 함께 낙엽이 부드럽고 포근하게 그의 서럽고 마른 몸뚱이를 감싸주어 우울했던 마음이 차츰 진정되었다. 그 부드러움, 그 포근함이 누선을 자극해 따뜻한 눈물이 소리 없이 흘러내렸다. 아, 이렇게 따뜻하게, 포근하게 죽었으면…… 쌓인 낙엽 속으로 몸이 더 깊이, 그 밑의 땅속까지 빨려들어가는 느낌이었다. 두길도 그 옆에 드러누웠다.

바람이 불어왔다. 이울어가는 풀 냄새가 코를 찌르고, 잡목숲이 흔들려 술렁거리면서 낙엽이 허공 가득 날아올랐다. 누워 있는 대림의 몸 위에도 낙엽이 떨어졌다. 허공에 떠서 몰려가는 낙엽떼를 보면서 대림이 쓸쓸히 웃으며 말했다.

"아아, 저 낙엽들! 쫓겨가는 참새떼 같구나. 우리 신세와 똑같아. 두길아, 너 이런 노래 알아?"

들국화 핀 언덕 송아지 울음소리
금물결 십리 벌에 쫓기는 참새떼들
아아아 가을바람
석양은 재를 넘고 마을에 연기 나네

초원 멀리 어디선가 두발의 총성이 들려왔다.

11월 초, 레포 안창세가 나르는 정보에는 함덕리의 마을 유지 송장의 어른이 총살당했다는 소식이 들어 있었다. 작은할아버지와 한시를 주고받으며 "한봉 어른은 강녕하시냐? 저번치 약도 잘 듣더라고 전하거라" 하던 노인이었다. 조천과 함덕을 왕래하면서 한시를 배달했던 창세는 그 소식을 듣고 눈물을 참을 수 없었다. 토벌대가 스무살도 되지 않은 그 마을 소년 여섯명을 처형하려고 백사장으로 끌고 갈 때, 길가에 있던 송장의와 다른 노인 한 사람이 장교 앞으로 가서 머리를 조아렸다. 제발 이 아이들을 살려달라고, 아무 분수를 모르는 아이들이니 살려주기만 하면 우리가 책임지고 잘 교화하여 착실한 대한민국 백성을 만들겠다고 눈물로 애걸했다. 그러나 그 장교는 차갑게 비웃었다. 빨갱이를 처형하는 데 박수는 못 칠망정 살려달라는 걸 보니 당신들도 빨갱이와 한통속인 게 분명하다고 하면서, 두 노인을 소년들과 함께 총살해버렸다. 창세는 그 여섯명의 소년 중에 자기 또래도 있었으리라 생각했다.

거의 비슷한 시기에 산부대가 조천리 소재 면사무소를 공격하여 방화하고 우익 인사 한명을 살해한 사건이 발생했다. 당장 그날 오후에 군인들이 보복으로 함덕리와 신흥리를 덮쳐 눈에 보이는 남자들에게 무조건 총격을 가했다. 함덕리에서 아홉명, 신흥리에서 열아홉명이 피살되고 이튿날은 조천리 청년 아홉명이 함덕으로 끌려가 총살당했다. 산부대의 마을 습격은 되로 주고 말로 받는 격의 막심한 피해를 입히고 말았다.

11월 중순에 한라산 둘레 중산간 지역의 백육십여개 마을 중 백삼십여개 마을을 소각하고 주민들을 대량 학살하는 대방화, 초토화 작전이 벌어졌다.

우리 외가 마을 와흘리가 불탄 것은 양력 11월 13일이었주. 이웃 마을인 대흘리, 와산리, 교래리도 바로 그날 불탔어. 불길이 엄청났주. 하늘과 땅, 천지 사방이 시뻘겋했어! 조 추수가 끝나고 이어서 고구마, 콩, 산디(밭벼), 메밀을 거둘 때였어. 그날은 눈이 성글게 희끗희끗 내렸지. 약간 추운 날씨였주.

그날 조천면의 중산간 마을들에 출동하여 방화하고 학살을 자행한 부대는 함덕에 주둔한 제3대대, 서청 대대였다.

다른 지역 중산간 마을 주민들과 마찬가지로 와흘리 사람들도 이틀 안에 해변으로 소개하라는 명령이 떨어지자 진퇴양난이었다. 어떻게 해야 좋을지 몰라 갈팡질

팡하다가 그대로 주저앉은 사람들이 해변에 내려간 사람들보다 많았다. 특히 늘 살해와 고문의 위협에 시달리는 젊은이들로서는 해변에 내려간다는 것은 제 발로 호랑이 굴에 들어가는 것과 같다고 생각했다. 대부분이 마소를 수십마리씩 키우는 축산농가여서 그 짐승들을 버리고 떠날 수도 없는 노릇이었다.

　그날 창세의 외삼촌 양산도는 꾀꼬리오름 앞 목장에 말떼를 몰고 가 방목 중이었다. 잿빛 하늘에 희끗거리는 눈을 보면서 더 추워지기 전에 말들을 집의 축사로 옮겨야지, 생각하던 양산도는 문득 북쪽 하늘에 시커먼 연기가 뭉게뭉게 피어오르는 것을 보았다. 급히 오름 중턱에 올라가보니 그것은 와흘1리 마을을 태우는 불이었다. 마을 전체를 뒤덮고 하늘로 치솟는 시커먼 연기 속에서 주황빛 불길이 널름거렸다. 불은 곧 그의 마을인 와흘2리의 궤뜨르와 물터진골로 넘어올 것이 분명했다. 양산도는 즉시 다른 테우리들과 함께 마을을 향해 말을 달렸다. 무엇보다 집에 혼자 있을 모친이 걱정스러웠다. 마침 아내는 먹을거리를 싸 짊어지고 읍내에서 통운회사 서기로 일하면서 자취하고 있는 아들에게 가 있었다. 말을 달리는 도중 양산도는 대흘리에도 검은 연기가 치솟기 시작하는 것을 보았다.

와흘1리에서 검은 연기구름이 솟아오르는 것을 본 와흘2리 사람들은 그야말로 혼비백산했다. "군인들이 불 지르레 오람져(온다)! 불 지르레 오람져!" 묶여 있는 소와 말을 풀어 밖으로 내몰고, 병풍, 궤, 이불 따위를 마당으로 내놓고, 뒤꼍의 채소밭에 묻은 항아리 속에 식량을 갈무리하고, 놋그릇과 좋은 옷가지를 헌 치마에 싸서 항아리 속에 넣고 그 위에 덕석을 덮고 또 그 위에 흙을 덮어 위장하느라 정신없이 허둥댔다.

마침내 토벌대가 들이닥쳤다. 두대의 트럭에서 철모에 흰 띠를 두른 군인들이 우르르 뛰어내렸다.

"이제부터 작전 개시다! 이제 너희들 앞에 평생 잊지 못할 엄청난 추억거리가 기다리고 있다. 작전 시간은 삼십분. 작전이 시작되면 각자 알아서 행동한다. 마음대로 불 지르고 마음대로 죽여라. 이것이 상부의 명령이다. 모조리 죽이고, 모조리 불태워라! 노인, 여자, 아이 할 것 없이 다 죽여라. 목숨 달린 것들은 다 죽여라! 이 명령에 불복하는 자는 즉시 총살한다. 분대장급 이상의 지휘관은 명령에 불복하는 부대원을 반드시 총살한다. 알았나? 자, 돌격!"

토벌대 군인들이 궤뜨르 마을 안으로 벌떼같이 달려

들었다. 방화의 검은 연기와 함께 여기저기서 총소리가 낭자하게 터졌다. 젊은이들은 대부분 달아났고, 설마 죽이기야 하랴 싶어 남아 있던 아낙네들과 노인들을 향해 총알이 날아왔다. 토벌대는 총을 쏘면서 한편으로 왕대 끝에 매단 횃불로 지붕의 추녀 네귀에다 불을 붙였다. 초가집 지붕들이 삽시에 불길에 휩싸였다. 양산도가 도착했을 때는 이미 상황이 벌어진 뒤였다. 산군 열서너명이 거의 동시에 달려갔지만 눈앞에 벌어진 기상천외의 무시무시한 상황에 완전히 압도당해버렸다. 그들 중에 총을 가진 자는 단 두명뿐 나머지는 모두 죽창이니 도대체 어찌해볼 도리가 있었겠는가! 그들은 공포에 질린 채 숨어서 그 지옥의 상황을 바라볼 뿐이었다.

군인들이 마구 총질을 해대며 이 집 저 집으로 내달으며 불질을 한다. 마당과 축사에 있던 말과 소 들이 집 밖으로 튀어나가 달려간다. "불이야! 불이야!" 군인들이 미친 듯이 소리치면서 불을 지른다. 대부분이 축산농가라 집집마다 너른 마당에 월동용으로 집채만 한 건초가리를 쌓아놓았는데, 거기에도 불을 지른다. 초가지붕도 마당의 건초도 모두 검불인지라 불은 활활 거침없이 타오른다. 소리 없는 폭격처럼 이 집 저 집에서 불길이 불끈불끈 치솟는다. 주위 공기가 불길 한가운데로 휩쓸려 들어간다. 불이 커질수록 그리로 더 빠르게 공기가 이동하면서 불바람을 일으킨다. 쉭쉭 무섭게 소리를 내며 불길이 바람을 삼킨다. 불길 한가운데로 산소가 급속히 쏠리면서 군인들이 숨을 헐떡거린다. 널름거리는 불길 가운데서 무수한 불똥이 허공으로 날아오른다.

방화와 살인에 도취된 자들이 환각 속에서 계속 불을 지른다. 고함치고 총을 난사한다. 겨우 불을 피해 벗어난 사람들을 향해 총알이 사정없이 날아간다. 참새떼가 날고, 닭이 날고, 사람들과 개, 돼지, 소, 말 들이 달아난다. 총격에 쫓긴 사람들이 혼비백산 울담을 타고 넘어 산 쪽으로 도망친다. 근처의 대숲이나 덤불숲에 뛰어든다. 닭들도 덤불 아래로 오르르 숨어든다. 사람과 가축이 달아나다가 총에 맞아 쓰러진다. 죽어가면서 고통의 비명을 지른다. 내년 농사를 위해 보관 중이던 씨앗 망태가 타고, 이 집 저 집 곳간에서 쥐를 없애고 곳간을 지켜주던 업신 구렁배암들이 타 죽는다. 닭 한마리라도 구해보려고 옆구리에 끼고 달아나던 소년이 총에 맞아 쓰러지고, 울담을 넘어 도망치던 청년이 총에 맞아 돌덩이 하나 가슴에 안고 엎어지고, 아기 안은 아낙이 솜옷 입은 등에 불이 붙은 줄도 모른 채 허둥지둥 달아나다가 쓰러진다. 쌀독은 물론 간장독, 된장독, 부엌의 물 항아리, 솥단지

들이 개머리판에 맞아 와장창 깨진다. 죽음의 위협을 느
낀 노파들이 궤 속에 보관 중이던 호상옷 보따리를 챙겨
허리춤에 매고 불 밖으로 나가려고 허둥대고, 매운 연기
를 마시고 캑캑거린다.

검은 연기로 자욱해진 마을이 삽시에 주황빛 불바다가
되어버린다. 초원에 방목 중이던 수백마리의 마소가 불
길과 총소리에 놀라 산 쪽으로 우르르 떼지어 달아난다.
마음대로 죽이고 마음대로 불 지르며 군인들은 눈이 뒤
집힌다. 천지간에 가득 찬 불이 그들을 실성하게 만든다.
자기가 쏜 총에 쓰러진 자의 붉은 피가 그들을 미치광이
로 만든다. 그러한 광기의 와중에 죄 없는 사람을 죽이는
것이 두려워 허공에다 총질하는 군인들도 있었다. 온 마
을이 불길에 휩싸인 가운데 총성이 계속해서 터진다.

노인이 외양간에 매인 소를 밖으로 내몰려고 무진 애
를 쓴다. 불을 겁내 꼼짝도 하지 않는 소를 밀고 때리면
서 겨우 내쫓는데, 총알이 날아와 노인과 소를 맞힌다.
노인은 쓰러지고 총알에 빗맞은 소가 울부짖는다. 무섭
게 날뛰면서 뿔을 숙여 총 쏘는 군인들을 향해 돌진하
다가 총알을 몇방 더 맞고 쓰러진다.

지붕에 올라가 멍석을 덮어 불을 끄던 아낙이 총에 맞아 굴러떨어진다.

죽창을 겨누고 소리치며 토벌대에 달려들던 청년이 총에 맞아 쓰러진다.

좁쌀 항아리를 맞들고 서둘러 집 밖으로 옮기다가 엎어져 쏟아진 좁쌀을 쓸어담는 노부부를 향해 총알이 날아든다.

애써 마당까지는 내놓았으나 미처 땅을 파서 비장하지 못한 쌀 항아리들이 개머리판에 맞아 깨지고 쌀이 맨땅에 쏟아진다. 쏟아진 쌀더미 위에 건초가 덮이고 불길이 솟는다.

자기 집을 태우는 불길을 보면서 급기야 실성한 노인이 소리 지른다. “아이고아이고, 시원하다! 잘 탄다, 잘도 탄다!” 그러고는 총을 맞고 쓰러진다.

지붕에 불 지르는 것을 가로막는 아낙을 군인이 개머리판으로 내려친다. 얼굴이 피투성이가 된 아낙이 쓰러진 채 군인의 한쪽 다리를 붙잡고 애걸한다. "선상님, 선상님, 제발, 제발, 불붙이지 맙서! 불붙이지 맙서!" 그 군인이 다른 군인을 돌아보며 말한다. "이 에미나이 쏘아버릴까?" "불쌍하잖아, 피 많이 흘리는데……" "집에 남아 있는 사람들은 다 둑이라고 했잖아! 명령 거역하면 우리가 둑어!" "피를 많이 흘리니까 그냥 내싸둬도 둑을 기야. 날래 다음 집으로 가자우!"

가슴에 총을 맞은 노파가 죽어가면서 불길이 닿지 않도록 손주 아기를 담요로 감싼다.

건초가리에 불을 지르던 군인이 죽일까봐 벌벌 떠는 여자아이에게 목소리를 낮춰 말한다. "날래 도망치라우! 다른 군인이 오면 반드시 둑일 테니 날래 도망치라우!"

지붕에 불을 지르려는 군인에게 목초 베는 장낫을 들고 덤비던 노인이 총을 맞고 쓰러진다.

집집마다 널린 궤 안의 귀중품을 군인들이 훔친다. 옷가지도 훔친다. 저승 갈 때 입는 호상옷 보따리도 훔친다. 텅 빈 궤를 향해 불길이 덤벼든다.

마당에 내놓은 궤 안에서 명주 한필을 발견한 군인이 누가 볼세라 얼른 군복 상의를 벗고 명주를 몸뚱이에 둘둘 말아 챙기고는 다시 상의를 입어 숨긴다.

총성이 계속해서 터진다. 눈에 보이는 것은 다 죽여라! 숨 쉬는 것들은 다 죽여라! 목숨 달린 것들은 다 죽여라!

제 집이 불타는 것을 바라보면서 노인이 땅바닥에 주저앉은 채 두 손으로 귀를 막는다. 머리칼은 불에 타고, 공포에 질린 입에서는 비명도 울음도 나오지 않는다. 다만 숨이 가빠 헐떡거릴 뿐이다.

죽은 어미 곁에서 자지러지게 울고 있는 아기를 발견한 군인이 본능적으로 풀썩 주저앉아 아기를 안는다. 젖살이 포동포동한 어린 생명체! 그의 눈에서 눈물이 주르륵 흐른다. 그때 연기 속에서 불쑥 나타난 다른 군인, 대번에 개머리판을 휘둘러 그 군인의 얼굴을 묵사발로 만들고 아기를 빼앗아 불길 속에 던져버린다. "야간나 새끼야, 너 뭬 하네? 아기고 뭬고 숨 쉬는 건 다 둑이라고 하디 않았어. 이런 겁쟁이, 너두 군인이간? 분대장이나 소대장이 봤으면 넌 당장 총살감이야!"

쌀 항아리와 이불을 마당으로 내놓던 중년 부부가 총을 맞고 쓰러진다. 소대장의 명령에 따라 시신들 위에 쌀을 붓고 그 위에 이불을 덮고 휘발유를 뿌려 불태운다. "저승 가서 이 쌀 먹고 이 이불 덮고 잘살아라, 낄낄낄!"

"중대장님, 이건 뭐, 죄다 민간인들 아닙니까? 산군 새끼는 하나도 없고……" 신참 소위가 불평한다.
"하긴 대항하는 적군이 있어야 싸울 맛이 나는데 말이야. 좀 싱겁군." 일본군 출신 중대장이 말한다.
"죽을 염려라고는 없는 이런 것도 전투라고 할 수 있습니까?"
"하하하, 세상에 이런 싱거운 전투는 나도 처음이야. 내가 사이판에서 싸워봤는데, 그땐 정말 짜릿했지. 죽지만 않으면 전쟁만큼 재미있는 게 없어. 여자와 관계하는 것보다 더 짜릿해. 생명의 위협이 있어야 짜릿한 법이지."

"이건 전쟁도 전투도 뭣도 아닙니다. 그냥 살인 아닙니까?"

"야, 소위, 말이 많다. 정신 차려라, 이 새끼야! 위에서 내려온 작전명령이 살아 있는 건 다 죽이라는 것 아닌가? 우린 살인하는 게 아니라 전쟁을 하고 있는 거야. 알았나?"

"옛, 알았습니다!"

양산도가 대숲 뒤를 돌아 자기 집 쪽으로 접근했다. 때마침 군인들이 동네에서 빠져나가는 중이었다. 날카로운 호루라기 소리가 연달아 들려왔다. 말에서 내리자마자 양산도는 어서 도망가라고 말 엉덩이를 손바닥으로 쳤다. 불길에 놀란 말이 히힝 울며 마을 밖을 향해 달아났다. 양산도가 자기 집을 향해 급히 골목길로 접어들었다. 어머니가 걱정되어 심장이 터질 지경이었다. 그런데 그 좁은 골목에서 앞에총 하고 달려오는 한명의 군인과 정면으로 마주쳤다. 무섭게 달려오는 양산도의 기세에 놀란 군인이 으악, 비명을 지르며 총을 쏘았다. 얼결에 쏜 총알은 빗나갔고 다음 순간 양산도의 몸이 그를 덮쳤다. 양산도가 코앞에 들이댄 총검 끝을 피해 얼굴을 뒤로 젖히고 총대를 주먹으로 내리쳐 떨어뜨리는 것과 동시에 군인의 머리통을 붙잡고 무릎으로 면상을 팍팍 호되게 찍었다, 군인은 짓뭉개진 토마토처럼 얼굴이 벌겋게 된 채 뒤로 나자빠졌다. 죽었는지 까무러쳤는지, 그의 벌린 입에서 핏물이 붉은 게거품처럼 부글부글 끓어올랐다. 더이상 지체할 수가 없었다. 양산도는 군인의 허리에서 탄띠를 풀어 자기 허리에 차고 수통을 빼내서 자신의 모자와 웃옷을 흥건하게 적셨다. 불길을 견디기 위해서였다. 땅바닥에 떨어진 M1총을 집어 어깨에 메고 집을 향해 달려갔다.

그의 집은 거대한 불덩어리로 변해 있었다. 집채는 물론 축사와 마당 가득 쌓아놓은 건초가리도 불길에 휩싸였다. 마을의 어느 집보다 많은 말을 키우기 때문에 축사도 크고 건초가리도 많았다. 쉰마리의 말을 겨우내 먹이기 위한 건초 백오십바리가 모두 불에 타고 있었다. 어마어마하게 큰 원추형의 불이었다. 불길이 하늘로 치솟고 연기가 거대한 검은 날개처럼 서쪽 하늘의 석양을 향해 뻗어갔다.

그는 물에 적신 중절모를 눈썹까지 눌러쓰고 불타고 있는 집으로 다가갔다. 허리 높이로 퍼져 마루 앞을 가로막고 있는 불의 벽을 훌쩍 뛰어넘어 안으로 들어갔다. 불빛 때문에 눈이 부셔 어머니가 얼른 눈에 들어오지 않았다. 매운 연기 탓에 목이 콱 잠겼다. "어머니! 어머니!" 목쉰 소리로 어머니를 부르면서 황급히 두리번거렸다. 어머니는 마루 구석에 놓인 궤 앞에 쓰러져 있었다. 와락 달려들어 끌어안았으나 어머니는 이미 숨이 멎은 뒤였다. 눈을 허옇게 뜨고 있었다. 가슴에 총을 맞아 흰 저고리가 붉게 물들고 핏기 없는 얼굴에는 검은 재가 묻어 있었다. 시신 옆에 보따리 두개가 뒹굴고 있었다. 곳간에 있던, 내년에 뿌릴 씨앗 보따리와 호상옷이 든 보따리였다. 평생 애지중지 보관해오던 호상옷, 총 맞은 순간 임박한 죽음을 느끼고 그 옷을 꺼내 입으려고 고통을 무릅쓰고 기어가 궤 문을 연 것이 분명했다. 미칠 듯이 분노가 끓어올랐다. "어머니, 이 아들이 어머니 원수를 갚을 테니까 이젤랑 눈 감읍서!" 양산도는 분노로 덜덜 떨리는 손으로 어머니의 뜬 눈을 쓸어 감겨드렸다. 불 속에 더이상 머물 수가 없었다. 뜨거운 불기운과 매운 연기가 들숨과 함께 빨려들어와 폐가 터질 듯이 괴로웠다. 어서 벗어나야 했다. 양산도는 급히 궤를 잡아당겨 그 뒤에 숨겨놓았던 상자를 꺼냈다. 94식 권총과 실탄 서른발이 들어 있는 상자였다.

양산도는 어머니의 시신을 화기가 침범하지 못하도록 자신의 젖은 웃옷으로 덮은 다음 돗자리로 싸서 가슴에 안고 불길을 뚫고 뒷문 밖으로 뛰쳐나왔다. 얼굴이 검게 그을고 연기를 너무 많이 마신 탓에 심한 현기증이 일었다. 뒤꼍의 울담을 허물어 넘어 대숲으로 들어갔다. 마른 댓잎을 모아 그 위에 시신을 눕히고 흐느껴 울면서 피 묻은 저고리를 벗긴 다음, 흰 명주 치마저고리 호상옷을 입혀드렸다.

불타고 있는 마을은 와흘리만이 아니었다. 얼마 후 대흘리, 와산리, 선흘리, 교래리에서도 불길이 솟았다. 조천면 중산간 지역은 온통 검은 연기로 뒤덮이고 연기 아래로 주황빛 불길이 넘실거렸다. 모조리 죽이고, 모조리 태우고, 모조리 빼앗아라! 이른바 삼광(三光) 작전이었다. 아비규환의 지옥도였다. 마을 안 여기저기에서 총소리와 함께 인간과 가축의 처절한 비명 소리가 터져나왔다. 불길은 마을 외곽을 향해 마른 풀밭 위로 물 흐르듯 연기를 내뿜으며 번져갔다. 검은 연기와 주황색 불빛, 뜨거운 열기와 타는 소리와 냄새가 천지간에 가득했다. 성글게 눈이 내렸으나 눈은 불에 닿기도 전에 허공에서 증발해버렸다.

사람의 시신에 불이 옮아붙는다. 시신들이 푸른 불길

이 되어 타오른다. 푸른 원혼이 하늘로 올라간다. 쓰러진 소와 말, 닭과 돼지가 불에 타고 곡식들이 탄다. 광란의 사육제다. 이 사육제에 먹을 것이 산더미같이 쌓인다. 사람과 짐승의 살 타는 냄새, 곡식 타는 냄새, 그 구수한 냄새를 맡으며 포식자들은 환각 속에서 광란의 춤을 춘다. 서청 출신인 그들은 상당수가 신의 사람이고, 나무 십자가를 부적 삼아 목에 건 자들도 있다. 마을의 집들을 태우는 아름드리 검은 연기 줄기들이 뭉클뭉클 서로를 휘감아 용트림하면서 하늘로 솟구쳐오른다. 죽어가는 인간과 가축의 비명이 솟구쳐올라 하느님의 똥구멍을 치받고 있으나 하느님은 아무 말이 없다. 아니, 이 모든 것이 하느님의 뜻이라고, 하느님이 명령하고 있다고 그들은 생각한다. 하늘이 무너져내린다. 어느 순간 검은 구름이 크게 찢기면서 그 틈새로 기울어진 저녁 햇빛이 폭포수처럼 눈부시게 쏟아진다. 지상에 내리꽂힌 빛의 기둥, 그것은 야곱의 사다리, 그 사다리를 타고 주황빛 불의 날개를 펄럭거리면서, 불의 칼을 휘두르면서 수많은 천사들이 지상으로 쏟아져 내려온다. 불의 칼, 불의 날개들이 이글거리면서 지상을 휩쓴다. 하느님이 명령한다. "그러니 너희는 당장에 가서 아말렉을 치고 그 재산을 사정 보지 말고 모조리 없애라! 남자와 여자, 아이와 젖

먹이, 소떼와 양떼, 낙타와 나귀 할 것 없이 모조리 죽여라!"최고 사령관 로스웰 브라운이 단호하게 천명한다. "사태의 원인에는 흥미가 없다. 나의 사명은 오직 진압뿐이다!"이승만이 명령한다. "공비 토벌을 빨리 끝내라. 시일을 끌면서 이렇다 저렇다 보고하지 말고, 공비가 없어졌다는 보고를 듣고 싶다. 남녀노소 가리지 말고 불순분자를 제거하라! 지체 말고 단숨에 처리하라! 가혹하게 응징하라!"조병옥이 맞장구친다. "온 섬에 휘발유를 뿌리고 불태워버려야 한다!"월남민 교회의 목사가 설교한다. "한없이 기꺼운 마음으로 서청 여러분을 위해 하느님께 축복을 청합니다. 여러분의 승리는 곧 하느님의 승리입니다. 어서 그 붉은 무리들을 소탕하고 오시오!"연대장 송요찬이 외친다. "일본 군대는 이러지 않았어! 더 잔인하게! 더 잔인하게!"

······움직이는 것은 다 죽여라! 눈에 보이는 것은 다 죽여라! 숨 쉬는 것들은 다 죽여라!

······사태의 원인에는 흥미가 없다. 나의 사명은 오직 진압뿐이다!

······지체 말고 단숨에 처리하라! 남녀노소 가리지 말고 불순분자를 제거하라! 가혹하게 응징하라!

……그러니 너희는 당장에 가서 아말렉을 치고 그 재산을 사정 보지 말고 모조리 없애라. 남자와 여자, 아이와 젖먹이, 소떼와 양떼, 낙타와 나귀 할 것 없이 모조리 죽여라!

　……구세주 이승만 박사 만세!

　……동지들이여, 조국과 하느님을 위하여!

　……온 섬에 휘발유를 뿌리고 불태워버려야 한다!

　……모조리 죽이고, 모조리 태우고, 모조리 빼앗아라! 모조리 죽이고, 모조리 태우고, 모조리 빼앗아라! 모조리 죽이고, 모조리 태우고, 모조리 빼앗아라!

　……아아, 삼팔선 넘어와서, 왜 나는 여기에 와 있나? 왜 나는 여기에 와 있나?

　……카인아, 네 아우 아벨은 어디 있느냐? 모릅니다. 제가 아우를 지키는 사람입니까? 네가 무슨 짓을 저질렀느냐? 들어보아라, 네 아우의 피가 땅에서 나에게 울부짖고 있다

　살육과 방화의 아수라장은 해가 떨어지기 직전에야 끝이 났다. 작전을 끝낸 토벌대는 이튿날에 있을 또다른 초토화 작전을 위해 일개 분대의 정찰조를 떨궈놓고 와흘리에서 철수했다. 미처 피하지 못해 포로로 잡힌 노인

들과 아녀자들 서른명가량과 총 맞아 죽은 소 두마리, 말 한마리, 돼지 세마리가 그들의 전리품이었다. 군인들은 타고 온 두대의 트럭에 총 맞은 가축들을 실어 앞서 보낸 뒤 포로들을 몰고 걸어서 철수했다. 여러날 고깃국을 푸짐하게 먹을 생각에 기분이 좋아 「서청가」를 신나게 불러댔다. "삼천만 대중 부르는 소리에 젊은 가슴 붉은 피는 펄펄 뛰고……" 철수하는 그들의 뒤를 사람과 가축이 타는 냄새, 곡식 타는 냄새가 바람에 실려 따라갔다. 서편 하늘에 넓게 퍼진 저녁놀은 연기에 그을린 채 불길한 검붉은색이었다. 바람에 밀린 구름떼가 수많은 이랑을 만들어내면서 꿈틀거렸다.

마을 위 숲으로 피신한 와흘리 사람들은 졸지에 만난 기막힌 재앙에 머릿속이 휑하니 비어버린 듯 아무 생각을 할 수 없었다. 말도 나오지 않았고, 울음도 나오지 않았다. 어안이 벙벙, 그저 망연자실이었다. 가족과 이웃이 죽고 수백년 대를 이어 살아온 집과 온갖 살림살이가 졸지에 불다비렸다. 모든 것이 사라저버렸다! 삶의 터전과 근거가 불타서 사라져버린 지금, 자신의 머릿속마저 불타 사라져버린 듯 텅 빈 느낌이었다.

해가 떨어지자 구름의 찢긴 구멍에서 폭포수처럼 쏟아지던 햇빛 기둥은 사라졌다. 총소리는 없었지만 대숲을 태우는 폭죽 소리가 잇따른 일제사격처럼 요란했다. 밤이 되었지만 지상의 불길이 하늘에 번져 불타는 마을은 오히려 대낮같이 밝았다. 하늘과 땅이 맞붙은 듯했다. 낮에 주황색으로 보이던 불빛은 이제 검게 그을린 진홍색으로 바뀌었다. 불빛은 어둠 속에서 어마어마한 크기로 확대되어 모든 그늘, 모든 그림자를 삼켜버렸다. 와흘 1리와 2리의 불은 다른 세 마을, 대흘리, 와산리, 교래리를 태우는 불빛과 합쳐져 드넓은 들판을 환하게 밝혔고, 밤하늘 높이 치솟아 구름떼를 붉게 물들였다. 괴로워 몸부림치는 대지를 밤하늘이 그대로 반영하여 온통 벌게졌다. 수많은 이랑을 만들고 있는 구름떼가 불빛에 물들어 마치 핏물 먹은 거대한 내장 꾸러미처럼, 묵시록의 거대한 붉은 용처럼 무섭게 꿈틀거렸다. 땅도 타고 하늘도 탔다. 하늘과 땅이 모두 시뻘겠다. 화광충천(火光衝天), 어둠을 사르며 활활 타오르는 화염, 붉은색, 주황색, 푸른색 불길이 뒤섞여 맹렬히 소용돌이쳤다. "저 불 보라! 저 불, 저 불 보라!" 숲속 아지트에서 다른 청년들과 함께 은신하고 있던 안만옥, 안창세, 부대림, 정두길 들도 새미오름에 올라 그 불을 바라보았다. 멀리 떨어진 해변 마을 사람들도 집 밖으로 나와 재앙처럼 거대한 불을 바라보았다. 대재앙의 불빛은 해변 사람들의 얼굴에도 붉게 번져 있었다. 미싱 앞에 있던 창세의 모친도, 야간 당직이던 따알리아도 병실 창문을 통해 그 불을 보았고, 군경용 석유와 휘발유를 화물선에 싣고 부산에서 돌아오던 이양일도 바다 한가운데서 선원들과 함께 그 불을 보았다. "저 불 보라! 저 불, 저 불 보라!" 불타는 섬이었다.

양산도가 대숲에서 어머니의 시신 옆에 꿇어앉아 눈앞에서 불타는 자신의 집을 바라본다. 노여움에 주먹을 쥔 손이 부들부들 떨린다. 지붕을 태운 큰 불더미가 바닥에 풀썩 무너져 내려앉는 것을 본다. 그 불이 다시 바닥에서 기어올라 기둥과 서까래를 휘감고 깃발처럼 바람에 펄럭거린다. 탁탁탁탁 마구 후려갈기는 채찍질 같은 불타는 소리를 듣는다. 자욱한 검은 연기, 바람이 불어와 짙은 연기를 헤집어놓을 때마다 그 열린 틈새로 널름거리며 드러나는 시뻘건 불길을 본다. 불길은 물 흐르듯 일렁거리며 흘러 뒤꼍의 감나무에 가고, 유자나무에 가고, 이제 갓 꽃이 피어난 동백나무에도 옮아가 붙는다. 불길은 나무를 휩싸고 빠르게 우듬지까지 기어오르고, 드디어 나무가 토벌대의 총소리를 흉내 내면서 펑펑 폭발한다. 조상 대대로 살아온 집이 드디어 멸망한다. 마을이 멸망한다. 양산도의 눈에 핏발이 선다. 주머니에서 권총과 실탄을 꺼낸다. 손아귀에 묵직하게 잡힌 뭉툭한 쇳덩이가 냉기를 뿜어낸다. 덜덜 떨리는 손으로 빈 탄창에 실탄을 꽉 채우고 권총에 철컥 꽂는다.

　토벌대 본대가 철수하면서 떨구어놓은 열두어명가량의 정찰조의 임무는 마을 위 숲속에 숨었던 사람들이 이튿날 아침 시신을 수습하러 나타날 때 그들을 습격하는 것이었다. 정찰조는 덤불 속 큰 바위 아래 움푹 파인 구덩이에서 야영을 했다. 어둠 속에서 희끗거리던 눈은 이미 그쳐 있었다. 그들은 불빛이 새어나가지 않게 담요를 나뭇가지에 걸치고 모닥불을 피웠으나 여전히 흥분에 휩싸인 채여서 추운 줄을 몰랐다. 불타는 마을에서 꽤 멀리 떨어져 있음에도 그 불의 열기가 전해오는 것 같았다. 한바탕 광기에 취해 날뛰었던 터라 몹시 배가 고팠다. 사람과 짐승과 곡식 타는 냄새가 바람에 실려와 고픈 배를 더욱 자극했다. 불에 타 죽은 돼지고기를 한덩어리 가져왔는데, 어서 그것을 구워 먹고 싶어 안달이 났다. 술도 한병 전리품으로 갖고 왔다. 제사에 쓰기 위한 술을 불 속에서 발견했다. 유리병이 불에 녹아 주둥이가 조금 비틀려 있었다.

　그들이 대검으로 붉은 살점을 잘라 불 속에 던진다. 철모가 불빛에 번들거리고 고기가 지글거리며 익어간다. 불은 계속 타고, 그들의 흥분 상태도 계속된다. 꿈속에 있는 듯 아직도 얼떨떨하다. 흥분한 팔다리의 근육에 부르르부르르 경련이 이어진다. 배고픈 그들이 고기가 채 익기도 전에 대검 끝으로 찍어 후후 불면서 허겁지겁 입으로 가져간다. 탐욕의 눈알을 희번덕희번덕 굴리며 돼지고기를 아귀아귀 먹는다. 불에 녹아 비틀어진 술병 주둥이를 입에 물고 병나발을 분다. 돼지기름 묻은 입술이 불빛에 번들거린다. 대검과 손에 묻은 기름을 군화에 쓱쓱 문지르고 윤이 나도록 머리칼에도 문질러댄다. 탐욕의 얼굴이 불빛을 받아 벌게지고 군복도 붉게 물들었다. 군복의 구겨진 주름들 속에 검은 그림자가 우글거리고, 카빈총의 쇠붙이들이 번들거린다. 그들은 무척 기분이 좋아 고기를 먹고 술을 마셔대며 연방 낄낄거린다. 중대장의 말대로 방금 그들은 평생 잊을 수 없는 어마어마한 경험을 했다. 적의 대응사격은 전혀 없었다. 각 면별로 흩어져 있는 산군들은 전도적으로 모두 합해봐야 이백 명가량인데 무장도 구식 장총 스무자루 정도에 불과하다고 중대장은 말했다. 대응사격이 없는 이런 것도 전투인가? 이건 그야말로 누워 떡 먹기가 아닌가. 중대장이 한 말을 떠올리면서 그들은 낄낄거린다. "우리가 죽지만 않으면 전투처럼 재미있는 놀이가 없지. 그런데 이 섬 전투에선 우리가 죽지 않는단 말이야, 하하하!"

몹시 피곤했던 그들은 고기가 배 속에 들어가자마자 몰려온 식곤증에 픽픽 쓰러져 잠에 떨어진다. 고깃점을 먹다 말고 입에 문 채 잠에 떨어진 자도 있다. 불침번 한 명만 남기고 모닥불을 중심으로 발을 불 가까이 둔 채 그대로 쓰러져 잠이 든다. 시체처럼, 좀 전에 그들이 쏘아 죽인 시체처럼, 컴컴하게 딱 벌린 입들…… 한 병사가 꿈속에서 잠꼬대로 "오, 하느님!" 하고 중얼거린다. 한밤의 정적 속에서 모닥불이 사그라들면서 잉걸불이 푸시식 가라앉는다.

밤하늘을 붉게 물들이며 밤새도록 타오르던 불길은 아침이 되어 가라앉았으나 연기는 여전히 자욱했다. 짙은 검은 연기 너머로 떠오른 아침 태양은 괴기하게 검붉은빛이었다.

날이 밝자마자 양산도는 모친의 시신을 타다 남은 명석으로 싸서 집 뒤꼍에 가매장했다. 이윽고 새미오름 근처 숲으로 피신했던 마을 사람들이 나타났다. 뒤따라 정두길이 왔고 창세도 삽을 등에 메고 왔다. 까마귀들이 시신을 해치기 전에 어서 흙을 덮어야 했다. 간밤에 다른 사람들처럼 숲속으로 피하지 않고 집터 근처에서 타다 남은 멍석 쪼가리를 뒤집어쓰고 은신했던 사람들도 나타나 함께 일했다.

그들은 마을 북쪽 잔디동산에 보초를 세워놓고 신속하게 시신을 찾아 매장하기 시작했다. 언제 다시 토벌대가 들이닥칠지 모르니 예의 경계가 필요했다. 마을 사람들이 시신을 수습하기 위해 이튿날 나타나리라는 것을 토벌대는 알고 있을 터였다.

창세는 외갓집 집터를 찾아갔다. 화재를 면한 것은 마을 어귀의 늙은 팽나무 한그루뿐이었는데, 거기에 까마귀들이 수십마리 내려앉아 사람들 쪽을 살피고 있었다. 불타버린 마을은 완전히 낯선 장소로 변하여 집터를 찾기가 쉽지 않았다. 집들은 모두 검은 잿더미로 변해 담벼락만 우중충하게 서 있었다. 우툴두툴 검게 탄 기둥과 무너져내린 서까래가 담벼락에 아무렇게나 걸쳐 있었다. 불기를 먹어 벌겋게 변색한 담벼락의 돌은 손을 댈 수 없게 뜨거웠다. 바람이 불어와 타다 남은 벽지들이 펄럭거렸다. 잿더미 속에는 불이 남아 있어 부는 바람에 불빛이 커졌다 작아졌다 했다. 마치 죽어가는 생명체가 마지막으로 내뿜는 숨결 같았다. 여기저기 총 맞아 죽은 시신이 나뒹굴었고 불에 그슬린 시신도 있었다. 마차도 불에 타서 바퀴들만 나뒹굴고 집 안의 과실나무는 물론 길가의 팽나무, 멀구슬나무도 거멓게 그슬렸다. 불에 그슬린 나무들에 혼이 나간 닭 몇마리가 올라앉았고, 미치기 직전의 개들이 꼬리를 사타구니 밑에 낀 채 침과 눈물을 질질 흘리고 있었다.

창세는 외갓집으로 들어가는 골목길에서 청년들과 함께 시신을 수습하는 외삼촌을 만났다. 창세를 보는 순간 양산도의 연기에 그은 얼굴이 무섭게 일그러졌다. 치밀어오르는 격정을 참는 것이 분명했다. 부릅뜬 두 눈은 붉게 충혈되었고 오른쪽 이마에 불거진 핏줄이 지렁이처럼 꿈틀거렸다. 그는 아무 말도 하지 않았다. 창세는 차마 "할머니는?" 하고 물을 수 없었다. 외삼촌을 따라 타버린 외갓집 집터로 들어갔다. 할머니의 가매장 무덤은 뒤꼍에 있었다. 창세가 그 조그만 흙무덤 앞에 엎드려 울음을 터뜨렸다. "할머니! 할머니! 할머니!" 외삼촌이 엎드린 창세의 한쪽 어깨를 홱 잡아채 일으켜 세웠다. 그가 목쉰 소리로 사납게 말했다. "이제 그만! 어서 일어나거라. 저기 가서 일 도와사지!" 창세는 목구멍 속에서 끓어오르는 울음을 간신히 눌러 삼키고 몸을 일으켰다. "관세음보살!" 할머니가 늘 중얼거리던 그 말이 창세의 입에서 나직이 흘러나왔다.

창세는 메고 온 삽으로 시신 매장을 도왔다. 시신들의 모습은 참혹했다. 머리털이 불에 타고 눈알이 허옇게 뒤집혀 있었다. 타지 않은 머리칼이 바람에 살랑거리는 모습은 더욱 무서웠다. 너무 무서워서 헛구역질이 났지만 창세는 참고 일을 계속했다. 집집마다 있던 삽들은 거의 자루가 타버려 당장 사용할 수 있는 것이 얼마 되지 않았기 때문에 일이 더딜 수밖에 없었다. 시신들을 집터 뒤꼍이나 인근 밭으로 옮겨 가매장했다. 불에 탄 시신은 나뭇등걸처럼 두 다리가 뻣뻣하게 들려 있어 모로 눕혀 묻어야 했다. 시신에서 흘러나온 붉은 피가 불에 타 새까맸다. 화기가 미치지 않은 시신들 역시 끔찍하기는 마찬가지였다. 최후의 안간힘으로 땅을 후벼파느라 양 손톱이 참혹하게 젖혀져 피가 엉겨 있었다. 하나같이 아 하고 벌어진 입들, 컴컴한 입, 죽음의 비명이 터져나오던 순간 그대로 벌어져 있는 입들이었다. 아! 아! 아! 아! 그 시신들을 타다 남은 멍석 쪼가리나 돗자리로 싸서 매장했다. 허리춤에 호상옷 보따리를 매단 채 쓰러진 노파들은 보따리에서 호상옷을 꺼내 입혀드렸다. 눈물도 곡성도 없었다. 거기에는 슬픔이 없었다. 공포가 슬픔을 삼켜버렸다. 들끓는 분노가 슬픔을 삼켜버렸다. 그들은 묵묵히 힘주어 삽질을 했다.

이십여구의 시신을 매장한 그들은 타다 남은 무엇이라도 찾아보려고 아직도 잔불이 타고 있는 집터 여기저기를 불을 피해가며 뒤졌다. 무엇보다 먹을 것과 이부자리가 중요하므로 그것들부터 챙기려고 서둘렀다. 집 뒤꼍에 파묻어 비장한 항아리의 곡식은 윗부분만 조금 탔을 뿐이었지만 곳간에 그대로 둔 채 숨기지 못한 곡식은 절반이 까맣게 타버렸다. 구덩이에 파묻은 고구마도 위의 것은 타서 숯이 되었고 아래 것은 군고구마가 되어 있었다. 불에 타지 않은 것은 쇠로 된 것들뿐이었다. 가마솥, 나대, 놋그릇과 수저, 식기 등속과 자루가 타버린 도끼, 삽, 톱, 식칼, 호미, 낫, 괭이 따위였다. 창세는 아직도 연기를 피우고 있는 잿더미를 작대기로 쑤시다가 벌겋게 단 가마솥이 작대기 끝에 찔려 찌그러지는 것을 보았다. 불길이 미치지 않도록 마당 구석에 갖다놓은 이부자리들은 다행히 무사했다. 쌀자루가 없어 이불 홑청을 찢어 얼마간의 쌀을 싸서 가져가기로 했다.

그러나 곡식 항아리에 손을 넣기도 전에 잔디동산의 보초로부터 위급 신호가 왔다. 토벌대 정찰조가 오름 모퉁이를 돌아 갑자기 나타났던 것이다. 간밤에 마을 가까운 곳에서 노숙하면서 돼지고기를 포식한 자들이었다. 그들이 나타나자 양산도는 지체 없이 권총을 빼들었다.

적개심이 불같이 치밀어올라 권총을 잡은 손이 덜덜 떨렸다. 그러나 맞서 싸우자는 그의 주장을 산부대 대장 김의봉이 반대했다. 우선 사람들을 보호해 새미오름 근처 곶자왈 속으로 안전하게 도피시키는 것이 급선무였기 때문이었다.

초토화의 불은 거의 이틀 동안 탔고, 불이 꺼진 다음에도 연기는 완전히 사라지지 않아 나직이 내려온 잿빛 구름떼에 짓눌린 채 무겁게 가라앉아 있었다. 연기 냄새가 심해서 바람이 불면 먼 데서도 맡을 수 있었다. 그리고 눈이 내렸다. 폐허의 잿더미 위에, 수백마리 마소가 졸지에 사라져버려 텅 빈 초원에 눈이 내렸다. 허공을 가득 채우며 내리는 눈은 마을의 폐허와 초원을 하얗게 덮었다. 식은 잿더미가 눈에 덮여 겨울의 차디찬 냉기 속으로 가라앉았고, 엊그제의 살육과 방화가 마치 꿈속의 일이라는 듯이 하얗게 지워졌다. 정적이 깔린 거대한 공허, 그것을 깨는 아우성처럼 때때로 강풍이 불어와 재와 눈을 뒤섞어 뿌연 안개처럼 사방을 어둡게 만들곤 했다. 뿌옇게 어두워진 하늘에서 흐릿한 둥근 구멍, 공동(空洞) 같은 겨울의 태양이 초토에 우울한 빛을 뿌렸다. 눈은 사흘간 내렸다. 종일 내리던 눈이 야릇하게도 저녁이면 그

쳤는데, 그때마다 서녘 하늘에 불 지른 듯 붉은 노을이 드넓게 펼쳐졌다. 하늘로 올라간 그 많은 검은 연기가 조화를 부렸는지 노을은 불길한 검붉은빛이었다.

사오일간 집중된 초토화 작전으로 한라산 둘레의 중산간 마을 백삼십여개, 일만 오천채의 집이 소각되었다. 온 섬에 가득한 화염의 붉은빛, 정두길은 그것을 피라고 생각했다. 피바다가 곧 해일처럼 들이닥칠 것이고 그 피에 자신의 피도 흘러들 거라고 생각했다. 그는 먼바다에서 해상봉쇄의 임무를 띠고 감시 중인 미 해군 극동함대의 존재를 떠올려보았다. 캄캄한 밤바다 한가운데서 온 섬을 휩싼 화염과 불빛을 보면서 그들은 어떤 느낌이었을까? 무슨 생각을 했을까? 멀리서 본 그 불은 그들에게 기막힌 아름다움이었을까?

그리하여 이만명의 피란민이 생겼고 그들이 목장에서 키우던 수만마리의 말과 소 또한 같은 운명이었으니, 한때 눈 쌓인 한라산 기슭 곳곳은 그들 인간과 짐승으로 꽉 차 있었다. 피란민 중에는 제 집터나 제 밭에 땅굴을 파고 숨은 사람들도 더러 있었지만 대부분은 한라산 기슭의 수많은 자연 동굴이나 일본군이 판 동굴에 숨어들었다.

대방화로 양산도는 자기 소유의 말 쉰마리를 모두 잃

었고 만옥도 자청비와 그에 딸린 망아지를 잃어버렸다.

사흘 동안 계속 내리던 눈이 그치자, 그날 아침에 와흘리 피란민 일부는 불타버린 마을에 내려가 비장 식량을 운반해오기로 했다. 먹을 것이 없어 사흘 내내 거의 굶주리다시피 한 터였다. 그들은 눈을 헤치고 마을을 향해 내려갔다. 중산간 지대에서 토벌대에 발견된 자는 무조건 사살이니 극도로 조심스러웠다. 김의봉이 이끄는 열두 명의 산부대가 앞장서고, 짐꾼 노릇을 할 사람 열명이 그 뒤를 따랐다. 창세도 따라갔다. 위장용으로 토벌대의 군복을 입은 산군들은 얼굴을 알아보지 못하도록 눌러쓴 학생모나 철모 밑에 마스크를 쓰고 있었다.

양산도는 그날부터 산부대의 일원이 되었다. 이제까지는 뒤에서 물질적으로 협력했던 그가 직접 총을 들고 나섰다. 열두명의 산군들은 양산도가 사준 고무장화를 신고 있었다. 김의봉을 비롯해 대원들 거의가 이십대 청년들로 아들뻘이었지만 양산도는 개의치 않았다. 이제 그는 개털 방한모에 개가죽 두루마기를 입고 탄띠에 권총을 차고 일본군 장화를 신은 전사가 되었다. 양산도가 가담하자 산부대의 사기가 크게 진작되었다. 99식 장총 세자루에 죽창뿐이던 부대가 권총과 실탄 서른발을 가진 전사를 얻었고 그가 노획한 M1총도 있어 이제 총이 모두 다섯자루가 되었다.

눈 덮인 초원은 온통 백색이었다. 흰 눈의 벌판이 아득히 먼 곳에서 푸른 하늘과 만나 실금 같은 지평선을 긋고 있었다. 엷은 구름 속에서 태양이 흐릿한 빛을 뿌리고 있었는데, 쌓인 눈의 표면은 햇볕에 녹아 반들거리고 그 위를 희부윰한 증기가 떠돌았다. 강풍에 쏠린 눈이 관목숲, 덤불숲에 막혀 흰 벽처럼 높이 쌓이고 밭담의 돌구멍이 눈으로 메워져 있었다. 다시 눈이 오려는지 동쪽 지평선에 검은 구름떼가 일어나 있는 것이 보였다.

그들은 눈에 띄지 않게 억새밭이나 솔숲을 통과해 이동했다. 숲속은 떨어진 솔잎이 깔려 있어 걷기가 편했다. 간헐적으로 불어오는 바람이 솔가지에 쌓인 눈을 흔들어 지나가는 그들의 머리 위로 쏟아붓곤 했다. 억새밭의 억새들은 눈과 뒤섞여 흰 범벅이 되어 있었다. 산부대가 앞서 뚫어놓은 눈길을 뒷사람들이 빠각빠각 밟으면서 걸어갔다. 그들은 발이 눈에 빠지지 않도록 볼레나무 가지를 둥글게 구부려 칡으로 얽어 만든 설피를 신고 있었다. 가는 길에 그들은 수확은 끝났으나 보리갈이를 못한 채 조 그루터기가 그대로 남아 있는 밭들을 보았다. 미처 추수도 하지 못한 채 흰 눈에 뒤범벅이 되어 반쯤 쓰러진 메밀밭도 보았다. 그 밭의 주인은 와흘리 사람으로 한 달 전쯤에 잃어버린 소를 찾아 헤매다가 아들과 함께 총에 맞아 죽었던 것이다.

떠돌아다니는 말들도 보았다. 억새밭 건너편 야트막한 동산에 말들이 올라가 있었다. 모두 다섯마리였다. 동산의 윗부분은 쌓였던 눈이 강풍에 날아가 마른 풀이 누렇게 드러났는데, 말들이 그 풀을 뜯고 있었다. 그들은 그 말들을 바라보면서 생각했다. 사람이나 말이나 한겨울 눈 속에서 죽음 앞에 내몰린 신세가 되었구나! 앞으로 눈은 더 많이 내릴 터이고 그러면 눈 덮인 벌판에서 저 말들은 더이상 먹을 풀을 찾지 못할 것이다. 산으로 달아난 와흘리의 다른 말 수백마리도 같은 운명이 되고 말 터였다. 월동용 사료로 쌓아놓은 건초가리가 죄다 불에 타버렸으니 굶어 죽거나, 토벌대의 총을 맞고 그들의 먹잇감이 되고 말 것이 아닌가. 풀을 뜯던 말들은 사람들이 나타나자 황급히 몸을 돌려 동산 아래로 내달렸다. 이제 인간은 그들에게 무서운 존재가 되어버렸다. 하얗게 눈보라를 일으키면서 말들은 산 쪽으로 달아났다.

그들이 마을 바로 위 상뒷동산 근처에 왔을 때, 위급상황이 발생했다. 동정을 살피러 내려갔던 척후가 헐레벌떡 달려와 전하기를 마을에 이미 토벌대가 들어와 있다는 것이었다. 사흘 전 마을을 불태우고 살육을 자행한 서청 대대 소속 군인들인 것 같다고 했다. 스무명가량의 군인들과 비슷한 수효의 민보단 사람들이 마차 한대를 끌고 들어가 비장 식량을 찾는 중이라는 것이었다. 이제 싸움이 불가피했다. 복수심이 끓어올라 산군들은 몸을 부르르 떨었다. 복수하기 위해서뿐만 아니라 식량을 빼앗기지 않기 위해서도 반드시 싸워야 했다. 식량을 빼앗기면 굶어 죽을 수밖에 없지 않은가. 그들은 행진을 멈추고 꽝꽝나무들 뒤에 잠시 몸을 숨긴 채 작전을 짰다.

간헐적으로 불던 바람이 거세졌다. 들판을 덮은 눈이 바람에 쓸려 수증기처럼 뿌옇게 날아가고 숲이 우우 소리를 내며 흔들렸다. 동쪽 하늘에서 잿빛 안개가 바람에 날리며 검은 구름떼가 치솟고 있었다. 구름의 형세로 보아 곧 눈이 내릴 것 같았다.

마을에 먼저 들어온 군인들과 민보단은 감시병 몇명을 세워두고 타버린 잿더미를 여기저기 쑤시고 다니면서 쌀 항아리를 찾느라 혈안이었다. 군인들은 총검으로, 민보단은 죽창으로 쑤셔대며 잿더미 속과 집 뒤꼍의 땅바닥을 헤집었다. 찾아낸 가마솥은 더이상 사용할 수 없게 망치로 깨뜨렸다. 그들은 찾아낸 쌀뿐만 아니라 요행히 불타지 않은 병풍, 궤, 책상과 밥상, 제상, 놋그릇 따위도 날라다 마차에 실었다.

　민보단의 두 청년이 어느 집터로 들어가 죽창으로 여기저기 쑤시다가 울담 곁 땅속에 묻어둔 쌀 항아리를 찾아냈다. 그들이 자루를 꺼내 쌀을 퍼담는데 거렇게 그은 담벼락 뒤에서 웬 중년 사내가 죽창을 들고 달려들었다. 세 사람이 일 대 이로 죽창을 겨누고 맞섰다.

　"당신 누구요?" 민보단이 물었다.

　"나가 이 집 주인이다! 이 쌀은 내 거다, 내 거여! 어디서 도둑질이냐, 이 도둑놈들아!"

　사내의 눈에 퍼렇게 살기가 돋아 있었다. 그는 숲속으로 피란하지 않고 자기 집터에 땅을 파서 은신하던 차였다.

　"아이고, 미안하우다. 우린 주인이 없는 줄 알았수다. 주인이 죽은 줄 알았습주. 위에서 강제로 시켜서 할 수 없이……"

　"내 쌀에 손대지 마라!"

　"예예, 알았수다, 그냥 가쿠다. 우린 못 본 척 갈 테니 빨리 숨읍서! 군인들이 보면 큰일 납니다!"

　마침내 검은 구름떼가 가득 품었던 흰 눈을 토해내며 밀려왔다. 백색의 초원은 구름의 검은빛이 스며 희끄무레해졌다. 산부대는 현장 가까이까지 침투했다. 총을 가진 다섯명의 산군은 토벌대의 마차가 있는 동구 앞까지 포복하여 밭담 뒤에 몸을 숨기고, 죽창 부대는 짐꾼들과 함께 사정거리 밖의 덤불숲에 숨어서 기다렸다. 눈이 내리기 시작하자 토벌대 소대장이 호루라기를 불어 작업을 중지시켰다. 마을 여기저기 흩어져 있던 군인들이 마차가 있는 곳으로 모여들었다. 군인들이 약탈한 식량과 가재도구를 마차에 싣기 시작하자, 그때를 기다린 다섯명의 산군은 총의 자물쇠를 풀고 밭담 구멍에 총구를 쑤셔넣었다. 공격 개시 신호로 양산도가 「양산도」 타령 한 소절을 힘차게 불렀다. "세월아 봄철아 오고 가지 마라." 그 소리와 함께 일제사격의 총성이 울렸고, 뒤이어 토벌대의 주의를 다른 데로 돌리기 위한 죽창 부대의 고함 소리가 요란하게 터졌다. "와아, 와아! 죽여라, 죽여! 저놈들 죽여라! 와아, 와아!" 권총의 사정거리가 50미터밖에 안 되기 때문에 양산도는 위험을 무릅쓰고 앞으로 바싹 다가가 총을 쏘았다. 졸지에 기습을 당한 토벌대는 대응사격도 몇번 못 해보고 전사자인지 부상자인지 세명을 마차에 싣고선 도망치기에 급급했다. 약탈한 쌀과 가재도구를 그대로 내버린 채였다.

그 무렵 외도 지서에 근무하던 송광일의 부친이 경찰

에 살해당했다. 와흘리가 소각당할 때 이웃 마을인 대흘리도 불에 탔는데, 그때 그의 부친도 다른 사람들과 함께 토벌대에 학살당했던 것이다. "내 아들이 순경이우다. 외도 지서에 근무햄수다"라고 말했지만 그들은 "순경이고 뭐고 제주 놈은 모두 빨갱이야" 하면서 총살해버렸다. 이 말을 전해 듣고 분노한 송광일은 그 즉시 경찰 제복을 불태우고 입산하여 산군에 가담했다.

토벌대의 겨울 총공세는 산부대의 식량 보급을 완전히 차단한 상태에서 벌어졌다. 한라산 깊숙한 데까지 곳곳에 드럼통으로 묻어놓았던 산부대의 식량은 거의 바닥나 있었다. 총공세는 사람들뿐만 아니라 그들이 가꾸던 가축에 대한 무자비한 토벌이기도 했다. 대방화 후 한라산에는 이만명의 주민과 방목 중이던 삼만마리의 마소가 도피해 있었는데, 주민들과 함께 그 짐승들마저 사살의 대상이 되었다. 굶주린 입산자들의 양식이 되지 않도록 사살한다는 것이었다. 동굴 속에 꼭꼭 숨어 있는 사람들보다 들판이나 숲속에 떼지어 헤매는 짐승들을 사냥하는 것이 훨씬 쉽기도 했다. 토벌대의 총질에 쫓긴 말과 소 들이 눈보라를 일으키며 달리다가 총탄을 맞고 쓰러졌다. 흰 눈 위에 붉은 피가 낭자했다. 쓰러진 말과 소를 벌목도로 쳐서 해체하고 운반하는 것은 토벌대를 따라다니는 민보단의 몫이었다. 도살된 그 많은 소와 말은 이만 토벌대의 푸짐한 먹을거리가 되었다.

수많은 소와 말이 그렇게 약탈당하자 굶주림을 면하기 위해 산부대 역시 마소 사냥에 나섰다. 토벌대의 경우에는 많은 인원을 동원한 대량 사살인 데 비해 탄약이 절대적으로 부족한 산군은 총 대신 전화선으로 덫을 놓거나 눈구덩이에 몰아넣어 잡는 원시적인 방식이었다.

창근아, 영미야, 그해 겨울엔 눈이 참 많이 내렸어이. 산천이 무너지게 펑펑 내렸주.

중산간 지대 대방화를 시작으로 대학살극이 벌어졌다. 얼마 동안만 숨어 있으면, 얼마 동안만 참고 있으면 평화가 오리라고 생각했는데, 그만큼 많이 사람을 죽였으면 이젠 죽이는 일에 멀미가 났을 것이라 생각했는데, 청천벽력같이 대학살극이 벌어졌다. 중산간 마을은 물론 해변 마을에서도 산으로 도피하는 사람들이 꼬리를 물고 이어졌다. 토벌대에 의해 해변에 소개되었던 중산간 마을 사람들 중에도 다시 입산하는 자들이 많았다. 그들 대부분은 입산자 혹은 도피자의 가족으로, 토벌대로

부터 아들을 내놓으라, 남편을 내놓으라는 죽음의 협박
을 당하고 있던 터였다. 밤중에 몰래 도망쳐온 피란민들
을 입산자들이 맞이해 거두었다. 그들을 마을별로, 동네
별로 나누어 곶자왈 속 자연 동굴이나 일본군이 파놓은
진지 동굴로 인도했는데, 거기서 가족 상봉이 이루어져
부둥켜안고 서럽게 울음을 터뜨리는 이들도 있었다.

　창세도 피란민 안내를 도왔다. 어른들은 아기를 업거
나 약간의 식량과 이불 같은 것을 등에 지고 있었다. 대
방화 속에 중산간 마을의 식량 대부분이 불에 타거나 약
탈당한 상태여서 그들이 갖고 온 식량은 보름도 견디지
못할 분량이었다. 조금 큰 아이들은 등짐을 진 어른들 앞
에서 걸어가고 두세살짜리 어린것들은 어른들의 등짐
위에 얹혀 갔다. 눈이 내려도 쌓이지 않고 금방 녹아버리
는 해변 마을에서 온 아이들은 그 많은 눈을 보고 여간
신기하게 여기지 않았다. 나무에 핀 하얀 눈꽃을 반겨 탄
성을 지르고 눈을 뭉쳐 눈싸움을 하는 아이들을 어른들
이 말렸다. 그러나 신기하고 아름답게만 보이던 눈은 곧
아이들에게 힘든 장애물로 변했다. 눈은 산으로 올라갈
수록 깊어져 아이들은 허리 위까지 눈 속에 파묻혀 헤엄
치듯 힘겹게 걸어야 했다. 청년들과 함께 창세도 앞장서
길을 뚫었다. 청년들이 앞에서 쌓인 눈을 헤쳐 나가면 피

란민들이 그 뒤를 따랐고, 맨 뒷사람이 솔가지로 발자국을 지웠다.

와흘리 바로 위에 있던 조천면 선전부가 아지트를 옮긴 것도 바로 그때였다. 토벌대가 민보단을 길잡이로 앞세우고 중산간 일대를 샅샅이 누비면서 동굴 아지트를 적발하려고 혈안이었다. 토벌대는 대부분 육지부 출신이어서 제주의 지리와 지형을 잘 몰랐다. 어느 날 선전부의 동굴에서 불과 100미터쯤 떨어진 곳에 군홧발 자국이 어지럽게 찍혀 있더니, 하루는 군홧발들이 머리 위 동굴 천장을 쿵쿵 울리는 소리가 들렸다. 아지트를 옮기지 않을 수 없었다. 한라산 기슭의 곶자왈에는 크고 작은 동굴이 많았다. 어느 곶자왈 깊숙한 곳의 동굴로 선전부의 아지트를 옮겼고 창세도 함께 갔다. 그들이 찾아든 동굴은 오십명 정도는 충분히 수용할 정도로 넓었는데, 이미 십여명의 피란민들이 자리를 잡고 있었다. 동굴 속에서 남자들은 산부대 소속이 아니더라도 방어용으로 죽창이나 철창을 소지하고 있었다.

그 동굴에서 선전부는 별로 할 일이 없었다. 해변에서 올라오는 소식은 끔찍한 학살과 고문 이야기뿐이고, 토벌대에 쫓겨 산부대가 완전히 궁지에 몰린 상황에서 용기를 부추기는 소식도 딱히 없었다. 등사 잉크와 용지마저 떨어진 상태였다.

소나무 둥치와 바위, 덤불로 가려진 동굴 입구는 매우 좁아서 한 사람씩 얼굴부터 들이밀고 아래로 비스듬히 기어들어가야 했다. 캄캄한 내부는 두 갈래였는데 큰 가지는 북쪽으로 뻗어 있었다. 처음 그 동굴에 들었을 때 정두길과 고승우는 녹인 송진으로 횃불을 만들어 깊이 들어가보았다. 미끈거리는 바위 위를 거의 포복하다시피 해서 들어갔다. 어둠 속에서 갑자기 찌찌 하고 날카로운 소리가 들렸는데, 횃불 불빛에 드러난 것은 동굴 천장에 붙어 있는 박쥐들이었다. 박쥐들은 날개로 온몸을 번데기처럼 감싼 채 천장에 매달려 있었다. 동면 중이던 것들이 횃불과 인기척에 놀라 잠이 깬 모양이었다. 거기에서 50미터쯤 더 들어가니 굴이 넓어지면서 어두워 깊이를 알 수 없는 낭떠러지가 나왔다. 낭떠러지 밑이 캄캄한 암흑이어서 바닥 없는 함정처럼 느껴졌다. 거기서 갑자기 횃불이 꺼졌다. 와락 달려드는 어둠에 두 사람은 마치 암흑이 횃불을 삼켜버린 것처럼 소름이 쫙 끼쳤다. 빛이 침투해본 적 없는 세계였다. 두 사람은 얼른 뒤돌아서 쫓기듯 서둘러 그곳을 벗어났다.

나중에야 두 사람은 횃불이 꺼진 이유가 산소 부족 때

문일 것이라 생각했다. 절대 암흑으로 채워진 산소 부족의 공간, 그곳은 곧 죽음의 공간이었다. 불과 50미터 밖에 그런 공간이 있다는 것이 썩 기분 좋은 일은 아니어서 굴속의 사람들은 그곳을 저승이라고 부르기 시작했다. 그 굴이 얼마나 크고 얼마나 멀리 뻗어 있는지는 아무도 알지 못했다. 교래리의 어떤 굴은 너무도 크고 깊어 흰 강아지를 넣었더니 나중에 검은 강아지가 되어 해변에 나타났더라는 전설이 있었는데, 그 굴도 그렇게 크고 길지 않을까 짐작할 뿐이었다. 그런데 다행스럽게도 승우와 두길이 그 공간 근처에서 먹을 물을 발견했다. 천장에서 떨어진 물방울이 바닥의 푹 파인 암반에 고여 찰랑거리고 있었다. 굴속 사람들은 그 물을 떠다 먹으면서 그것을 '저승 물'이라고 불렀다. 그렇게 저승 물로 목을 축이고 저승 물로 밥을 지어 먹는 혈거 생활이 시작되었다.

처음에 사람들은 희미하게나마 빛이 들어오는 굴 초입에서 생활하려고 했지만 여러 사람의 체온으로 인해 허연 김이 입구 밖으로 피어올랐기 때문에 캄캄한 안쪽으로 들어갈 수밖에 없었다. 대개가 조천리, 와흘리, 대흘리 사람들이었다. 북쪽 가지의 큰 굴에는 노약자와 부녀자, 아이들이 들어갔는데, 그중에는 젖먹이 아기를 데린 젊은 아낙도 있었다. 부상병 치료와 간호를 맡은 여맹원 김옥희와 안만옥도 그 굴에 들어갔다. 작은 가지 쪽 굴은 청년과 중년 사내들이 차지했다. 굴속에서는 연기가 잘 빠지지 않아 밥은 밖에서 지어 들여왔다. L19 정찰기가 하늘을 날며 항시 감시하고 있었으므로 밥 짓는 연기가 보이지 않도록 안개 낀 이른 새벽을 이용했다. 그나마 다행인 것은 동굴 밖 세상은 온통 눈 천지인데도 굴속은 비교적 따뜻하다는 것이었다.

산에는 자주 눈이 내렸고, 눈이 깊이 쌓이자 토벌대의 추격전이 잠시 주춤했다. 물론 산군의 반격도 없었다. 정적이 온 산을 지배했다. 산군과 피란민들은 동굴 속 침묵 속에 누워 있었다. 음울한 흐린 날씨가 계속되었다. 해가 있는 날에도 엷은 구름에 가리곤 했다. 거무스레한 테두리 속에서 해는 창백해 보였고, 그 창백한 빛은 기우는 달빛보다 더 슬퍼 보인다고 정두길은 생각했다. '장차이 사태는 어떻게 귀결될 것인가?' 흐린 날씨에도 어쩌다 구름 틈새가 벌어져 하늘의 파란빛이 희망처럼 나타날 때면 그 파란빛이 하느님의 눈처럼 느껴지기도 했다.

그러나 그 시간에도 해변 마을에서는 학살이 계속되고 있었다.

226

지서 앞마당에 난로를 때기 위해 쪼개놓은 장작들이 한쪽에 쌓여 있었다. 고문자가 잡혀온 한 청년을 장작개비를 들어 쳤다. 옹이가 튀어나온 거친 장작이었다. 악! 악! 악! 토막토막 잘려 나오는 고통의 신음 소리는 사람의 목소리라기보다 도끼에 장작이 쪼개지는 소리를 연상시켰다. 장작으로 사람을 패던 고문자가 어쩌다 장작에 솟은 가시에 손바닥이 찔리자 아프다고 악을 썼다. 그러고는 재수 없다고 청년을 마당에 끌어내 총살했다.

중위가 부하에게 자랑을 늘어놓았다. "미인은 둑이기 덩말 아까워야. 기래서 살려줬다. 내 말을 들을 테냐, 아니면 둑을 테냐? 살겠으믄 내 등에 업혀라, 이거디. 안 업히려고 버티믄 거저 무르팍으로 팍, 복부를 내질러 반쯤 기절시켜봐. 기리고서리 졸병보고 아무 집이나 가서 이불 홑청을 뜯어오라 해서 그걸 덮어씌워 들쳐업구 나가는 기야. 업고 가서 마을 어디 홀로 사는 할마이 집에 맡겨놓고서리 슬슬 달래면서 길들이는 거이디, 핫핫핫! 둑을 걸 살려주었으니 잘한 거이디, 안 기래? 기래서 내레 이 마을 저 마을에 하나씩 모두 각시가 여섯명이야, 힛힛힛!"

중산간 마을 토벌에서 포로가 된 촌민 이십여명이 함덕 대대 본부로 끌려갔다. 미군 두명이 나타났는데, 그 중 한명이 메고 있던 카메라를 들이댔다. 카메라를 본 적이 없는 촌민들이 총인 줄 알고 기겁했다. 연속으로 카메라 셔터 누르는 소리가 터지자 사람들이 두 손으로 얼굴을 가리며 비명을 질렀고, 그것을 보고 미군들이 낄낄대고 웃었다. 그때 그 촌민들 중에서 한 청년이 튀어나와 손으로 미군들을 가리키며 소리쳤다. "진짜 나쁜 놈들은 저놈들이여! 저 미국 놈들, 악마들이여!" 장교가 황급히 달려가 그 청년을 붙잡고 한쪽으로 끌고 가서 권총으로 쏘아버렸다. 그러잖아도 청년은 몇시간 뒤에 처형당하게 되어 있었다. 그러니 그것은 자살이었다.

경찰이 삽을 던져주며 구덩이를 파라고 명령했다. 청년은 열심히 삽질했다. 잠시 후 경찰이 말했다. "더 깊이 팔 거 없어. 네가 거기 서 있을 거 아니라 드러누울 거니까."

집단학살에서 그 청년은 어깨에 총알이 박혔으나 죽지 않았다. 총살조가 시체들에 휘발유를 뿌리고 불을 질렀다. 불길이 가까워지는 동안 그는 천신만고 끝에 양 손목을 묶은 철삿줄을 풀었다. 밤새도록 걸어 산으로 갔다.

세명의 젊은 여자가 산으로 양식을 나르다가 토벌대에 잡혔다. 간장 담은 옹기 허벅이 깨어지고 자루 속의 곡식이 사방에 흩어졌다. 권총을 허리에 차고 돼지 불알처럼 생긴 두개의 수류탄이 달린 멜빵을 건 장교가 땅바닥에 꿇어앉은 여자들 앞으로 뚜벅뚜벅 걸어갔다. 공포에 질린 세 여자가 서로 부둥켜안고 한덩어리가 되어 부들부들 떨었다. 공포에 지린 오줌의 싸한 냄새에 장교의 정신이 나갔다. 부하들이 보는 앞에서 바지 주머니에 손을 넣어 주물러대면서 "아이, 죽갔구만, 죽갔어" 하더니, 한 여자를 골라 머리채를 홱 잡아챘다. 여자가 비명을 지르면서 끌려나왔다. 장교가 휘감았던 머리채를 풀고 말했다. "이보라, 네레 총 맞아 죽갔어, 아니문 내 말 듣갔어? 살고 싶으면 내 말 들으라우!" 계속 비명을 지르던 여자가 흰 거품을 물고 까무러쳤다. 장교가 소리쳤다. "야, 졸병, 이 에미나이 물 좀 멕이구 업고 가서 차에 실으라우!"

굴속은 따뜻했지만 식량 부족이 큰 문제였다. 가족별로 가져온 얼마 되지 않는 쌀을 항아리 하나에 모았는데, 평소처럼 먹는다면 보름도 가지 못할 분량이었다. 그래서 쌀 항아리를 땅에 묻고 하루 한끼도 못 되는 양을 배급했다. 굴속에서 한달이라도 버티려면 어떻게든 굴 밖에 나가 먹을 것을 구해와야 했다. 젊은이들이 나섰다. 총 가진 산군 한명을 포함한 대여섯명이 한조가 되어 눈 덮인 산과 들을 숨어다니면서 먹을 것을 찾았다. 그들은 그것을 자조적으로 보급 투쟁이라고 불렀다. 창세는 선전부의 박털보, 문상옥, 정두길, 고승우의 조에 붙었다.

보급 투쟁 지역은 주로 불타버린 중산간 마을이었다. 거기에서 산군의 호위를 받으면서 눈과 잿더미 속을 뒤져 타다 남은 조와 고구마 구덩이를 찾아 두리번거렸다. 고구마 구덩이에는 불길에 구워진 고구마들이 있었다. 선전부 사람들이 나갈 때면 주로 총을 멘 강행필이 호위했다. 중산간 지경의 밭들 중에는 토벌대의 눈에 띌까 두려워 미처 수확하지 못한 조밭이나 메밀밭이 더러 있었는데, 그 곡식을 거두기 위해서는 야밤에 움직여야 했다. 밤을 새워 낫으로 조 이삭을 끊고 메밀을 거두어 작대기로 타작하여 탈곡했다. 조 이삭과 메밀을 갈기 위해 불탄 집터에서 맷돌을 찾아내 그 무거운 것을 동굴로 운반했다. 타다 남은 조를 맷돌에 갈아 껍질째 범벅이나 죽을 쑤었고, 메밀도 맷돌에 갈아 알곡을 내어 범벅이나 수제비를 만들어 먹었다.

불타버린 마을을 찾는 것은 사람들만이 아니었다. 대방화 때 사람들과 마찬가지로 눈 덮인 산속으로 달아났던 짐승들이 먹이를 찾아서 왔다. 말, 개, 돼지 들이었다. 그러나 겨우내 먹을 건초가 죄다 타버렸는데 말들이 무엇을 먹을 것인가? 두마리의 말이 무밭에 들어가서 무를 먹는 것을 창세는 보았다. 개와 돼지는 집터에서 먹을 것을 찾느라고 잿더미를 주둥이로 파헤치고 있었다. 돼지들이 눈과 흙을 들추고 가매장한 시신을 뜯어 먹는 끔찍한 장면도 보았다. 가매장이라고 시신을 너무 얕게 묻은 탓이었다. 그 짐승들은 사람을 보자 미친 듯이 달아났다. 개, 돼지뿐만 아니라 말도 소도 사람만 보면 달아났다. 박털보가 한숨을 내쉬면서 말했다. "사람을 좋아하던 말들이 이젠 사람만 보면 막 도망첨구나. 말은 우릴 보면 도망가고, 우린 토벌대를 보면 도망가고…… 왜 도망을 댕겨야 하는지, 왜 이런 사태가 벌어졌는지 말들도 모르고, 우리도 모르고……"

한번은 집터 근처에서 방황하는 돼지 한마리가 있어 여럿이 에워싸고 잡으려고 했으나 그만 놓치고 말았다.

고승우가 와락 달려들어 돼지를 쓰러뜨려 올라타는 동시에 한 손으로 귀때기를 움켜쥐고 다른 손으로 앞발을 꺾어 젖히려는데, 돼지가 요란한 비명과 함께 무섭게 몸부림을 쳐서 그의 손아귀를 뿌리치고 덤불 뒤로 달아나버렸다. 돼지를 놓치고서 고승우가 헛웃음을 쳤다. "헛헛헛, 못 먹은 탓이여. 굶어서 어디 힘을 쓸 수 있어야주, 젠장!"

그러한 보급 투쟁조차 토벌대의 총공세가 격화되면서 더욱 어려워졌다. 토벌대의 야전 천막이 한라산 기슭 바로 아래까지 올라왔고 작전 중인 군인들이 멀리서 자주 눈에 띄었다.

선전부가 들어 있는 동굴은 스무날도 지나지 않아 식량이 거의 바닥났다. 풀뿌리라도 캐어 먹어야 했다. 창세는 등에 삽을 메고 어른 몇사람과 함께 풀뿌리를 캐러 다녔다. 눈에 띄지 않는 움푹 팬 곳에 들어가 총 멘 산군을 보초로 세우고 삽으로 눈을 헤치며 언 땅을 팠다. 굶은 탓에 삽질을 조금만 해도 손발이 떨리고 식은땀이 솟았다. 먹을 수 있는 풀뿌리 중에 인기 있는 것은 칡뿌리와 더덕 뿌리였는데, 캐기만 하면 허기를 끄기 위해 당장 입으로 가져갔다. 볼레나무, 망개나무, 산딸나무의 말라

비틀어진 열매들도 따먹었다. 풀뿌리 같은 거친 것을 먹을 수 없는 노약자를 위해 밤중에 위험을 무릅쓰고 중산간 지역의 보리밭에 내려가 눈 덮인 보리싹을 캐오기도 했다.

산속의 피란민들이 굶주림에 허덕이는 데 반해서 토벌대는 날마다 소고기, 말고기를 포식했다. 총알이 풍부한 그들은 마음대로 총을 쏘아 소와 말의 씨를 말리고 있었다. 수많은 토벌대 병력이 한라산 기슭까지 올라와 주둔하고 있었는데, 밤이면 곳곳에 모닥불이 타오르고 고기 굽는 냄새가 바람을 타고 밀려오곤 했다. 한번은 김의봉의 산부대가 토벌대 주둔지를 야간에 기습한 적이 있었다. 실은 기습이 아니라 도둑질이었다. 그들은 총 한 방 쏘지 않은 채 잠입하여 말고기 몇덩이를 훔쳐왔던 것이다.

동굴 내부에서 사람들이 생활하는 공간은 대낮에도 밤처럼 캄캄했다. 동굴 입구에만 빛이 조금 들어왔는데, 너무 추워서 사람들이 얼씬하지 않는 그곳을 한 청년이 콘사이스 영어 사전을 들고 들락날락하면서 영어 공부를 했다. 정두길의 조천소학교 이년 후배였다. 그는 전남 무안소학교 교원으로 일했는데 부친이 "들어오라. 집 격정도 해야지. 나도 늙고 네 어멍도 늙고, 어서 들어와서 장가가야 할 거 아니냐" 하는 성화에 못 이겨 귀향했다가 그만 덜컥 덫에 치이고 만 처지였다. 사전을 바깥 빛에 비춰 보면서 영어 단어를 외우는 것이 그의 공부였다. 사전을 통째로 외우려는 듯이 꽤나 열심이었다. 그가 귓속말로 말했다. 자기는 처음에는 친미파였으나 빨갱이가 아니라는 것을 증명할 수 없어 입산하게 되었노라고, 정말 싫지만 이 싸움에서 미국이 이기는 것은 기정사실이고 그러면 영어 세상이 될 게 아니냐고, 그래서 영어 공부를 한다고 했다.

사람들은 대개 동굴 안쪽에 모여 어둠 속에서 누워 지냈다. 양식을 조금이라도 아끼려면 누워서 기운을 아낄 수밖에 없었다. 굴속이 너무 어두워 조심하지 않으면 누운 사람의 얼굴을 밟을 지경이었다. 조그만 석유 등잔이 있긴 했지만 기름을 아껴야 했다. 어쩌다 켜는 콩알만 한 등잔불은 어둠을 비추기보다는 어둠에 흡수되어 사위는 서로의 얼굴을 몰라볼 정도로 어두웠다. 등잔불 가까이에 있는 사람들만이 흐릿한 실루엣으로 보였다. 희미한 빛의 선이 실루엣의 윤곽을 그려냈다.

그러한 어둠 속에서도 노인들은 산군을 위해 짚신을 삼고 여자들은 불타버린 마을에서 가져온 맷돌에 조 이삭과 메밀을 갈았다. 노인들은 어둠 속에서도 짚신을 잘 삼았다. 산부대에서 총으로 무장한 소수의 산군들만 군화나 고무장화를 신고 나머지 죽창 든 산군들은 고무신이나 짚신을 신었다. 고무신 위에 짚신을 덧신으면 눈이나 얼음에 잘 미끄러지지 않아 좋았는데, 헌 옷을 잘게 찢어 짚과 섞어 만든 신은 눈 위에서 보름쯤 신을 수 있었다.

폐결핵을 앓고 있는 부대림은 전염을 우려하여 굴 안쪽으로, 다른 사람들과 두어발짝 떨어진 곳에 자리 잡고 있었는데, 정두길의 자리가 그와 가장 가까웠다. 어둠 속에서 대림은 두길에게 이것저것 끊임없이 이야기를 풀어놓았다. 워낙 이야기하기를 좋아하는 대림이었다. 그의 말소리에는 그르렁그르렁 가래 끓는 소리가 섞여 있었다. 별것 아닌 일도 정열적으로 말하는 것이 그의 버릇인데 그 때문에 한창 이야기하는 도중에 발작을 일으키기도 했다. 그러면 굴 밖에서 들리지 않게 즉시 땅바닥에 엎드려 입을 대고 기침을 했다. 금방 숨이 넘어갈 듯 기침을 하다가 멎으면 이야기를 다시 이어가려 애썼는데, 그러지 말라고 말려도 듣지 않았다. 이야기하려는 노력이 그를 탈진시키곤 했다.

등잔불이 꺼져 있을 때도 어둠 속에서 하루에 한두번쯤 다른 불빛이 깜빡거리곤 했다. 손전등 불빛이었다.

그 군용 손전등의 주인은 오른손에 부상을 입고 김옥희와 안만옥의 치료를 받은 산군이었다. 그의 총은 개머리판이 없었는데, 총격을 받아 오른손이 부서질 때 그 손이 붙잡고 있던 총의 개머리판도 부서졌다고 했다. 부서진 개머리판은 새로 만들 수 있지만 부서진 오른손으로는 더이상 방아쇠를 당길 수 없게 되어버렸다. 처음으로 굴속의 사람들에게 자기소개를 할 때도 그는 손전등으로 자기 얼굴을 비추면서 말했다. "나 이런 사람이우다." 스물두어살밖에 안 되어 보이는 앳된 얼굴의 그는 9연대 출신으로 집단 입산한 병사들 중 하나였다. 하루에 한두번 어둠 속에서 손전등을 켜는 것은 가슴에 품은 약혼녀의 사진을 잠깐이나마 보기 위해서라고 했다.

그 말에 정두길은 몹시 가슴이 아렸다. 그 역시 사무치게 그리운 약혼녀의 사진을 가슴에 품고 있었던 것이다. 거즈 손수건으로 곱게 싸고 그 위에 기름종이로 다시 싼 사진, 심장에 닿는 속주머니에 간수한 그 사진은 언제나 그의 심장을 따뜻하게 해주는 듯했다. 사진 속에서 따알리아는 밝게 웃고 있었다. 맑은 두 눈과 고운 입술 선, 두 뺨에 깊게 파인 보조개, 부드럽게 감싸안는 듯한 목소리…… 불타버린 폐허, 수많은 떼죽음의 암흑 속에서 그 얼굴은 한점 불씨처럼 빛났다. 아, 그대는 내 안에 있어.

내 핏속에, 내 살 속에 있어!

　겨울의 동굴 밖은 흐린 날이 많았고 해가 있어도 엷은 구름 속에서 희미한 빛, 식은 광선이 비출 뿐이었다. 자주 눈이 내렸다. 굴 입구의 소나무에 눈이 많이 쌓여 큰 가지 두개가 부러졌는데, 그때 따닥딱딱 부러지는 소리가 총소리 같아 굴속 사람들이 몹시 놀란 일도 있었다.

　굴속의 사람들은 토벌대에 들킬까 두려워 낮에는 굴 밖에 나갈 수 없었다. 보급 투쟁을 담당한 몇명의 사내만이 적정(敵情)을 살펴 나흘에 한번쯤 바깥출입을 할 뿐 다른 사람들은 식사 당번이 되었을 때나 잠깐 나갈 수 있었다. 땔감도 연기가 많이 나지 않는 망개나무를 썼다. 자주 식사 당번이 된 창세는 연기에 그은 얼굴을 흰 눈으로 비벼 닦아내곤 했다.

　이십여명이 들어찬 굴속은 산소 부족으로 늘 답답했지만 잠깐 밖에 나와 신선한 공기를 마시는 것도 밤에만 허락되었다. 볼 수 있는 것은 밤하늘뿐, 모두가 대낮의 푸른 하늘을 그리워했다. 낮에도 밤처럼 어두운 굴속에서 옆 사람의 흰자위와 흰 이, 노인의 수염만 희끄무레하게 보이는 가운데 두런두런 이야기를 나누면서 시간을 보냈다. 어둠이 모두를 짓눌렀다. 어둠과 함께 절망이 불

가항력의 막심한 무게로 가슴을 짓눌렀다. 과거의 모든 것으로부터, 모든 인연으로부터 단절되어버렸다는 무서운 고립감, 미래마저 단절되어 살아 있는 것은 임시일 뿐이라는 두려움의 무게였다. 그들은 자주 악몽을 꾸었는데, 토벌대가 굴속으로 쳐들어와 가슴팍에 총검을 꽂는 무서운 꿈들이었다. 불안에 짓눌린 그들은 숨소리마저 위축되고 맥박도 느리게 뛰었다. 그러한 상태를 혼자만 겪는 것이 아니라 굴속의 다른 사람들도 마찬가지라는 사실이 유일한 위안이었다. 두려움을 잠시라도 잊어보려고 그들은 속삭이듯 낮은 목소리로 이야기를 이어갔다.

"아, 우리 집 도새기, 불에 타 죽었는지 어디 도망갔는지…… 그 도새기가 살았으면 지금쯤 새끼 낳을 때가 되었는데……"

"에이, 냄새! 누가 똥(방귀) 뀌었어? 거 참 지독하네. 십리 밖의 토벌대가 냄새 맡고 쫓아오겠다야."

"난 여기로 오기 전에 바매기오름에 있었주. 그 오름에 왜놈들이 파놓은 진지 동굴이 있어서 피란민 수십 명이 거기로 피란 갔주. 그런데 거긴 있을 곳이 못 되더라게. 바닥에 물이 고여 질척거리고, 조금 더 깊이 들어가니깐 자살한 일본군들, 그 시체 뼈가 널려 있는 거라. 재

재작년 일본이 항복할 때 자살한 거주, 쯧쯧쯧."

"이승만 그놈, 생각하면 이가 갈려!"

"올해는 눈이 참 많이 내렸져. 눈이 많이 내리면 풍년 든다는데, 내년에 보리 풍년 들 거여."

"풍년? 그런 소리 맙서. 난 밭에 보리 파종도 못 했수다게."

"아이고, 풍년 들면 뭐 합니까? 올해 조 풍년인데 다 불에 타지 않았수과."

"우리 집은 산디쌀도 풍년이었는디…… 산디쌀 스무 섬을 거뒀는디 몬딱 불에 타부렀수다. 그 쌀 팔아 한달 뒤에 장가가젠 했수다 말이우다. 아이고아이고!"

"아아, 언제면 제대로 자볼 건가? 매일같이 악몽을 꾸고, 옷 입은 채, 신발 신은 채 자야 하니, 아이고……"

"죽기 전엔 편안히 못 잘 거여. 죽어사 제대로 잘 수 있주."

"난 이런 어둠 속에 버려진 채 죽기는 싫어. 밝은 해가 비치는 양지바른 곳에서 죽고 싶어."

그렇게 그들은 뜨문뜨문 느리게, 한 이야기를 하고 또 했다. 그러다가 말을 잃고 무거운 침묵 속에 떨어질 때면 정적 속에서 조나 메밀을 가는 맷돌질 소리만 가르릉가

르릉 들려왔다. 낮은 웅얼거림만 있는 어둠 속에서 때로는 아기의 울음소리가 터져 사람들을 질색하게 했다. 행여 굴 밖에 들릴까 두려움에 떨었다.

굴속의 그들은 지난 몇달 동안, 굴에 들어오기 전부터도 옷을 벗고 자지 못했다. 정두길도 사범학교 때 입던 검은 망토를 입은 채 뒹굴었다. 신발도 벗지 못했다. 늘 쫓기는 처지인지라 언제든 달아날 준비가 되어 있어야 했다. 자연히 이가 끓었다. 굶주린 몸에서 아까운 피를 이에게 빼앗겨 이는 살찌고 사람은 여위어갔다.

그래서 열흘에 한번꼴로 햇볕 좋은 날이면 동굴 밖에 나가 보초를 세워놓고 양지바른 데서 신선한 공기를 마시며 이를 잡았다. 속옷을 벗어 탁탁 털면 흰 눈 위에 뿌려지는 이들이 흰밥 위에 뿌려진 깨소금 같아 보였다. 눈 범벅, 얼음 범벅이 된 망개나무의 마른 가지를 털어 아주 잠깐씩 조심하며 모닥불을 피웠다. 모닥불에 속옷을 그슬려 이를 잡고 입으면 따뜻하고도 시원했다. 이 잡는 날은 굴속 어둠에 지워졌던 얼굴들이 환한 햇빛 속에 드러났는데, 거울을 본 적이 없는 그들은 다른 사람의 얼굴에서 자신의 모습이 어떤지 짐작할 뿐이었다. 헐어빠진 검은 망토를 입은 스물여섯살 정두길은 자신의 모습이 십년쯤 늙어 보이리라고 생각했다. 젊은이가 늙어 보이는 것은 단지 덥수룩이 자란 수염 때문만은 아니었다. 생사가 오가는 위험 한가운데에서 연속된 긴장과 두려움 때문에 실제로도 빨리 늙었다. 이어지는 공포에 시달려 실낱같이 가늘어진 입술들……

불에 그슬려 이를 잡던 사람들은 관목숲 너머 먼 해변마을과 일주도로를 보면서 한숨을 쉬었다. 걸어서 세시간 거리가 피안처럼 아득했다. 저 한길을 마음 놓고 걸어봤으면…… 젖먹이를 데린 젊은 아낙이 생감자를 씹어 아기 입에 넣어주면서 중얼거렸다. "저 아래 해변에 내려강 배춧국을 한사발 먹으면 젖이 잘 나올 텐데……"

문상옥은 날이 추워지자 고문으로 다친 엉치뼈가 송곳으로 쑤시는 것같이 아파 할 수 없이 해변으로 내려갔다.

그 무렵에 경찰 제복을 벗어던지고 산군으로 전향한 송광일이 전투 중에 사망했다는 소문이 들려왔다.

창근아, 영미야, 느네들은 상상을 못 할 거다. 아이고, 지긋지긋! 수만명이 그렇게 죽었으니. 낫으로 보리밭 보리 베듯 밋밋이 쓰러졌단 말이다!

백삼십여개의 중산간 마을, 일만 오천채 가옥의 대방화 직후에 섬 곳곳에서 가공할 집단학살이 벌어졌으니, 가장 집중적으로 나타난 것이 12월 중순부터 약 이십일간이었다. 즉결처분권, 즉 사람을 마음대로 죽이고 살릴 수 있는 생사여탈권이 졸병에게까지 주어졌다. 대학살의 피바람이 전도에 휘몰아쳤다. 거의 모든 섬 젊은이들이 검거와 사살의 대상이었다. 단독선거를 반대한 김구의 한독당 소속 청년들도 똑같은 운명이었고, 이쪽도 저쪽도 아닌 자들마저 단지 젊다는 이유로 죽음에 쫓기는 도피자 신세가 되었다.

처음에 만 십오세 이상 육십세 미만의 남성, '똑똑한 놈' '똑똑해 보이는 놈'이던 검거와 사살 대상이 나중에는 노인과 여자, 아이들까지 무차별로 확대되었다. 아들 혹은 남편을 찾아내라고 고문당하던 도피자 가족들이 아들 대신에, 남편 대신에 죽임을 당했다. 이른바 '대살(代殺)'이었다. 아이를 데린 젊은 여자들도 아이와 함께 죽었다. 아직 고개도 가누지 못하는 아기들도, 아직 태어나지 않은 배 속의 아기들도 어미와 함께 죽었다.

입산자 본인 대신에 그 가족을 죽이는 대살 행위는 입산자들을 완전한 곤경에 빠뜨렸다. 토벌대는 이 마을 저 마을을 돌아다니면서 "산폭도는 제 가족이 죽어도 아랑

곳하지 않는 개불상놈들이다"라고 선전해댔다. 입산자들이 자기 대신에 죽게 된 부모 형제를 살리기 위해 토벌대에 자수하는 일들이 벌어졌다. 그것은 항쟁의 대의를 배반하는 일이었고, 자수했다고 다 용서받는 것도 아니어서 자수자 중 절반은 죽음을 각오해야 했기 때문에 입산자들의 심적 고통은 더할 수 없이 컸다.

죽음의 문턱에서 요행히 살아남는 자들이 있었는데, 얼굴이 곱게 생긴 젊은 여자들이 그들이었다. 그러한 종족 절멸의 구도 속에서 생명을 부지하는 방법 중 하나는 여자가 서청과 결혼하여 가족을 보호하는 것이었다. 남편을 살리기 위해 아내가, 오라비를 살리기 위해 누이가 군인 몸에 가거나 경찰 몸에 간 사례가 적지 않았다.

신병훈련에서 99식 총과 M1총을 한자루씩 갖다놓고 가르친다. 이것은 일본 총이고 이것은 미국 총이다. 이것은 개머리판이고 이것은 대검이다. 알았나? 열중쉬어, 차렷! 뱃살을 안으로 잡아당기고, 눈을 부릅떠라! 엎드려 쏴! 쪼그려 쏴! 서서 쏴! 좌로 굴러 엎드려 쏴! 대검 착검! 찔러! 비틀어! 빼! 배를 찌르는 것이 가장 좋다. 갈비뼈를 찔렀다간 근육 수축으로 빼기 어렵고, 너무 서둘다간 총검이 부러진다. 알았나? 총을 다룰 때

는 여자 다루듯이 부드럽게 다뤄야 한다. 탄창을 약실
에 밀어넣을 때도 부드럽게 눌러서 넣고, 방아쇠를 당
길 때는 더 부드럽게, 처녀 가슴 만지듯이 부드럽게 방
아쇠를 당겨라. 알았나?

　　예순명가량의 학살을 논의하는 참모 회의에서 장교
가 대대장에게 건의했다. "기관총으로 그냥 드르륵 갈
겨버리면 간단하겠지만, 그들 중 일부를 남겨서 사격
연습용으로 쓰는 것도 좋겠습니다. 우리 사병들 절반
이 실탄 사격 경험이 전혀 없습니다. 적을 사살해본 경
험이 없는 신병들에게 경험도 쌓을 겸 저것들을 몇명
단위로 세워놓고 사격 연습을 시키는 것이 어떻겠습니
까?" 대대장이 아주 좋은 생각이라며 무릎을 탁 쳤다.

　　"폭도 애비, 폭도 에미, 폭도 동생, 다 죽여라! 너희
들, 고향에서 빨갱이들한테 당한 것 발쎄 잊어버렸어?
토지 빼앗기고, 예수 믿는다고 구박받아 여기로 쫓겨난
거 아니네? 그래도 빨갱이가 밉지 않네? 그래도 분통
안 터져? 원수를 갚아야 할 거 아니갔어? 바로 여기 이
섬에 빨갱이들이 득시글하단 말이다. 저것들은 사람이
아니라 빨갱이야! 빨갱이는 사람이 아니라 사탄이야!

244

저 역도들을 말살, 전멸해야 한다! 하느님과 조국을 위하여, 하느님의 이름으로 저 악의 무리를 박멸하자!"

서청에게 제주도는 자신이 북조선 공산당에서 당한 울분을 쏟아붓기에 안성맞춤의 장소였다. 고문은 혹독했다. 매를 조금이라도 약하게 때리면 도리어 상급자에게 매질을 당해야 했다.

"야, 이 종간나 새끼, 매 때리는 꼴 좀 보라! 그게 뭣이야? 빨갱이 놈 옷의 먼지 털어주는 거이가? 간나 새끼, 그 몽둥이 이리 내라우. 너부터 맞아얐어. 진짜 몽둥이 맛을 봬주지. 엎드려! 에잇! 아프디? 이렇게 때리란 말이다. 엉덩이가 짚신 바닥이 되도록 세게 때려. 알갔어?"

사람은 누구나 미워하는 마음 없이는, 증오 없이는 싸우지 못하는 법, 지휘관은 신병의 마음속에 증오의 불씨를 지피려고, 인간 정신의 가장 어두운 부분, 밑바닥 깊이 숨어 있는 야만성을 일깨우려고 악을 써댔다. 그러나 빨갱이에 대한 증오만으로는 부족했다. 아니, 증오조차 없이 죽여야 했다. 아무리 하느님의 뜻, 하느님의 명령이라지만 무고한 사람을 학살하고 있다는 생각이 신병을 괴롭혔다. 그러나 우물쭈물할 수가 없었다. 상관이 무서웠다. 한라산의 산군보다 더 무서웠다. 우물쭈물했다간 무지하게 얻어맞기 때문이었다. 그럼에도 무고한 사람을 죽이는 것은 여전히 두려웠다.

석양 무렵, 민간인 다섯명이 비탈 위에 세워지고, 2미터 떨어진 곳에 앞에총 자세를 취한 신병 다섯명이 선다. 민간인 중에 열다섯살 단발머리 여학생이 있다. 그 여학생을 맡은 신병의 마음이 몹시 산란하다. 공포에 질려 떨고 있는 얼굴을 차마 마주 볼 수 없다. 신병도 똑같이 공포에 질려 덜덜 떤다. 소녀는 석양빛을 정면으로 받고 있는데, 그 찬란한 빛이 어쩌면 그녀를 성스럽게 보이게까지 한다. 신병이 흔들리는 마음을 다잡으려고 빠르게 주문처럼 중얼거린다. "나는 군인일 뿐이다. 오직 명령을 따를 뿐이다. 양심 따위는 생각하지 않는다. 죽이는 것이 우리가 하는 가장 중요한 일이다. 저들은 섬놈이고, 저들 모두 빨갱이라는 것밖에 나는 모른다." 그렇게 다짐해봐야 소용없다. "겨눠 총!" 선임하사의 입에서 구령이 떨어진다. 겁에 질린 신병이 총을 쳐든 채 주춤주춤 뒤로 물러나자 선임하사가 달려와 정강이를 걷어찬다. "이 새끼, 뭐 하는 짓이야? 바짝 다가가서 가슴에 바로 대고 쏘아! 그래야 죽지!" 신병이 앞으로 주춤주춤 다가선다. 임박한 죽음 앞에서 문득 정신을 차린 소녀가 머리칼을 단정하게 매만지고 옷매무새를 고친다. 그 순간 소녀의 입술이 비웃는 듯 반쯤 벌어지면서 앞니가 드러난다. 석양빛에 반짝이는 흰 이를 보면서 신병이 희뜩 현기증을 느낀다. "쏘아 총!" 구령이 떨어지고, 신병은 총구가 흔들려 헛방을 쏘고 만다. 허리를 꺾고 헛구역질을 해댄다. 당장 군홧발이 날아와 머리통을 걷어찬다. "이런, 겁쟁이 새끼!"

열아홉살 신병의 이름은 우선덕, 이년 전에 삼팔선을 넘어 월남했다. 서청에는 우선덕처럼 스무살이 안 된 앳된 소년들이 적지 않았다. 하느님의 말씀을 좋아하는 독실한 신자인 선덕은 기독교를 탄압하는 북조선이 싫어서 극구 말리는 어머니의 손을 뿌리치고 혼자서 월남했다. 성경을 마음 놓고 읽을 수 있는 곳을 택했으나 남조선 땅에 의지가지없는 그로서는 다른 월남자들처럼 명동 근처에 있는 월남민 교회에 몸과 정신을 의탁할 수밖에 없었다.

교회의 다른 청년들과 함께 서북청년단 소속이 된 그는 군복을 입고 제주도에 파견될 때 십계명 중의 제7계명 "살인하지 말라"를 어겨야 할 상황에 놓인 것을 깨달았다. 죽이지 못하는 자는 군인이 아니라는 것을 인정하고 군인이 되긴 했지만 왜 그렇게 많은 사람을 막무가내로 죽여야 하는지 도무지 이해할 수 없었다.

집단 총살 현장에서 선덕은 한 노인을 맡아 총살해야 했다. 도피자의 아비라는 것이 그의 죄목이었다. 총을 잡은 선덕의 손이 부들부들 떨렸다. 난 누구나 하고 있는 걸 그대로 따라서 할 뿐이야! 그렇게 자신을 설득하려고 애쓰면서 방아쇠에 손가락을 걸었다. "쏘아 총!" 구령이 떨어지고 일제히 총성이 울렸다. 선덕은 총에 맞은 노인이 비명을 지르며 두 팔을 허우적거리며 쓰러지는 것을 보았다. 뒤로 자빠진 노인의 가슴팍에서 붉은 핏줄기가 분수처럼 솟구쳤다. 노인의 깡마른 몸에 그렇게 많은 피가 들어 있을 줄 몰랐다. 그로서는 처음 보는 엄청난 피였고, 노인의 피도 젊은이의 피와 마찬가지로 생생하게 붉다는 것에 경악하지 않을 수 없었다. 헛구역질이 발작처럼 일어났다. 사나운 군홧발에 차여 앞으로 고꾸라지면서도 구역질은 그치지 않았다. 아아, 주님이 이런 일을 시킬 리 없어! 이건 주님의 뜻이 아니야!

처음에는 특별히 선량하지도, 특별히 악하지도 않은 보통의 인간들이었던 그들은 그렇게 상관의 매질이 두려워 마지못해 우물쭈물 명령을 따르다가, 차츰 강제에 의해 설득당하면서 그런 상황에 적응해갔다. 그들은 실체가 아닌, 머리에 주입된 관념으로만 섬사람들을 인식하려고 했다. 섬사람들에 대해 빨갱이라는 것 말고 더 이상 아는 것이 없다는 것이 무엇보다 중요했다. 그들은 흔들리는 양심을 깔아뭉개고 더 잔혹해지기 위해 용기를 냈다. 그것도 용기라고 생각했다.

그들 중 상당수는 광적인 신앙심과 광적인 애국심을 갖고 있었다. 그들은 하느님의 이름으로, 애국의 이름으로 살인한다고 생각했다. 그렇게 함으로써 살인을 저지를 때 생기게 마련인 연민의 정을 극복할 수 있었다. 양민을 학살하려면 먼저 자신의 마음속 연민의 정을 학살해야 했던 것이다. 그리하여 신병들은 이전과는 전혀 다른 종류의 인간으로 주조되어갔다. 그들은 애국적으로 고문하고 애국적으로 살인했다. 선악의 구별, 어른과 아이의 구별이 불필요하다고 생각하게 되었다.

이들을 대상으로 연대장 송요찬이 말했다. "지금은 초창기 군대야. 빨리 진급할 수 있는 좋은 기회가 많다. 빨리 진급하고 싶으면 전과를 올려라. 적을 얼마나 많이 잡고, 얼마나 많이 죽이느냐가 중요하다." 그래서 소대별로, 중대별로, 대대별로 얼마나 많이 죽이나 경쟁을 벌였다. 잔혹함이 군인 정신으로 여겨졌고, 명령과 지시 이상으로 잔혹해야 용감하다고 평가되고 빨리 진급할 수 있었다.

경찰도 마찬가지였다. 모든 직급의 경찰에게 즉결처분권이 주어져 있었다. 고문과 살인이 너무도 흔해졌고 그 자체에 쾌감을 느끼는 자들이 생겨났다. 그 무서운 광증은 집단 내에서 빠르게 퍼져나갔다. 광기에 중독된 자들이 법을 가진 자, 법을 쥔 자가 되었다. 위에서 시키는 대로 죽이고, 시키지 않아도 내 마음대로 죽이고, 닥치는 대로 마구 죽였다. 인간이 인간을 죽이는 것은 대단히 어렵다. 인간에게 목숨을 준 신에게만 그것을 빼앗을 권리가 있을 것이다. 그래서 사람을 마음대로 죽일 수 있는 권한을 부여받았을 때 그들은 마치 신의 권능을 부여받은 것 같은 황홀감을 느꼈을 것이다. 사람 죽이는 일은 죄인데 마음대로 죽여도 좋다니, 게다가 그것이 애국 행위라니, 참으로 기묘한 희열이고 최상의 쾌락이자 최고의 자유가 아닐 수 없었다. 그래서 그 힘에 도취되었다. 희생자들은 그렇게 죽어 마땅한 존재처럼 보였다. 매일 한 명이라도 죽이지 않으면 밥맛이 없다고 떠벌리는 자들도 생겨났다.

피살자들은 대부분의 경우 아무 저항 없이 총알을 받았다. 죽음 앞에서 거부와 반항의 목소리는 매우 드물었다. 총살당하기 직전 몇십분 동안은 자유였다. 그 시간 동안 군인들에게 저주와 분노를 외칠 수도 있고, 저항가를 부를 수도 있고, 통곡할 수도 있었다. 그러나 그들은 공포에 질려 벌벌 떨기만 할 뿐 침묵 속에서 죽음을 맞았다. 포식자의 아가리 앞에 놓인 한마리 토끼와 다름없이, 삼켜지기 직전의 의식 마비 상태에 빠졌다. 저주와 분노의 목소리가 입에서 나오지 않았다. 조용했다. 바들바들 떨기만 했다. 그 침묵, 그 무력함에 총살조의 일부 병사들은 당황스러웠다. 양심의 가책을 느끼기도 했다. 그러나 어떤 양심적인 병사도 명령을 거부하지 못했다. 어떤 피살자도 분노의 목소리를 내지 못했다. 다만 총알이 가슴을 꿰뚫는 순간 터져나오는 단말마의 비명만이 있을 뿐이었다.

　……일주도로변에서 산군의 기습을 받고 간신히 도망쳐온 서청 세명이 지서에 다다르자 짜증을 부렸다. 지서 마당 한구석에 잡혀온 도피자 가족 다섯명이 서로 붙어 웅크리고 있었다. 산군한테 쫓긴 것에 기분이 상하고 배가 고파 더욱 기분이 나빠진 서청 세명이 도피

자 가족을 보고는 먹이를 본 야수처럼 밖으로 내몰아 총을 쏘아 죽이고

　……지게에 거름 망태를 지고 밭에 가다가 토벌대에게 총 맞아 죽고

　……육지에 물질을 가기 위해 도장 찍은 서류가 여맹 조직 명단으로 둔갑, 살생부가 되어 해녀들이 죽고

　……아기가 나올 참이라 산파를 부르러 가던 남편이 길에서 잡혀가 죽고

　……제사 지내려고 술병을 들고 친척 집에 가던 노인이 총 맞아 죽고

　……산군의 시신을 매장해주었다고 총살당하고

　……죽창 들고 보초 서던 민보단 사내가 어둠 속에서 술에 취해 흥얼거리며 다가오는 서청 장교를 향해 "누구냐? 암호!" 하고 소리치자 장교가 "뭐, 누구냐고? 이 새끼가 나한테 반말지거리네!" 하면서 권총을 쏘아 죽이고

　……3·1사건, 총파업 사건 재판에서 형량을 너무 가볍게 주었다고 제주 출신 판사, 검사를 총살하고

　……목초 베는 장낫을 무기라고 우기면서 청년을 죽이고, "아들도 없는디 살아서 뭣 하나, 나도 죽여달라!" 하고 대드는 그 아버지를 죽이고, "아들도 죽고 남편도

죽었으니 나도 죽여달라!" 울부짖는 그 어머니도 총살하고

　……아들을 죽이려는 것을 보고 아들 대신 자기를 죽여달라고 애걸하는 늙은 어미도 같이 죽이고

　……아버지가 전신주에 묶여 총살당하는 광경을 본 아들이 어머니와 함께 통곡을 터뜨리니 울음소리가 듣기 싫다고, 꺼지라고 소리치다가 울음을 그치지 않자 짜증을 내면서 사살하고

　……학교 운동장에서 여교사를 발가벗겨 끌고 다니다가 총살하고

　……젊은 부부를 입은 옷을 총검으로 찢어발겨 알몸으로 만든 다음 두 놈이 양쪽에서 총검으로 위협하여 맞붙게 하다가 쏘아 죽이고

　……집단학살 직전에 소녀가 정신착란을 일으켜 발광하자 "저건 뭐야, 재수 없게!" 하면서 그 아이를 먼저 쏘아 죽이고

　……만 십오세 이상이면 무조건 처형인데 잡힌 소년 모두가 십사세 미만이라 말하니 키 순서대로 세워 맨 뒤 소년만 살려주고 나머지는 모두 죽이고

　……오늘 저녁엔 요것을 잡아먹어야지. 요것은 나의 저녁 반찬이다!

……도피자 남편 때문에 지서에 잡혀온 여인이 우는 아기에게 젖을 먹이자 벌컥 화를 내며 "애기 젖 먹이지 말라고 했잖아. 폭도 새끼한테 젖 먹이지 말라고 했잖아. 그런데 젖을 먹여? 사상이 틀려먹었어!" 하면서 끌고 나가 총살하고

……남편은 산에서 이미 죽었는데, 마을에 있는 아내에게 남편을 내놓으라고 닦달하다가 죽이고

……혹시 도움이 될까 싶어 태극기를 겉옷 안 가슴에 감고 다닌 청년도 아무 소용없이 잡혀 죽고

창근아, 영미야. 그땐 살아 있어도 살아 있는 것 같지 않았어. 오늘이나 죽어질 건가, 내일이나 죽어질 건가, 죽음과 삶을 구별할 수가 없었주. 아아, 아침에 본 사람 저녁에 죽고 없고, 저녁에 본 사람 아침에 죽고 없었으니! 죽은 사람들을 슬퍼할 마음의 여유가 없었어. 자신 역시 언제 잡혀 죽을지 모르니까.

창세네 동굴 사람들은 해변 쪽의 대학살 소식을 들으면서 완전히 공포와 절망의 늪에 빠져버렸다. 창세는 스승 정두길의 눈에서도 희망의 빛이 해체되어가는 것을 보았다. 하지만 창세는 자꾸 생각하면 두려움과 걱정이

254

더 커지므로 아무 생각 없이 기계적으로 움직이려고 애썼다. 늘 갑송과 함께 행동했다. 동굴 밖에서 망을 서고 문서를 전달하기 위해 눈길을 오갔다. 열여섯살 두 소년의 밝은 표정과 민첩한 행동은 비관에 빠진 어른들에게 다소나마 위안이 되어주었다.

문서 전달을 다니면서 창세는 눈 위의 시신들을 자주 보았다. 처음에는 보기 끔찍했지만 나중에는 익숙해져 그리 무섭지 않았다. 시신이 시신으로 보이지 않았다. 엎어져 있는 시신은 괜찮았지만 뒤로 넘어진 시신은 얼굴이 노출되어 까마귀의 공격을 받았는데, 가다가 그런 시신을 만나면 등에 지고 있던 삽으로 눈을 한껏 퍼서 그 얼굴을 덮어주었다. 토벌대의 시신도 보았는데, 그 옆에 뒹굴고 있는 철모로 얼굴을 덮어주었다. 그러나 교살당한 시신은 정말 무서웠다. 그런 시신을 딱 한번 보았는데, 배신자라고 산군이 처형한 것으로 보였다. 마을 심부름꾼 허서방은 아니었다. 두 손이 묶인 채 나무에 목매달린 그 시신은 바람에 흔들거렸는데, 발밑에 검정 고무신 한짝이 떨어져 있었다. 너무 무서워서 창세는 얼른 그 자리를 피했다.

어느 날 창세와 갑송이 바농오름 근처 야트막한 언덕

에서 번갈아 잎 많은 구상나무에 올라 몸을 숨기고 보초를 섰다. 내려다보이는 중산간 들판은 흰 눈으로 덮였는데, 거기에 띄엄띄엄 군용 천막들이 쳐 있고 그 주변으로 군인들이 움직이는 것이 보였다. 곳곳에 피워놓은 모닥불의 푸른 연기가 자욱했다. 창세는 그들의 움직임을 계속 주시했다. 눈은 더이상 오지 않았지만 불어오는 바람은 싸늘했다. 그래서 언덕 바로 뒤 덤불 속에 들키지 않게 아주 작은 모닥불을 피워놓고 번갈아 불을 쬐어야 했다.

토벌대가 나타난 것은 정오 무렵이었다. 그들은 오름 모퉁이를 돌아 갑자기 마찻길에 나타났다. 오십명가량의 중대 병력이었다. "누렁개들 온다! 누렁개들 온다!" 창세가 구상나무에서 뛰어내리면서 외쳤다. 꾸물꾸물 천천히 올라오는 토벌대 뒤로 까마귀 대여섯마리가 하늘에 떠서 따라오고 있었다. 토벌대가 가는 곳에 시체가 생기리라는 것을 까마귀들은 알고 있었다.

토벌대가 올라온다는 첩보를 받은 김의봉은 급히 대원들을 모았다. 넓적한 바위에 지도를 붙여놓고 잠깐 작전회의를 했다. 한쪽 무릎을 꿇고 진지하게 김의봉의 설명을 들은 열댓명의 대원들은 즉시 숲 밖으로 나와 억새밭에 숨어서 기다렸다. 총을 가진 자는 김의봉, 양산도, 강행필 등 다섯명으로 배급받은 총탄도 일인당 세발뿐이었지만, 그들의 눈에는 아연 생기가 돌았다. 지난 한 달 이상 토벌대의 대공세에 쫓겨다니기만 했던 터라 이번에는 한바탕 제대로 싸워보고 싶었다. 목숨을 건 전투가 오히려 기쁘다는 표정이었다. 그들 바로 뒤에는 십여 명의 죽창 부대가 있었고, 구급낭을 어깨에 멘 만옥과 창세, 갑송도 죽창 부대 속에 있었다. 만옥과 갑송은 죽창을 들었지만 창세는 창 대신에 그에 못지않게 무기가 될 수 있는 삽을 메고 있었다.

흰 눈 위에 누런 군복들이 마찻길을 벗어나 떼지어 평지로 밀려들었다. 그들은 덤불숲이나 억새 무리가 보이면 산군이 숨어 있을까봐 무조건 총을 난사해댔다. 행렬의 선두에 길잡이가 서고 그 뒤로 죽창이나 철창을 든 민보단, 그다음에 군인들이 따라왔다. 길잡이는 대개 입산했다가 전향한 자로서 산속 오솔길과 동굴이 있는 지형을 어느 정도 알고 있었다. 동굴은 넓게 퍼진 암반 지대에 숨어 있기 쉬웠는데, 그들이 지금 걸어가는 곳이 바로 그런 지형이었다. 땅은 평평했지만 돌과 암반이 많아 땅가시, 찔레나 억새 따위 거친 풀이나 드문드문 자라는 불모지였다. 암반 땅이 나오자 군인들이 길잡이가 시키는 대로 군홧발을 구르면서 그 일대를 걸어다녔다. 둔하게 쿵쿵 울리는 소리가 나면 그 밑에 동굴이 있다는 뜻이었다. 그렇게 해서 쿵쿵 울리는 곳을 발견했으나 군인들과 민보단이 사방으로 퍼져 한참을 뒤져도 입구를 찾을 수 없었다. 그것은 동굴이 아니라 사방이 막힌 땅속의 텅 빈 공간일 뿐이었다. 화가 난 중대장이 길잡이의 뺨을 후려갈겼다. 그는 서청이 아니라 충남 부대 출신이었다.

"아하, 이 새끼가 거짓말하구 있네! 굴이 어디 있어? 너, 우릴 속인 겨? 우덜을 엉뚱한 데로 데리구 댕기는 거 아녀? 산폭도들 숨은 데로 데려가는 거 맞아? 이 새끼, 이거 그냥 확 총살해버릴까부다!"

"아이고, 죄송합니다. 아이고, 죄송합니다!"

중대장이 얼굴을 잔뜩 찌푸리고 까마귀들이 까악까악 우짖으며 어지럽게 날고 있는 하늘을 쳐다보았다.

"까마귀들은 또 왜 저 지랄이여. 재수 없게시리!"

무서워 바짝 오그라든 길잡이가 떠듬거리며 말했다.

"예예, 죄송합니다, 죄송합니다. 저 까마귀들이······ 까마귀들이 저렇게 막 냅뜨면 큰바람이 불어올 징조인디예."

과연 북쪽에서 하늘을 가득 덮은 구름떼가 강풍에 밀려오는 것이 보였다. 벌써부터 바람살이 차고 거세졌다. 눈 속에 반쯤 묻힌 황갈색 마른 풀들이 불어오는 바람에 파르르 떨고 있었다.

"에이, 추워! 무슨 놈의 바람이 이리 싸나워!"

중대장이 진저리를 치며 붉은 열매를 단 망개나무 덤불 쪽으로 돌아서서 오줌을 누는데, 오줌발이 바람에 날려 바짓가랑이를 적셨다. 다시 화가 난 중대장이 길잡이의 뺨을 후려갈겼다.

"빌어먹을! 이러니께 제주도는 글러먹었단 말이여! 제주도는 날씨부터 못돼먹었어! 무슨 놈의 바람이 이리 지독혀, 엉? 바람이 저 산폭도보다 더 싸납구 지독혀! 그리구 또 무신 돌은 그리 많어? 스리쿼터가 중산간 길을 하루만 달려두 타이어가 너덜너덜해진대니께, 내 참. 하여튼지 제주도는 땅도 나쁘고 바람도 나쁘고 사람도 나빠!"

"예예, 죄송합니다. 죄송합니다." 모든 것이 자기 탓이라는 듯이 길잡이가 머리를 조아렸다.

강풍이 눈 덮인 들판을 휩쓸어 눈보라를 일으키며 빠르게 닥쳐왔다. 악천후가 될 것이 분명하므로 중대장은 철수 명령을 내렸다. 명령을 내리는 목소리가 세찬 바람에 밀려 되돌아와 자기 뺨을 쳤기 때문에 중대장은 여러번 소리를 질러야 했다. "철수! 철수! 철수!" 토벌대가 왔던 길을 되밟아 철수하기 시작했다.

그러나 전투는 그때부터 시작이었다. 강행필도 주머

니에서 총알 한개를 꺼내 장전했다. 대장 김의봉은 먼저 죽창 부대를 무대 전면에 등장시켰다. 가까운 곳에 작은 계곡이 있었는데, 그 건너 서쪽 비탈 위에 숨었던 십여명의 죽창 부대가 몸을 드러냈다. 그들이 눈에 들어오자 토벌대가 총을 쏘아댔으나 사정거리 밖이었다. 죽창 부대가 허둥지둥 달아나는 시늉을 하니 토벌대가 계곡 너머의 그들을 쫓기 위해 우르르 냇바닥으로 내려갔다. 그것이 함정이었다. 돌연 노랫가락 한 소절이 힘차게 허공에 솟구쳤다. 「양산도」 타령, 공격 개시 때마다 힘차게 터져나오는 그 노래였다. "세월아 봄철아 오고 가지 마라." 그것을 신호로 반대 방향인 계곡의 동쪽 비탈 위에 숨은 다섯개의 총구가 일제히 불을 뿜었다. 중대장 이하 네명이 동시에 쓰러졌다. 서어나무의 빈 가지에 내려와 앉아 있던 까마귀들이 총성에 놀라 일제히 날아오르고, 계곡 바닥의 군인들이 갈팡질팡 허둥대며 바위틈으로 숨었다. 그때 서쪽 계곡 비탈에 있던 죽창 부대가 길길이 날뛰면서 소란을 피우기 시작했다. 미리 준비한 양철통, 냄비, 주전자, 양은 식기를 꺼내 들고 막대기나 숟가락으로 짱짱짱 시끄럽게 두들기면서 와와 함성을 지르고 욕을 퍼부으며 한껏 기세를 올렸는데, 겨울철 꿩 사냥을 할 때 소란을 피워 숨은 꿩들을 날리는 몰이꾼과 똑같은 방식이었다. 창세는 메고 있던 삽을 벗어 삽 대가리를 바위에 치며 쩡쩡 소리를 냈다. 졸지에 기습당한 군인들은 냇바닥의 바위 뒤에 몸을 숨긴 채 기관총까지 내걸고 비탈 위의 보이지 않은 산군들을 향해 총을 쏘아대기 시작했다.

그러나 전투는 금방 끝이 났다. 양산도의 높은 목소리가 다시 허공을 울렸다. 철수하라는 신호였다. 그의 선창에 산부대가 후렴을 합창하면서 철수하기 시작했다.

세월아 봄철아 오고 가지 마라 장안의 호걸이 다 늙어간다 에헤이예

일락서산에 해 떨어지고 월출 동령에 달 솟아온다 에헤이예

아서라 말아라 네가 그리 마라 사람의 괄시를 네 그리 마라 에헤이예

졸지에 이상야릇한 싸움에 말려든 토벌대는 아직도 어리둥절한 상태였다. 이제 막 시작된 전투를 산부대가 일방적으로 끝내버렸던 것이다. 산부대로서는 다섯자루의 총에 세발씩 배급된 총알이 거의 소진되었기 때문에 더 싸우려야 싸울 수가 없었다. 번개처럼 치고, 바람처럼 빠져라!

눈은 오지 않는데 평지에 덮인 눈이 강풍에 날려 눈보라를 만들었다. 눈보라 속에서 사람들은 모두 희끄무레한 그림자가 되어 꿈틀꿈틀 움직였다. 눈보라를 방패 삼아 산군은 사정거리 밖에서 여유 있게 후퇴했다. 다행히 전사자는 없었지만 부상자가 두명 생겼다. 안만옥으로부터 응급처치를 받은 부상자를 동료들이 담요에 싸서 흰 눈 위로 미끄럼을 태우면서 끌고 갔다. 토벌대는 눈보라 속에서 더이상 전진하지 못하고 헛방만 쏘아댔다.

문득 말의 비명 소리가 들려와 양산도가 뒤를 돌아보았다. 동쪽으로 50미터쯤 떨어진 곳에 말 두마리가 산을 향해 달려가는데, 한마리가 쓰러져 있었다. 들판을 헤매던 말이 토벌대가 쏜 총에 맞은 듯했다. 쓰러져 처절한 비명을 지르던 말이 갑자기 벌떡 두 발을 쳐들고 일어서더니 다른 말들의 뒤를 쫓아 달려갔다. 말들은 곧 언덕 모퉁이를 돌아 시야에서 사라졌다. 양산도가 혹시나 하여 눈을 헤치고 말이 달려간 곳으로 가보았다. 과연 짐작대로 눈 위에 가느다랗게 핏줄기가 이어져 있었다. 말이 출혈 때문에 멀리 가지 못하고 쓰러질 것이 분명하다고 생각한 양산도는 죽창 부대 청년 네명을 데리고 핏줄기를 따라갔다. 그들을 호위하기 위해 총을 멘 강행필도 따라갔다. 강풍에 날린 눈보라가 흰 거품을 품은 물살처럼 급히 흘러갔다. 눈발이 얼굴에 들이쳐 눈을 뜰 수 없고 숨쉬기도 어려웠다.

십분쯤 따라간 곳에 그 말이 쓰러져 있었다. 쌕쌕 쉰소리를 내면서 마지막 숨을 몰아쉬는데 뿜어낸 입김이 말의 주둥이에 서리가 되어 엉겨 있었다. 마침내 말은 눈알을 허옇게 뒤집은 채 숨을 거두었다. 양산도가 뒤집힌 눈을 쓸어 닫아주었다. 불쌍한 느낌이 치밀었지만 눈살을 찌푸려 애써 그런 생각을 밀어냈다. 말을 사랑하는 그였기에 수만마리의 마소가 인간과 마찬가지로 학살의 대상이 되어 토벌대의 밥이 되고 똥이 되는 상황에 분노를 참을 수 없었다. 그러나 말에 대한 연민은 이제 정말 부질없는 감정이 되어버렸다. 수많은 피란민이 동굴 속에서 굶주리고 있는 판에 말과 소는 다른 무엇도 아닌 양식에 불과했다. 그래서 그는 한달 전부터 마소 사냥꾼 노릇을 했다. 올가미 타래를 어깨에 메고 청년 두어명과 함께 사냥을 다녔다. 토벌대의 총공세 속에 쫓겨다녀야 하는 처지라 사냥 기회는 드물었다. 총소리를 내면 토벌대에 발각되기 쉬우므로 주로 올가미 사냥을 했다. 얼어붙기 시작한 연못 근처에 숨어 있다가 물을 먹으러 오는 말이나 소를 올가미를 던져 잡는 것인데, 쉽지 않았다. 사람들과 친했던 짐승들이 이제는 인기척만 나도 냅다 도망쳤고, 오래 기다리는 동안 추위에 다리가 뻣뻣하게 굳어 계속 주무르지 않으면 안 되었다. 그렇게 해서 지금까지 양산도가 잡은 짐승은 말 두마리뿐이었다. 그 고기는 분육하여 여러 동굴에 나뉘었다.

죽은 말의 몸 주위에는 흐르는 붉은 피와 말의 체온으로 눈이 녹아 밑에 깔렸던 산죽잎들이 파릇파릇 드러나 있었다. 까마귀 대여섯마리가 벌써 따라와 흰 눈 위에 앉아 이쪽을 기웃거렸다. 양산도가 개가죽 두루마기와 개털 방한모를 벗어 눈 위에 던지고 벌목도를 건네받았다. 청년 두명이 각각 말의 앞다리와 뒷다리를 잡아 젖힌 상태에서 그가 벌목도로 배를 갈라 내장을 꺼낸 다음, 고무장화 신은 한쪽 발을 피투성이 배 속에 넣고 고기를 잘랐다. 더운 김과 함께 피비린내가 훅 끼쳤다. 흰 눈 속에서 말고기는 붉고 까마귀들은 새까맸다. 고기는 운반하기 좋게 여러덩이로 나누었다. 칡을 걷어와 고깃덩이를 단단히 묶고 눈 위에 미끄럼을 태우며 끌고 갔다.

강풍에 밀린 눈보라가 도살의 피를 지우고, 멀어져가는 사람들을 지우고, 그 발자국도 지워주었다.

말고기는 여러 동굴에 분배되었는데, 전투에 참여했던 산군들에게 당연히 더 많은 고기가 배당되었다. 그날 저녁 김의봉 부대는 소나무숲에 들어가 그 고기를 먹었다.

숲이라 눈이 덜 쌓여 있었다. 담요를 걸어 불빛을 가리고 모닥불을 피운 다음 여기저기 네댓명씩 모여 앉았다. 바람은 잦아들고 눈이 조금씩 내리고 있었다. 죽은 나뭇가지를 거두어다 불을 지피는데 눈에 젖어 얼른 타지 않았다. 젖은 나무껍질을 벗기고 늘 갖고 다니는 송진덩어리를 조금 뜯어 불을 붙였다. 젖은 나무는 불이 붙자 흰 김을 뿜으면서 서서히 타기 시작했다. 다섯명의 산군은 모두 동상으로 콧등의 피부가 벗겨지거나 한쪽 뺨이 검게 얼룩져 있었다. 단정하던 모습이 긴 머리와 아무렇게나 자란 수염으로 인해 흉하게 변해버렸다. 그들은 군화와 고무장화를 벗고 언 발을 눈으로 비비고 불에 쪼였다.

모닥불을 피우는 동안, 스무근쯤 되는 고깃덩이에서 질긴 가죽을 벗겼다. 가죽을 벗기기 위해 불탄 마을에서 주워온 깨어진 솥조각을 칼 대신 썼다. 손바닥 크기의 쇳조각을 손톱과 함께 움직여 서서히 가죽을 벗긴 다음 벌목도로 고기를 작게 썰었다.

모닥불이 커졌다. 붉은 혓바닥 같은 불길이 파닥거리며 어두운 허공을 불안하게 핥아댔다. 얼었던 몸에 모닥불을 쪼자 먼저 눈물 콧물이 흘러내렸고, 차츰 훈훈해졌다. 몸이 녹고 얼어붙었던 입이 풀렸으나 별말이 나오지 않았다. 모아 세워놓은 총들의 총신이 불빛에 반사되어

번들거렸다. 성공적으로 전투를 치렀음에도 별로 기쁘지 않았다. 이겨도 이긴 싸움이 아니기 때문이었다. 토벌대의 총공세 속에 최후가 머지않았다는 것을 그들은 예감하고 있었다. 총알도 떨어지고, 먹을 것도 거의 바닥났다. 행필은 손깍지를 껴 무릎을 감싼 자세로 고개를 숙이고 잠시 생각에 잠겼다. 활동 중에도 틈만 나면 떠오르는 것이 그리운 아내와 아기의 얼굴이었다. 포동포동한 주먹을 입에 가져가 빠는 아기 얼굴과 아기 젖내가 묻어 있는 아내의 적삼 냄새, 조를 추수하던 날 밤 어둠 속에서 발광체처럼 떠오르던 아내의 알몸이 생각났다. 그런 생각을 하다가 꾸벅꾸벅 졸던 그가 고기 굽는 냄새에 화들짝 깨어났다.

대원들은 고기를 아껴 천천히 씹어 먹었다. 배가 몹시 고픈 터라 스무근 고깃덩이를 댓바람에 씹어 삼키고 싶었지만 참았다. 모처럼 얻은 귀한 음식을 꼼꼼히 씹어 남김없이 소화시키는 것이 중요했다. 더구나 비장했던 양식이 바닥났기 때문에 며칠을 두고 아껴 먹어야 했다. 스무근 중에 두근만 먹고 나머지는 육포를 만들어 비축하기로 했다. 굶주린 배에서 무섭게 치밀어오르는 식욕을 억누르면서, 천천히 오래 씹었다. 침묵 속에 눈을 감고 천천히 고기를 씹으면서 절망의 쓸쓸함도 함께 음미

했다. 총알도 떨어지고 식량도 떨어졌다. 이 목숨을 언제까지 지탱할 수 있을까? 완전한 패배가 분명하고 최후의 순간이 바로 눈앞에 다가오고 있다는 것을 그들은 알고 있었다. 다른 생각을 할 수 없었다. 빼도 박도 못하게, 갈 데까지 가버렸다고 그들은 생각했다. 전투 외에 달리 무엇을 할 수 있을 것인가? 절망을 이기는 방법은 전투밖에 없었다. 그들은 이것저것 생각하지 않기로 했다. 생각하기가 싫었다. 생각할 기력도 없었다. 그저 기계적으로, 관성적으로 싸울 뿐이었다. 싸우다 죽어도 할 수 없다고 생각했다. 그들은 말없이 눈을 감고 무슨 의식을 치르듯이, 마치 혀가 아니라 영혼으로, 목숨으로 고기 맛을 음미하는 듯이 신중하고 경건하게 씹었다.

아무도 말하지 않았다. 밤의 정적 속에서 멀리 해안선에 부딪히는 파도 소리가 먼 우렛소리처럼 아련히 들려왔다. 그때 누군가의 입에서 나직이 노래가 흘러나왔다. 그 무렵 입산자들 사이에 갑자기 번진 노래였다. 다른 사람들도 따라 불렀다.

해는 이미 서산에 빛을 숨기고
어두운 빛을 사방에 들이밀어오노라
만경창파에 성난 파도 뱃머리를 진동해

둥실 떠가는 작은 배 나갈 길 막연해

나갈 길 막연한 작은 배는 제주섬이었다.

그들은 그 노래를 반복해서 세번 불렀다. 노래가 끝나
자 한 대원이 "아, 슬프다!" 하고 괴롭게 탄식했다. 함박
눈이 성글게 퍼들퍼들 내려오다가 모닥불 위 허공에서
녹아 스러지고 있었다.

*

조천 지서 바로 앞, 일주도로 건너편 밭은 자주 처형
장소로 쓰였다. 입산했다가 약한 몸에 산 생활을 견딜 수
없어 하산한 여맹 위원장 김동완은 자기 집 곳간 바닥을
파서 숨어 살다가 발각되어 다른 두명의 여자와 함께 그
형장에 세워졌다. 세 여자 앞에 죽창과 철창을 든 민보단
여자 세명이 섰고, 그 뒤에는 착검한 총을 멘 병사 네명
이 버티고 서서 감시했다. 이십대의 여자 민보단원 세명
이 한 사람씩을 맡았다. 총살이 아니라 창으로 찔러 죽이
는 척살이었다.

중사 계급장을 단 군인이 권총을 빼들고 민보단 여자들에게 무섭게 으름장을 놓았다. "만약 너희가 창으로 저년들을 못 죽이면 내가 이 총으로 너희를 죽이겠다! 각오하라!"

죽음 앞의 여맹 여자들도, 창을 든 민보단 여자들도 모두 무서워 부들부들 떨었다.

"아이고, 제발 창 말고 총으로 죽여줍서. 제발, 제발!" 김동완이 애원했다.

"뭐, 총으로 죽여달라고? 지랄하네! 총알값이 얼만 줄 아나?" 중사가 권총의 탄창에서 철커덕 총알 하나를 빼 보이면서 말했다.

"이거 봐라. 이거 무지 비싼 거야. 얼마나 예쁘고 잘생겼나! 이 비싼 걸로 너희를 쏘아 죽이기엔 너무 아깝다, 이거야. 내가 실험해봤는데, 네명을 포개 세워놓고 한방에 쏘아 죽일 수도 있지, 핫핫핫. 하지만 총알이 아까워서 죽창질을 하라는 게 아니다. 총알은 얼마든지 있어. 미국은 부자 나라니까 총알을 얼마든지 공급해줄 수 있지, 얼마든지! 그러니까 내 말은, 너희가 총알 하나 가치도 없기 때문에 철창으로 죽이라는 거다."

드디어 그의 입에서 호령이 떨어졌다.

"민보단, 전투 준비! 교육받은 대로 해라. 힘껏 찔러!

찌른 다음에는 얼른 빼라. 얼른 빼지 않으면 근육이 조여들고 피가 엉겨붙어 창이 빠지지 않는단 말이다. 그럴 때는 상대의 몸을 발로 걷어차면서 힘껏 창을 빼라. 알겠나? 자아, 준비! 겨눠 창! 찔러 창!"

그러나 민보단 여자들은 창을 겨누기만 했지 감히 찌르지 못했다. 창을 겨눈 자들도 마주한 희생자들과 똑같이 공포로 입을 딱 벌리고 부들부들 떨었다. 그들은 모두 같은 마을 사람이었고, 김동완 앞에 서 있는 사람은 한때 함께 여맹 활동을 한 후배였다. 그녀의 오빠는 조천리 대청 간부였는데, 얼마 전 한밤중에 집에서 자다가 산군의 습격을 받아 죽었다. 그녀는 죽창을 겨눴지만 차마 선배를 마주 보지 못하고 고개를 돌렸다. 김동완의 한 손에 흰 손수건이 꽉 쥐어 있었다. 그녀의 시든 입술 사이로 들릴락 말락 낮은 탄식이 새어나왔다. "아이고, 미순아, 미순아……"

여자들이 창을 찌르지 못하고 우물쭈물하자 중사가 권총을 휘두르며 몰아붙였다.

"찔러 창! 찔러 창!"

여자들이 엉거주춤 창을 앞으로 내질렀다. 그러나 창은 몸을 찌르지 못하고 건드리기만 했다.

"이것들이 정말! 가슴에 꽉 찌르란 말이야!"

중사가 눈에 핏발을 세우고 악을 써댔다. 다른 병사들도 뒤에서 군홧발을 구르며 윽박질렀다. 위협에 쫓긴 여자들이 다시 한번 창을 내질렀다. 이번에는 찌르긴 했으나 가슴에 세차게 박히지 않고 팔이나 허벅지에 상처를 냈다. 팔에 창을 맞아 피를 흘리면서 김동완이 나직이 말했다.

"미순아, 단번에 죽게 가슴에 콱 찔러달라, 아프게 여러번 찌르지 말고, 제발!"

그러자 미순이 갑자기 발작하듯이 외쳤다.

"오냐, 그럼 좋다! 죽어라, 김동완! 이 폭도 년아!"

죽은 오빠로 인한 원한이 사나운 용기를 주었던가. 그녀는 와락 대들어 힘껏 죽창을 찔렀다. 너무 서두른 탓에 죽창이 부러졌다. 김동완은 부러진 죽창이 꽂힌 채 피를 뿜으며 살을 푸들거렸다. 그것을 본 순간 미순이 악, 비명 소리와 함께 까무러쳐 밭고랑에 머리를 박고 말았다.

창에 찔린 세 여자의 피가 낭자하게 스며 흙은 검은빛을 띠었는데, 구름 속에 들었던 해가 나오자 검은 피는 갑자기 되살아난 듯 붉게 빛났다. 눈 녹은 그 밭에 보리싹이 파릇파릇 눈을 뜨고 있었다.

조천면 중산간 마을들이 대방화에 초토화될 당시 민

간인 수백명이 해변 마을인 조천리와 인접 마을 함덕리에 나뉘어 소개되어 있었다. 조천리에 소개된 사람들은 대개 대흘과 와흘 주민이었다. 그들은 인원이 많아 정미소 창고와 비료 창고에 나뉘어 감금되었는데, 며칠 뒤에는 조천, 신촌, 신흥 등지의 도피자 가족들도 거기에 수용되었다. 그중에 양순태의 누이 양갑추와 강행필의 아내 오숙희가 있었다. 양갑추는 정미소 창고에, 오숙희는 비료 창고에 갇혔다.

감금된 자들은 거의가 노인과 여자, 어린아이뿐이고 젊은이는 없었다. 사람들이 잔뜩 들어찬 두 창고는 그야말로 콩나물시루였다. 사람들은 빈틈없이 가득한데 창문이 따로 없는 창고여서 산소가 부족했다. 그래서 보초병이 가끔씩 출입문을 열어놔야 했다. 산소 부족으로 사람들의 얼굴이 창백해지고 아기들은 자지러지게 울었다. 정미소 창고를 지키는 보초병은 충청도 출신 신참 순경이었는데, 아기의 처량한 울음소리가 들려오면 미친 듯이 제 머리를 쥐어뜯으며 소리를 질러댔다. "애새끼 울리지 마, 기분 나쁘게시리! 울리지 말라고 했잖여! 조용히 시키지 않으면 다 죽여버릴 겨!" 말은 그렇게 해도 그는 출입문을 열어 환기를 시켜주고 아기를 데린 여자들은 잠깐씩 밖에 내보내 공기를 쏘여주었다.

양갑추는 사흘간 갇혀 있었는데, 그동안 매일 공순이 주먹밥을 날랐다. 사흘째 되던 날도 밥을 가지고 갔으나 양갑추는 먹지 못했다. 정미소에 수용된 도피자 가족을 그날 모두 처형하라는 지시가 내려왔기 때문이었다.

오전 10시경, 도피자 가족 육십여명이 창고 밖으로 내쳐졌다. 절망과 공포로 찌든 얼굴들은 이미 잿빛이었다. 두줄의 행렬을 이룬 그들은 한 손으로 앞사람의 허리를 잡고 맥없는 발걸음으로 허청허청 눈을 밟으며 걸어갔다. 지서 주임 이하 경찰과 대청 이십여명이 행렬 옆에 줄지어 걸어가면서 감시했다. 모자를 비딱하게 눌러쓴 지서 주임 조한용이 으쓱으쓱 위엄을 떨면서 빨리 걸으라고 고함을 질렀다. 구두약으로 잘 닦인 그의 군화가 번들번들 광이 났다. 그날따라 그는 땅에 끌리는 일본도 대신에 카빈총을 어깨에 메고 오른쪽 가슴에 수류탄 한개를 매달았다. 행렬 속에는 추위를 피하려고 담요나 누비이불을 뒤집어쓴 사람들이 여럿 있었다. 양갑추가 딸을 보자 가까이 오라고 손짓했다. "내가 죽으면 너희는 굶을 터이니, 밭이라도 팔아서 먹고살아라." 그렇게 말하고 뒤집어썼던 담요를 벗어 딸에게 주었다. 그녀의 얼굴이 처절하게 일그러졌다. 딸에게 따라오지 말라고 손을 내저었다. 그래도 공순은 훌쩍훌쩍 울면서 종종걸음으로 따라갔다. "공순아, 내 딸아, 잘 있으라, 잘 있으라이, 동생 잘 돌보고……" 어미가 중얼거렸다. 눈이 성글게 날리고 있었다.

행렬은 경찰지서 앞에서 잠시 멈췄다. 지서 앞에는 성 쌓기 작업이 한창이었다. 산부대의 습격을 방어하기 위한 것이었는데, 조천리 사람 수십명이 밭담을 허물어 돌덩이를 등짐으로 날라다 지서 둘레에 3미터 높이의 방벽을 쌓고 있었다. 어른들뿐만 아니라 열두어살짜리 아이들까지 동원되었다. 공순은 그들 중에서 동네 사람 몇명을 보았다. 지서 주임이 호루라기를 불어 작업하는 사람들을 모두 집합시켰다. 그러고는 카빈총을 쳐들어 휘두르면서, 지금 당장 작업을 중단하고 행렬을 따라가라고 명령했다. 형장에 따라가서 폭도의 말로가 어떤 것인지 두 눈으로 똑똑히 봐두라는 것이었다.

죽음의 행렬은 다시 출발했다. 아기를 업고, 아이의 손을 잡거나 걸리면서 할망, 하르방, 아낙네 들이 열을 지어 눈 속을 걸어갔다. 남편이 교원인 젊은 여자는 죽을 준비로 눈처럼 흰 명주로 얼굴을 감싼 갓난아이를 안고 있었다. "아기야, 네가 태어난 이 세상은 네가 살 세상이 아니구나. 우리 같이 죽자, 아기야." 성을 쌓던 사람들도 행렬을 따라갔다. 바람이 불고 눈발이 점점 짙어졌다. 여자들의 치맛자락이 바람에 날렸다. 행렬 속에서 한 할머니가 등에 업은 손주의 발이 시리겠다고 연신 중얼거리면서 발을 감싸쥐고 쓸어주었다. 절망으로 무릎에 힘이 빠져 허청거리면서도 그들은 혹시 아는 사람이 있나 두리번거렸다. 그러나 따라가는 사람들은 그들과 눈이 마주칠까봐 고개를 돌리거나 눈을 감았다. 그런데 뜻밖에 대담한 여인이 있었다. 그녀는 행렬 속에서 친척 식구를 알아보았다. 부모와 함께 걸어가는 그 어린 소년이 너무도 안쓰러워 "아이고, 저 어린걸! 아이고, 저 어린걸!" 하고 중얼거리면서 발을 동동 굴렀다. 어느 순간 그녀가 팔을 뻗어 소년의 손을 잡고 홱 끌어당겼다. 한 순경이 그 장면을 보았으나 못 본 척 고개를 돌렸다.

행렬은 일주도로를 가로질러 와흘로 가는 마찻길로 접어들었다. 눈발이 점점 더 거세졌다. 도피자 가족들은 눈을 맞으면서 무거운 다리를 끌며 허청허청 걸어갔다. 뒤따르는 사람들도 공포에 질려 무거운 걸음을 옮겼다. 다섯명의 순경과 열명가량의 대청이 총과 철창으로 위협하면서 그 비참한 무리를 가축 몰듯 몰고 갔다. 담요를 가슴에 안고 훌쩍훌쩍 울면서 따라가는 공순을 보고 동네 사람들이 달랬다.

"아이고, 요 아이야, 공순아, 거기 보지 말라, 거기 보지 마!"

"요 서룬 아이야, 너라도 살아사 한다. 울지 말라, 울지
마."

그때 순경이 빨리 가지 않는다고 양갑추의 등을 개머
리판으로 찍었다. 순경이 다시 치려고 총대를 쳐들자 공
순이 가슴에 안았던 담요를 팽개치고 충동적으로 튀어
나갔다. 달려가서 내려치려는 총대에 매달려 울면서 애
걸했다.

"선상님, 선상님, 우리 어멍 살려줍서, 제발 살려줍
서!"

순경이 사납게 총대를 잡아채자 매달렸던 공순이 땅
바닥에 나가떨어졌다. 쓰러졌다가 튀어 일어난 공순이
이번에는 어머니에게 달라붙어 껴안았다. 순경이 아이
를 어미로부터 떼어놓으려고 잡아당겼다.

"선상님, 우리 어멍 살려줍서! 우리 어멍 살려줍서!"

그 애절한 목소리에 몇발짝 앞서 가던 지서 주임이 돌
아섰다.

"시끄럽게 뭐이가? 아, 그 에미나이, 양순태 조카년 아
니가? 쪼끄만 년이 아주 독종이야. 내레 총을 들이댔는
데, 허, 둑여도 좋습니다, 하디 않갔어. 너 그러지 않안?"

몇달 전 지서에 잡혀가 지서 주임이 외삼촌 있는 데를

말하라고 닦달하면서 총을 겨누는 시늉을 했을 때, 공순은 "죽여도 좋습니다"라고 말했었다. 그때는 죽음이 뭔지 몰라 그런 소리를 했지만 이제는 아니었다. 죽음이 두려웠다.

"호호호, 뭬라고? 둑여도 좋습니다? 호호호, 그러면 둑여주지. 야, 윤순경, 이 에미나이도 끌고 가라우!"

그 말에 깜짝 놀란 공순이 후닥닥 도망치기 시작했다. 그 순경이 대청 두명과 함께 급히 뒤를 쫓았다. 공순은 죽어라고 달렸으나 얼마 가지 못해 일주도로 앞에서 잡혔다. 아이는 도로변의 전신주로 달려가 얼싸안고 버텼다. 순경이 어깨를 잡아당겼으나 악착같이 달라붙어 떨어지지 않으려 했다. 공순이 울면서 애원했다.

"선상님, 살려주십시오! 선상님, 살려주십시오!"

그때 호루라기 소리가 획획 나더니 지서 주임이 이쪽을 향해 고래고래 외치는 소리가 들려왔다.

"야, 윤순경, 게서 뭐 하는 기야? 날래 돌아오라우! 눈이 많이 와서 큰일 나갔어. 그 간나는 대청한테 맡기고 날래 오라우!"

순경이 그쪽으로 급히 달려가면서 대청에게 지시했다.

"야, 대청, 이년은 너희들이 알아서 처리하라! 알았어?"

"예, 알았습니다!"

둘은 동시에 부동자세를 취하면서 경례를 붙였다. 그틈을 타서 공순은 다시 도망치기 시작했지만 얼마 가지 못해 또 잡혔다. 대청은 채 스무살도 안 된 그 마을 소년들이었다. 그들의 손에 쥐어진 철창을 보면서 공순이 발광하듯 몸부림치며 소리쳤다.

"시방 우리 어멍이 죽으레 갔는데 나까지 죽이젠? 찌를 테면 찔러! 죽일 테면 죽여! 전엔 우리 외삼촌한테 찍소리도 못 하던 것들이 날 찔러? 찔러봐! 나가 죽으면 누가 날 찔러 죽였다는 거 동네 사람 다 알앙. 우리 외삼촌 양순태가 복수할 거여. 밤중에 산에서 내려왕 느네들을 죽이고 말 거여!"

대청 한명이 속삭이듯 말했다.

"공순아, 우리가 무사 너를 죽이나. 어서 도망가라!"

공순이 어둠을 향해 뛰었다.

그사이에 눈은 더욱 짙어져 허공을 가득 채우면서 사방의 풍경을 하얗게 지워버리고 있었다. 죽음의 행렬은 눈을 맞으면서 느리게 움직였다. 빨리 가지 않는다고 총구로 쑤시고 개머리판으로 때렸지만, 공포에 완전히 먹혀버린 그들은 힘이 빠져 제대로 걸어갈 수 없었다. 눈이 흐릿하고 의식이 혼미한 채 바들바들 떨며 허청허청 걸어갔다. 침묵 속에, 아무 저항 없이 형장으로 걸어갔다.

형장은 일주도로에서 남쪽으로 500미터쯤 떨어진 야
트막한 둔덕 아래의 아주 작고 옴팡한 밭이었다. 까마귀
들이 미리 알고 처형 장소 근처 밭담 위에 날아와 앉아
시신을 기다리고 있었다. 행렬이 거기에 당도하자, 경찰
과 대청이 총과 철창을 휘두르며 고함을 질러 돌담을 허
물고 밭 안으로 도피자 가족들을 몰아넣었다. 둔덕 위에
는 이미 기관총이 설치되어 있었다. 임박한 죽음에 도피
자 가족들은 갈팡질팡 이리 쏠리고 저리 내달으며 미친
듯이 울부짖었다. 따라온 마을 사람들이 밭담 밖에 선 채
부들부들 떨며 그 광경을 지켜보았다. 조한용이 그들을
향해 위협적으로 으르렁거렸다.

"똑바로 보라우, 폭도의 말로가 어드런 겐지! 너희
들 똑바로 보고서리, 총 쏘면 박수를 치라, 박수를! 알갔
어?"

바람이 다시 불어왔다. 바람에 까마귀들의 깃털이 부
르르 흉물스럽게 곤두섰다. 눈이 하얗게 덮인 둔덕 위의
시커먼 기관총, 그 총구가 비스듬히 아래로 밭을 향했다.
그때 갑자기 양갑추의 입에서 피맺힌 절규가 터져나왔다.

"그래, 날 죽여라, 죽여! 나 죽으면 반드시 악귀가 되
엉 느 놈들의 자식을 잡아먹고 말겠다!"

절규, 통곡, 애원의 목소리, 아기 우는 소리가 낭자한 가운데 마침내 기관총이 불을 뿜었다. 드르륵 드르르륵…… 밭담 위에 앉아 사람들 쪽을 살피던 까마귀들이 일제히 허공으로 날아올랐다. 무자비한 강철 쇳조각들의 급류가 순식간에 육십여명의 인간을 휩쓸었다. 총 맞은 자들이 피를 분수처럼 내뿜으면서 퍼덕퍼덕 두어번 튀다가 낫에 베인 보릿단처럼 늘비하게 쓰러졌다. 기관총 소리가 멎자 경찰들이 달려가 카빈총으로 확인 사살을 했다. 엄청난 유혈이 흰 눈을 붉게 물들였다. 온통 피바다였다. 밭담 밖의 마을 사람들이 고개를 돌리고 눈을 감은 채 벌벌 떨었다. 차마 눈을 뜰 수가 없었다. 구역질하는 사람들도 있었다. 그것을 보고 화가 난 조한용이 옆의 바위에 홀쩍 뛰어오르더니 권총을 빼들어 공포를 한발 쏘았다.

"이 종간나들, 덩말 둑고 싶은 기야? 내레 시방 박수 치라고 하디 않안? 와 박수를 안 치네? 니들 저 폭도들 편이가? 당장 박수 치라우! 박수 안 치면 쏘아 둑이갔어!"

조한용이 무섭게 으름장을 놓자, 먼저 아이들이 손뼉을 쳤고 어른들이 마지못해 그 뒤를 따랐다. 눈을 감은 채 덜덜 떨리는 손으로 손뼉을 쳤다. 허공에 날아올랐던 까마귀들이 다시 밭담 위에 내려앉아 토벌대가 가기를 기다렸다.

눈은 계속 내렸다. 계속 내리는 눈에도 흰 눈 위의 낭자한 유혈은 좀처럼 지워지지 않았다. 기관총 총구에서 나온 푸른 연기도, 화약 냄새도 무거운 공기에 눌려 흩어지지 못하고 시신들 위 허공에 오래 머물면서 흐느적거렸다.

조천 지서의 집단학살 소식은 그 즉시 산에 있는 도피자들에게 전해졌다. 이튿날에는 비료 창고에 수감된 도피자 가족들이 처형될 것이 분명했다. 그 소식을 듣자 강행필은 온몸의 피가 일시에 굳어버린 듯 정신이 아뜩했다. 가족이 잡혀간 것은 첩보를 통해 알고 있었지만, 설마 죽이기야 하겠나 생각하던 그들에게 학살 소식은 너무도 큰 충격이었다. 그들은 상제의 두건으로 쓸 베를 구할 수 없어 맨머리에 새끼줄을 동여맸다. 그들이 흥분한 나머지 과격한 행동을 할까 우려해 면 조직부 책임자 이민하가 와 있었다. 어두운 밤, 모닥불 주위에서 네명의 도피자들은 아주 실성하여 아버지, 어머니, 형제를 부르면서 울부짖었다. 창자를 입으로 뱉는 듯한 괴로운 절규였다. 바로 서지도 앉지도 못하고 비틀거리면서 헛구역질을 해댔고, 머리를 나무에 마구 부딪거나 땅바닥에 누운 채 버르적거리며 뒷머리를 사정없이 땅바닥에 찧어 댔다.

"아아, 우리 누님이, 아아, 나 때문에! 나 때문에!"

양순태가 울부짖으며 장총을 거꾸로 잡아 힘껏 총검을 꽂았다. 그러고는 두 손으로 흙을 움켜쥐고 부들부들 떨면서 복수를 외쳤다. 그에 호응해서 다른 청년들이 소리쳤다.

"저 원수 놈들, 아무 놈이나 잡아서 박박 물어뜯고 싶어! 아, 아버지가, 아버지가!"

"난 이제 겁날 게 없어, 세상천지에 겁날 게 없어!"

"저 원수 놈들한테 앙갚음하기 전엔 나 못 죽어. 하늘이 두쪽 나도 못 죽어. 난 못 죽어!"

"당장 쳐들어가자!"

"그래, 좋다! 원수 갚으러 가자!"

분노에 찬 눈동자들이 불빛에 번들거렸다. 이러한 광경을 보면서 행필은 숨이 꽉 막히고 온몸이 덜덜 떨렸다. 내일이면 숙희도 그렇게 죽을 것이다!

이민하가 흥분한 그들을 간곡한 말로 달랬다.

"냉정해라. 참기 어렵겠지만 그래도 참아사 해여. 조금만 참아! 지금 습격하면 적의 계략에 말려드는 거여.

분노 때문에 너희들이 이성을 잃고 당장 보복하러 올 것이라는 걸 저놈들은 예상하고 있단 말이다. 그렇게 무작정 덤벼들었다간 매복조에 걸려서 다 죽어, 다 죽고 말아! 그건 자살행위여. 그러니 조금만 참자. 참으면서 작전을 세우자. 인원을 더 동원해서 제대로 공격해야지."

"무스거 작전을 세워마씸? 삼춘, 그런 소리 맙서! 우리가 이미 패망했는디, 작전을 세워 싸우자고마씸?" 양순태는 복받치는 격정에 숨이 막혀 말이 토막토막 끊겨 나왔다. "우린 더이상 살 생각이 없수다! 오늘 밤 습격해서 저놈들을 죽이고 우리도 죽는 거우다!"

다른 청년들도 이민하의 말을 들으려고 하지 않았다.

"아, 나도 살고 싶지 않아마씸! 어머니가 나 때문에 죽었는데 살아서 뭐 합니까?"

"아버지 원수를 갚지 않으면 난 사람이 아니우다!"

"저 조천 지서 놈들, 그놈들한테 원수 갚기 전엔 나 못 죽수다! 하늘이 두쪽 나도 못 죽수다!"

그들을 보면서 행필은 온몸이 덜덜 떨렸다. 전기 고문을 받을 때처럼 전기가 찌르르 몸속을 훑고 지나가는 듯했다. 계속해서 몸이 덜덜 떨릴 뿐 머릿속은 하얗게 비어 아무 말도, 아무 생각도 할 수 없었다.

마침내 양순태가 땅에 꽂힌 장총을 뽑아들면서 소리

쳤다.

"자, 가자!"

네명의 청년이 주정을 물에 타 마시고 우르르 어둠 속으로 몰려가자 자석에 끌린 듯 행필도 그 뒤를 따라갔다. 그들과 함께 걸으면서 행필은 자기가 왜 조천 지서에 가야 하는지를 알았다. 이제까지 그는 무슨 일이 있어도 죽지 않고 살아 있어야 한다고 생각했다. 자신을 기다리는 어머니와 아내, 아기를 위해 무조건 살아 있어야 한다고 생각했다. 그러나 아내의 목숨이 경각에 놓인 지금, 그가 해야 할 일은 사랑하는 아내의 목숨을 구하는 것이었다.

과연 이민하의 말대로 조천 지서의 경찰은 일주도로 북쪽 도로변에 매복해 있었다. 다섯명의 산군들이 어둠 속에서 포복으로 도로를 횡단하려는 순간, 그들을 향해 손전등 불빛이 달려들면서 벼락 치듯 요란하게 총성이 터졌다. 맨 뒤에 있던 행필이 얼른 뒤로 굴러 도로변 고랑창에 몸을 박았다. 누군가 총을 맞았는지 어둠 속에서 비명 소리가 들려왔다. 불빛은 꺼졌다가 곧 다른 방향에서 나타나 도로를 비추었는데, 그때는 이미 산군들이 쓰러진 한명을 남겨둔 채 어둠 속으로 사라진 뒤였다. 홀로 남겨진 행필은 손톱을 손바닥에 박으며 몸을 부르르 떨었다. 거기서 얼마 떨어지지 않은 비료 창고에 숙희가 간혀 있었다. "나 때문에! 나 때문에! 나 때문에!" 행필은 헐떡거리며 양순태가 한 말을 중얼거렸다. "하지만 나 때문에 숙희가 죽어선 안 돼!"

사랑하는 아내를 살리는 길은 단 하나, 자신이 죽는 것이었다. 총을 든 산군이니 그는 어차피 죽을 목숨이었다. 항복해도 자수해도 목숨을 건질 수 없는 것이 산군의 운명이었다. 행필은 다시 몸을 부르르 떨었다. 떨리는 몸을 진정하기 위해 그는 입안의 볼살을 아프게 깨물었다. 그러고는 장총을 거머잡고 등뼈를 꼿꼿이 세우면서 일어나 도로 위로 걸어나갔다. 주위는 캄캄한 어둠이었다. 그가 목청이 터져라 외쳤다. 피맺힌 절규가 어두운 허공을 찢으며 울려퍼졌다.

"인간 백정 놈들아, 들어라! 내가 왔다! 나는 강행필, 너희들이 찾는 강행필이다! 내 아내 오숙희를 살리기 위해서, 총 맞고 죽으러 여기에 왔다! 자, 날 쏘아라! 어머니, 몸 성히 계십서! 숙희야, 나는 간다! 잘 있거라! 아기 잘 키워라!"

행필이 총을 들어 지서 쪽을 향해 공포 한발을 쏘고는 다시 외쳤다.

"자, 쏘아라, 쏘아! 날 쏘아라!"

손전등 불빛이 어둠 속에서 번쩍 나타나 총을 들고 꼿

꽂이 서 있는 행필을 비췄다. 이어서 일제사격의 총탄이 그를 향해 날아갔다.

그날 밤의 싸움에서 산군 쪽에서는 양순태, 강행필 등 세명이 숨졌다. 경찰 측 전사자는 없었다.

그 무렵 문상옥이 은신 중에 발각되어 처형당했다.

해변 마을, 어느 학교에 토벌대 일개 중대가 주둔하고 있었다. 어느 날 마을 서쪽 일주도로가 파괴되고 전화선이 절단되는 사건이 발생했다. 토벌대는 그 마을을 의심했다. 그 마을의 민보단 가운데 비교적 젊은 사내 이십명을 집합시켜 파괴된 도로를 보수하고 잘린 전화선을 복구하도록 했다. 작업이 끝나자마자 소대장은 야전 전화를 방금 보수한 전화선에 연결하여 상부에 보고했다. 무슨 지시를 받았는지, 그가 불만스럽게 얼굴을 찌푸렸다. 그러고는 민보단장에게 짚 다섯묶음을 가져오라고 하여 작업하던 사람들에게 나눠주고 새끼를 꼬라고 명령했다. 사람들은 영문을 모른 채 시키는 대로 새끼를 꼬았다. 각자 꼰 새끼가 한 팔 길이쯤 되었다. 돌연 소대장이 권총으로 공포 세발을 쏘았고, 병사들이 와르르 달려들어 그들이 꼰 새끼줄로 그들의 손과 팔을 묶었다.

"미안하다. 나도 어쩔 수 없어. 상부의 명령이다." 소대장이 말했다.

이십명의 사내들이 파릇파릇 싹이 돋아난 보리밭으로 끌려갔다. 총살조 앞에 일렬로 세워졌다. 죽음의 공포가 그들의 얼굴을 처참하게 일그러뜨렸다. 목숨을 애걸하는 울부짖음과 저주의 욕설이 곧 터져나올 참이었다. 그것이 싫은 소대장이 큰 소리로 말했다.

"여러분, 괜히 시끄럽게 하디 말고 거저 곱게 죽어달라우! 곱게 죽어주면 가족에게 알려 시신이라도 찾아가게끔 해주갔어!"

그렇게 말하지 않더라도 청년들은 발광하여 날뛰거나 욕설을 터뜨릴 기운이 없어 보였다. 진즉에 목숨을 포기한 그들이었다. 날마다 죽음의 위협에 시달려 과연 살아 있는 것이 옳은 일인지 죽는 게 옳은 일인지 알 수 없었고, 죽음이 너무도 흔하여 자신도 조만간 그런 운명이 되리라고 생각했다. 이제 그때가 온 것이다. 그들은 욕설도 애원도 없었고 눈물도 보이지도 않았다. 다만 큰 고통 없이 죽기만을 바랐고, 죽창이 아니라 총을 쏘아 죽여주는 것만도 다행으로 생각하는 것 같았다.

"총살조, 거총!" 소대장이 구령을 질렀다.

총구 앞에 선 사내들은 정면으로 비치는 석양이 눈부셔 연신 눈을 깜빡거렸다. 무어라 중얼거리는 사람도 있었다.

그때 갑자기 누군가의 입에서 울음소리가 터져나왔다. 열대여섯살밖에 안 되어 보이는 소년이었다. 그가 세살 아기처럼 와들와들 떨면서 울었다.

"무서워! 무서워!"

소년의 울음에 촉발되어 다른 사람들의 입에서도 일시에 절규와 통곡이 터져나왔다. 화가 난 소대장이 소리쳤다.

"씨팔, 울지 말라우, 이 간나 새끼들! 내레 이 짓을 하구 싶어 하는 줄 아네? 명령을 거부하면 도리어 내가 총살당한단 말이다. 기리니끼니 할 수 없어. 사수, 겨눠 총! 쏴!"

소대장이 권총을 빼들고 허공에다 한방 쏘자, 일제히 총성이 터졌다. 총 맞은 몸뚱이들이 펄쩍 튀어올랐다가 나둥그러졌다. 핏줄기가 솟구쳤다. 총알이 빗맞았는지 한 사람이 얼른 쓰러지지 않고 뱅뱅 돌다가 뒤로 자빠졌다.

낭자한 총성과 함께 사람들이 쓰러지자, 갑자기 싸늘한 냉기를 뿌리며 강풍이 불어왔다. 검은 구름이 내달리고, 풀과 나무들이 광란하고, 돌담마저 강풍에 부딪혀 아우성쳤다.

토벌군에 잡힌 촌민 십여명이 길바닥 한쪽 구석에 몰려 웅크리고 있었다. 병사 셋이 감시했는데, 상부의 지시가 얼른 내려오지 않자 따분해진 그들은 피우던 꽁초를 던지고 침을 뱉었다. 심심풀이가 필요했다. "어이, 거기 빨갱이 넝감, 그애 데리고 이리 나와보라우!" 노인의 야윈 얼굴에는 흰 구레나룻이 검불처럼 부스스 힘없이 자라 있었다. 그들은 손자에게 할아버지의 뺨을 때리라고 명령했다. 손자가 불응했다. 병사 하나가 군홧발로 아이를 마구 찼다. 그래도 불응하자 할아버지가 말했다. "영표야, 괜찮다, 날 때려라. 괜찮아. 어서 때려라." 손자가 할아버지의 뺨을 때렸다. "더 세게! 이 간나 새끼, 더 세게 때리란 말이야!" 그가 다시 아이를 군홧발로 마구 찼다. 손자가 울면서 더 세게 때렸다. "이번엔 넝감이 손자를 때려보라우!" 할아버지가 손자를 때렸다. 병사가 세게 때리지 않는다고 욕을 하더니, 라이터를 켜서 노인의 마른 풀 같은 구레나룻을 태웠다. "이 빨갱이 넝감, 쎄게 치라우!" 세게 쳤다. 할아버지와 손자가 울면서 서로 따귀를 때렸다. 빨갱이임을 입증하

듯이 두 사람의 코에서 빨간 피가 주르륵 흘러내렸다. '빨갱이' 할아버지가 '빨갱이' 손자를 치고 '빨갱이' 손자가 '빨갱이' 할아버지를 쳤다. 드디어 연락병이 나타나 모두 총살하라는 명령을 전달했다.

열여덟살, 스무살의 두 형제가 토벌대에 잡혔다. 끌려가는 두 손주를 제발 살려달라고 할머니가 필사적으로 매달리며 애원했다. 분대장이 말했다. "저 할머니 불쌍하니 하나만 돌려줘버려!"

젊은 부부, 처형장에서 아내가 남편의 손을 꼭 잡으면서 말했다. "그래도 우린 같이 죽을 수 있어서 다행이우다."

한 젊은 아낙이 총구 앞에서 절규했다. "나가 무슨 죄 있수과? 그 사람 만나 아기 낳은 죄밖에 무슨 죄가 있수과?"

한 노파가 경찰에 항의하기 위해 지서 옆 오동나무에 목매달아 죽었다. 큰아들이 산에 가 있으므로 자기는 물론 두 손주까지 죽을 것이라고, 손주들의 죽음을 차마 볼 수 없으니 자기가 먼저 죽어야겠다고 노파는 말했다.

아들이 집에 없으니 폭도가 틀림없다 하여, 젊은 아들을 가진 죄로 십여명의 늙은 아비들이 아들 대신 총살을 당했다. 그중 한 아비는 말 두마리를 팔아 5톤짜리 발동선을 사서 아들을 일본으로 도피시켰는데, 토벌대는 그랬다는 말을 곧이듣지 않았다. 숨어 있는 아들을 내놓으라고, 아들을 안 내놓을 거면 아들 대신 죽으라고 다그쳤다. 그 아비도 다른 사람들과 함께 총살조 앞에 세워졌다. 공포에 질려 마구 뒤틀린 얼굴들이 보기 싫었던지, 나중에 잠자리의 악몽이 될까 두려웠던지, 총살 직전에 소대장이 "뒤돌아섯!" 하고 명령했다. 명령에 따라 뒤돌아섰던 그 아비가 돌연 정면으로 돌아서면서 외쳤다. "나가 왜 등에 총 맞아 죽느냐. 나는 거짓말하지 않았다. 말 두마리를 팔아 발동선 사서 밀항시켰단 말이다. 나는 거짓말하지 않았으니 죄가 없다. 떳떳하게 가슴으로 총알을 받겠다. 자아, 쏘아라!"

마을 사람들을 향사 마당에 집합시키고 그중 다섯명을 골라 총살 대상으로 분리했다. 거기에 아기를 업은 젊은 아낙이 포함되었다. 아기가 너무 귀여워 병사 하나가 안아보았다. 그러자 다른 병사가 아기를 휙 낚아채서 "공 받아라!" 하면서 세번째 병사에게 던졌다. 공놀이가 벌어졌다. 아기 엄마가 비명을 질렀고 첫번째 병사가 달려가 아기를 빼앗았다.

"불쌍하다. 아기는 살려주자." 아기를 꼭 안고 그 병사가 말했다.

"에미 애비 없는 것 살려봐야 앞으로 살아가려면 고생뿐이니 에미와 같이 죽여버리자." 두번째 병사가 말했다.

"아기를 살려두면 나중에 복수의 불씨가 돼." 세번째 병사가 말했다.

"그래도 아기가 너무 불쌍하다." 첫번째 병사가 마을 사람들을 둘러보며 말했다.

"여러분 중에 혹시 이 아기를 데려다 키울 사람 있습니까?"

한 중년 아낙이 선뜻 앞으로 나섰다.

"그 아기 나한테 줍서. 나가 키우쿠다!"

"아이고, 우리 며느리는 아무 죄 없는 사람이우다" 하면서 시어머니가 아기를 안은 젊은 며느리를 보호하려고 두 팔 벌려 토벌대의 총검을 막다가 가슴팍에 개머리판을 맞고 안색이 새파래지면서 옆으로 자지러졌다. 아기를 안은 며느리는 어느새 저만큼 끌려갔다. 시어머니가 무릎으로 기어가며 허우적거렸다. "며늘아, 며늘아, 그 아기 나한테 주라! 나한테 주라!"

"이보라, 네레 와 여기 들어완?"
"동생이 도피해버려서 잡혀왔습니다."
"도피자 가족이네. 거럼 둑어도 할 말 없갔구만."
"할 수 없죠."
"거럼 둑여주지. 아아, 아니다! 사람 둑이는 거 이젠 신물 난다, 아주 신물 나!"

시어머니와 며느리가 얕은 둔덕 위에 나란히 세워졌다. 중사가 젊은 여자에게로 성큼성큼 걸어가더니 대검으로 그녀의 하의를 좍좍 찢었다. 겉에 입은 몸뻬뿐 아니라 속옷까지 찢겨나갔다. 병사 둘이 달려들어 나머지 천조각을 북북 뜯었다. 맨살이 드러난 여자가 비명을 지르며 두 다리를 오므렸고 치마 세벌을 겹쳐 입은 시어머니가 얼른 겉의 치마를 벗어 며느리에게 둘러주었다. 중사가 잇몸이 드러나도록 입술을 말아올리고 낄낄 웃었다. 병사 둘이 찢어낸 천조각으로 며느리와 시어머니의 두 손을 묶었다. 총성이 울렸다.

시어머니와 며느리가 제사 준비로 고사리를 삶고 있는데, 군인 두명이 부엌으로 들이닥쳤다. 순식간에 시어머니를 부엌 밖으로 내몰고 며느리를 덮쳤다. "시간 없어. 날래, 날래 하자우!" 한명이 여자의 머리끄덩이를 움켜 잡아당기면서 무릎으로 배를 내질러 여자를 쓰러뜨리고 다른 한명이 여자의 어깨를 짓누르면서 허리띠를 풀었다. 밖에 있던 시어머니가 장낫을 들고 소리치며 쳐들어왔다. 허리띠를 풀고 바지를 내리던 군인이 시어머니가 휘두른 장낫을 맞고 비명을 지르며 쓰러지고, 이어서 총성이 울리고 시어머니가 쓰러졌다.

십여명의 촌민이 총구 앞에 늘어섰다. 그 가운데 두 노파는 친구 사이였다. 오직 보따리 하나만 들고 있던 그들은 처형 직전에 보따리를 풀었는데, 그 안에는 일생에 딱 두번, 혼인날과 환갑날에만 입고 나중에 저승 갈 때 입으려고 고이 보관했던 호상옷이 들어 있었다. 두 할머니가 서둘러 흰 명주 호상옷을 꺼내 입고 머리도 흰 명주로 싸맸다. 그러고는 두 팔을 흔들며 너울너울 춤을 췄다. 귀기 어린 춤사위였다. 귀신을 본 듯 놀란 지휘관이 부들부들 떨면서 비명처럼 소리쳤다.

"쏘아 총!"

"이 어미한테는 목숨이 셋이나 달려 있습니다. 집에 있는 어린 두 딸과 배 속의 아기까지 모두 이 어미 목숨에 달려 있습니다. 제발 살려줍서!" 시아버지가 무릎 꿇고 애걸했으나, 총탄은 며느리를 향해 어김없이 날아갔다.

뒤로 두 손이 결박된 열 명의 청년들이 검은 돌담을 등지고 총살조 앞에 늘어섰다. 죽음이 임박한 청년들은 벌벌 떨며 제정신이 아니었다. 한 청년이 공포에 질린 나머지 휘청거리다가 앞으로 고꾸라졌다. 청년을 담당한 병사가 달려가 일으켜 세웠다. 공포에 처참하게 일그러진 그 모습이 병사는 너무 안타까웠다. 단 일분이라도 안심시키고 싶어 거짓말을 했다. 너의 부모로부터 부탁을 받았다, 너를 살려줄 테니 총소리가 터지면 총을 맞지 않아도 쓰러지는 시늉을 하라고 말했다. 청년의 눈에 희망의 빛이 반짝 떠올랐다. 마침내 선임하사가 구령을 질렀다. "겨눠 총! 쏘아!" 일제히 총소리가 터졌다. 정조

준한 탄환이 청년의 가슴 한복판을 꿰뚫었다.

집단 총살 뒤, 그 떼주검 속에서 죽지 않고 살아나오
는 자들이 더러 있었다.

한 청년이 떼주검 가운데서 살아나왔다. 일차 사살
후 확인 사살까지 했음에도, 총알을 맞아 턱이 부서졌
지만 용케 목숨만은 건졌다. 계속 시신 더미 속에 있
다가 밤이 되어 어두워지자 자기 몸 위에 엎어진 시신
을 밀어내고 일어났다. 자기 피에 남의 피까지 뒤집어
써 온몸이 피투성이였다. 이제 어디로 가야 하나? 어디
로 가야 생명을 부지할 수 있을 것인가? 물로 뱅뱅 둘
린 섬이라 밖으로 탈출할 수도 없고, 산에 다시 올라가
도 언젠가는 죽을 것이고, 집에 숨어 있어도 오래지 않
아 발각될 터였다. 깜깜한 어둠 속에서 빛나는 거라곤
군 주둔소의 불빛뿐이었다. 너무도 큰 충격에 넋이 나
간 그가 허청허청 군 주둔소 천막으로 걸어갔다.

"나 살았수다. 날 죽여도 안 죽어졌으니, 다시 죽여줍
서. 여기서 죽이든지 그 밭에 데려가 죽이든지, 날 다시
죽여줍서!"

피투성이 유령 같은 끔찍한 모습에 담당 장교가 기겁
하여 나자빠졌다. 잠시 후 정신을 차린 장교가 생각을

고쳐먹었다. 한 사람도 살리지 말고 죽이라는 것이 상부의 명령이었으나 확인 사살까지 했는데 죽지 않고 살아났으니, 이것은 천운이고 하늘의 명령이라고 그는 생각했다. 상부의 명령을 거역하고 양민증을 발급해 그 청년을 살려주었다.

남편 이름을 호명하면서 그 아내를 나오라고 하여 일어나려 하자, 시어머니가 그녀를 주저앉혔다. "아이고, 며늘아, 네가 무사 죽느니. 나가 죽으켜. 내 아들이니 나가 대신 죽으켜. 아기를 잘 키워라."

스무살 안팎의 산군 세 형제가 있었다. 스물두살 큰형이 말했다. "우리 세 형제는 죽어도 같이 죽고 살아도 같이 살자. 항상 내 뒤를 따라라." 그들은 토벌대와의 전투에서도 늘 행동을 같이했다. 그러다가 마침내 토벌대에 잡혔다. 두 손이 철삿줄로 꽁꽁 묶였다. 총살 직전, 세 형제는 서로에게 필사적으로 엉겨붙었다. 그 바람에 두 손목을 묶은 철사가 살을 파고들어 핏줄을 터뜨렸다. 붉은 피가 흘러내렸다. 두 동생이 바들바들 떨었다. 형도 죽음이 두려웠다. 사무치는 공포에 가슴이 바싹 오그라들었다. 임박한 죽음에 위협당한 심장이 맹

럴히 뛰고, 귓속의 맥박 소리 때문에 아무것도 들리지 않았다. 의식마저 흐릿해졌다. 무서운 포식자의 아가리 앞에 놓인 한마리의 무력한 희생물이었다. 그러나 형은 마침내 그 무력감을 떨쳐내고 두 동생에게 말했다. "기운 차려! 비굴한 모습 보이지 마라! 용감하게, 떳떳하게 죽자!" 그렇게 말하고 돌연 묶인 두 손을 쳐들어 격렬하게 흔들면서 외쳤다. "인민위원회 만세!" 그 즉시 세 형제를 향해 총격이 가해졌다.

총살조로서 집단학살을 집행하고 막사로 돌아온 병사가 참을 수 없는 구역질 끝에 총구를 턱 밑에 대고 엄지발가락으로 방아쇠를 당겨 스스로 목숨을 끊었다.

조천리 인접 마을 신촌리 학교 운동장에서 경찰이 촌민들 삼십여명을 모아놓고 학살하려고 하자, 서청 출신 장교 문호숙이 나타나 "죽이려면 나를 먼저 죽여라!" 하고 막아서서 집단학살을 중지시켰다.

군인들이 마을 안 여기저기를 쏘다니면서 소리쳤다. "리민 여러분, 학교 운동장에 연설 들으러 나오시오! 높은 사람이 와서 연설하니 들으러 나오시오!" 그렇게 소리를 질러대던 한 군인이 슬쩍 소녀에게 다가와 몰래 속삭였다. 나가면 죽는다고, 나가지 말라고.

　토벌대가 작전 중 잠시 휴식을 취할 때, 한 병사가 밭담 밑에 쓰러진 청년의 시신을 보았다. 곁에 총도 죽창도 없는 것으로 보아 단순 도피자인 듯했다. 아무렇게나 내던져진 두 팔과 두 다리, 검푸른 빛으로 퉁퉁 부어 있는 얼굴, 그 옆에 벗겨진 안경이 뒹굴고 있었다. 순간적으로 연민의 정이 생긴 병사가 삽을 들고 다가갔다. 먼저 벗겨진 안경을 다시 씌워주고 시신 위에 흙을 두어삽 끼얹어주려고 삽질하는데, 그만 밭담을 잘못 건드려 떨어진 돌이 발등을 찍었다. 화가 난 그가 "에이, 씨팔! 너 때문에……" 하면서 시신을 발로 찼다. 그리고는 다시 삽을 들어 시신 위에 흙을 끼얹기 시작했다.

　학련 오십명과 서청 출신 경찰 열명이 함께 중산간 지역에 토벌을 나갔다. 경찰이 마을의 노인들과 여자들을 세우고 총살을 집행하려는데, 다른 일을 보던 지서 주임이 황급히 달려와 제지했다. 그는 제주 출신이었다. 그가 명색이 부하인 이들 앞에서 애걸조로 말했다. 지금까지 너무 많은 사람들이 죽었다, 사람들을 다 죽어버리면 경찰이 무슨 필요가 있나, 사람들이 있어야 경찰이 있는 거 아닌가, 죽이는 대신 다시 그러지 말도록 설득해야 민주 경찰이 아닌가. 그러나 서청들은 너 빨갱이 아니냐 하면서 제 상관에게 총을 겨누었고, 그러자 이번에는 전학련 중학생 오십명이 일제히 열명의 서청을 향해 총을 겨눴다. 결국 서청들이 굴복하여 들었던 총을 내렸다.

산부대가 토벌대원 한명을 사살했다. 그의 배낭에서 참수된 머리통 하나가 나왔다. 잘린 머리통은 마른 풀로 감싸인 다음 죽은 자의 저고리로 덧싸여 있었다. 산부대가 근처를 뒤져 몸통을 찾아내서 함께 묻어주었다.

*

영미야, 창근아, 그해 겨울엔 참 눈이 많이 내렸주. 구름이 나직이 내려완 한라산을 가려버릴 때가 많았어. 한라산도 그 끔직한 대살육을 차마 볼 수 없어 구름으로 얼굴을 가리고 있었던 거주.

동굴 생활이 한달 보름쯤 되자 한라산 피란민들은 더이상 먹을 것을 구할 수 없었다. 땅이 얼어 칡뿌리마저 캘 수 없었다. 토벌대의 이만 병력이 한라산 둘레를 에워싸고 피란민들을 깊은 눈 속에 가둬놓았다. 그것은 토끼몰이식 포위 작전이면서 동시에 아사 작전이기도 했다. 죽음이 그들을 포위해 목에 걸린 올가미 죄듯 점점 죄어들고 있었다. 눈은 거의 매일 내렸다. 영원히 그치지 않을 것처럼 눈이 내렸다, 지금 이 상황이 영원히 끝나지 않을 것처럼.

정두길네가 들어 있는 동굴에서도 양식이 떨어졌다. 생콩이나 조 낟알을 껍질째 조금씩 씹을 뿐이었다. 석유도 송진 기름도 떨어져 굴속은 암흑이었다. 구급약이 떨어져 만옥은 총 맞은 산군의 상처를 소독하기 위해 소금물을 끓여 씻어내고 마늘을 빻아 붙이는 수밖에 없었다. 굴속의 사람들은 굶주림과 죽음에 대한 공포가 점점 여위어갔다. 가시 많은 엄나무처럼 여윈 얼굴에 거친 수염이 자랐다. 굶주림 속에서 수염은 귀한 영양분을 빨아들이며 사정없이 자랐다. 굴속의 사람들은 굴천장에서 떨어지는 저승 물을 먹어 빈 배를 채우면서 버텼다. 그러면서도 그들은 설마, 혹시나 하는 실낱같은 희망에 매달렸다. 깊은 절망의 어둠 속에서도 밤이 지나면 더이상 비극은 없을 것이라는 듯이 어김없이 아침이 오곤 했다. 마지막 순간에 구원의 손길이 뻗치리라고 그들은 생각했다. '설마 이런 상태가 마냥 계속되지는 않겠지. 그럴 리 없어. 반드시 무슨 일이 일어나 이 상황을 바꾸어놓을 거야.' 그런 대학살은 도대체 있을 수 없는 일이었기에 지금 상황이 현실이 아니라 꿈이라고, 악몽을 꾸고 있다고, 학살자들은 악몽 속의 유령들이라고 생각했다.

굶주림이 계속되자 몸의 살집이 줄어들고 두 볼이 꺼졌다. 그들은 굴천장 구석에 붙어 동면하는 박쥐가 아니었다. 잠잘 때면 서로의 온기를 느끼려고 몸을 밀착해 잤는데, 정두길은 이제 옆에 누운 고승우의 여윈 갈비뼈가 딱딱하게 와닿는 것을 느끼면서 자신도 그만큼 여위었겠지, 하고 생각했다. 몸도 마음도 허기에 먹혀, 살이 살을 먹고 몸이 자기 자신을 파먹고 있다는 두려운 느낌에 시달렸다. 하루 종일 배고픔만 생각했다. 다른 생각이 비집고 들어올 틈이 없이 오직 배고픔만 생각했다. 잠도 깊이 잘 수 없었다. 편안한 잠이 아니라 긴장된 잠이었다. 잠든 사람들의 무거운 숨소리, 신음 소리, 푸짐한 음식이 앞에 놓여 있는 듯이 입맛 다시는 소리…… 그들은 꿈속에서도 먹는 꿈을 꾸었다. 맛있는 것을 양껏, 푸지게 먹는 꿈이었다. 그렇게 허기는 살을 깎아먹고 잠까지 갉아먹었다. 인간도 박쥐처럼 겨울잠을 잘 수만 있다면 얼마나 좋을까, 하고 두길은 생각했다. 굶주린 인간들, 그들은 박쥐와 마찬가지로 호흡이 느려지고 신진대사가 느려지고 체온도 낮아졌지만, 그것은 겨울잠이 아니라 죽음으로 가는 길이었다. 점점 기운이 빠지면서 멍한 공허가 닥쳐왔다. 다른 사람들과 마찬가지로 두길은 자주 졸음에 빠졌는데, 그것은 자는 것도 아니고 깨어 있는 것도 아닌 상태였다. 마지막 순간에 구원의 손길이 오리라는 실낱같은 희망도 희미해졌다. 지금의 현실과 너무도 다르기 때문에 과거의 일들이 비현실처럼 느껴졌다. 과거의 모든 것이 점점 흐릿해졌다. 절실했던 사랑에 대한 기억도, 그리움도 흐릿해졌다. 혼미한 상태에서 가끔 따알리아의 얼굴이 번쩍 섬광처럼 나타났다가 사라지곤 했다. 그는 중얼거렸다. "그래, 이건 꿈이야. 우린 꿈을 꾸고 있는 거야." 서로 밀착해 자면서 온기를 나누고 혼자가 아니라는 안도감을 주던 바로 옆의 고승우에 대해서도 무관심해졌다. 옆 사람은 물론 자기 자신에 대한 관심마저 점점 흐릿해졌다.

  그렇게 경계와 긴장이 풀려 위험에마저 둔감해졌다가

도, 종종 아기 울음소리에 그런 상태가 깨어지곤 했다. 배고픈 아기의 울음소리가 졸고 있는 의식을 날카롭게 꿰뚫어 화들짝 놀라게 했다. 아기 울음소리가 굴 밖에 들릴까 두려운 그들은 질색하여 아기 엄마를 사뭇 죽일 듯이 윽박질렀고, 그 엄마는 아기 위에 이불을 덮어씌워 울음소리를 막거나 그래도 그치지 않으면 아기를 안고 굴 안쪽 깊숙이 기어들었다.

병이 깊어 기침이 더욱 잦아진 부대림은 토벌대에 발각될까봐 기침할 때마다 눈치를 보며 미안하다는 말을 반복하더니, 어느 날 다른 굴로 옮아갔다. 정두길도 함께 갔다. 곶자왈을 벗어난 억새밭 한가운데 있는 그 굴은 서너 사람밖에 들어갈 수 없는 아주 작은 굴이었다. 옮아가면서 두길은 창세에게 자신이 쓰던 만년필을 물려주었다.

"창세야, 너, 작가가 되고 싶댄 했주이? 부디 넌 죽지 말앙 꼭 살아남으라이. 살아남아서 이 만년필로 좋은 글을 써라이. 나도 좋은 글 쓰고 싶었주만, 이젠 허사가 되고 말았구나."

군경 합동 토벌대는 사람들이 숨어 있는 동굴을 하나

둘씩 찾아내어 파괴하면서 계속 전진했다. 눈 속에서 몇 번의 전투가 있었고 그때마다 산부대는 몇명을 사살하는 전과를 올렸지만, 백여명으로 줄어든 그들에게 이만 병력은 도무지 불가항력이었다. 그럼에도 그들은 싸웠다. 지휘 계통이 이미 무너진 상태에서 그들은 홀로 싸우고, 홀로 죽어갔다. 항복해도 어차피 죽을 목숨이었다. 죽음이 두렵긴 했으나 그토록 격렬하게 두렵지는 않았다. 죽음이 일상이 되어 도처에 널려 있었기 때문이었다. 삶과 죽음이 잘 구별되지 않았다. 두려울수록 필사적으로 싸웠고, 두려움을 없애는 방법은 필사적으로 싸우는 것뿐이었다.

그러나 얼마 지나지 않아 산부대는 탄약은 물론 식량까지 바닥나면서 완전히 전투력을 상실했다.

정두길이 토벌대에 잡혔다. 세 청년이 한조가 되어 식량을 구하러 불타버린 집터에 내려갔다가 토벌대의 포위망에 걸렸다. 한 사람은 총에 맞아 죽고 정두길과 다른 한 사람은 포로가 되었다.

대토벌 작전에서 포로로 잡힌 수많은 도피자들은 읍내 농업학교에 수용되었다. 열개의 군용 천막에 수용된 도피자들은 취조 결과에 따라 반쯤은 살고 반쯤은 죽었다. 따알리아는 자취방이 관덕정 근처에 있어서 한밤중에 처형장으로 향하는 군용트럭의 요란한 엔진 소리를 자주 들을 수 있었다. 한번은 "외도리 청년 문종오, 죽으레 감수다! 마을에 알려줍서! 외도리 문종오, 문종오, 죽으레 감수다!" 하는 절규를 들었다. 가슴에 송곳을 찔러대듯 높고 날카로운 목소리였다.

따알리아에게도 위기가 닥쳐왔다. 토벌대 소속 부상자들이 늘 붐비는 병원에서 그녀는 얼굴을 노출하지 않으려고 항시 마스크를 눈 밑까지 올려 쓰고 있었는데, 마스크를 벗지 않으면 안 되는 날이 왔다. 노래를 잘한다는 것이 알려진 탓에 어느 날 밤 제주극장에서 열린 '군인 위안의 밤' 무대에 호출되었던 것이다. 그녀의 미모와 노래 솜씨는 청중을 매료하기에 충분했다. 장내에 뜨거운 박수갈채를 일으키며 그녀는 앙코르를 받아 몇곡을 이어 불렀다. 특히 맨 나중에 부른 「고향설」은 앙코르를 다섯번이나 받을 정도로 청중을 열광시켰다. 눈이 오는 밤이었다.

한송이 눈을 봐도 고향 눈이요

두송이 눈을 봐도 고향 눈일세

깊은 밤 날려오는 눈송이 속에

고향을 불러보는, 고향을 불러보는

젊은 푸념아

청중의 절반 이상이 삼팔선 이북에 고향을 두고 떠나온 서청 출신 군인들이었다. 머나먼 곳, 산 설고 물 설고 낮도 선 땅에 대살육의 명령을 받고 투입된 그들은 감격의 눈물을 흘렸다. 아아, 고향 눈! 고향 눈!

그날의 인기가 화근이 되었다. 권력자 두 사람, 서청단장 김재능과 헌병대 수사과 오종성 중위가 따알리아에게 바싹 다가왔다. 먼저 수작을 걸어온 것은 서청단장 김재능이었다. 군복을 입었지만 군모도 쓰지 않고 계급장도 없는 그는 민간인인데도 서청의 이름으로 막강한 권력을 쥐고 있었다. 육척 장신의 그는 무지막지한 폭력을 휘두르며 제멋대로 살상하는 최고 악질로 소문나 있었다. 고문할 때는 반드시 쇠뭉치 같은 주먹을 날렸는데, 그냥 때리는 것이 아니라 치명상을 입힐 정도의 무서운 구타였다. 그는 도지사 다음 서열인 총무국장을 마구 구타해 죽인 장본인이었다. 실로 안하무인이고 천하무적의 괴물이었다. 여덟팔자 모양의 카이저수염을 코밑에 달고 거구의 육중한 몸뚱이를 좌우로 흔들며 휘적휘적 걷는 그의 모습은 보기만 해도 등골이 오싹했다. 그는 산군의 암살 대상 일호였고, 그래서 언제나 호위병들을 달고 다녔다.

그 식인 짐승이 따알리아에게 들이닥쳤다. '군인 위안의 밤' 직후인 크리스마스 저녁, 온종일 격무에 시달려 몸이 천근만근 무거워진 그녀는 즉시 퇴근하지 못하고 진찰실 의자에 앉아 잠깐 졸고 있었다. 군인 한명이 문을 열고 들어왔는데, 김재능이 보낸 부하였다. 크리스마스 파티가 있으니 와서 노래를 불러달라는 것이었다. 서청은 기독교 신자가 많아서 크리스마스를 지키는가보았다. 떼죽음의 잔인한 학살 한가운데서 벌어지는 파티라니 소름이 끼쳤지만, 그것은 거역할 수 없는 호출이었다. 따알리아는 지독한 혐오와 두려움에 가슴이 타들어가는 낙엽처럼 오그라들었다. 그 상황에서 그녀가 할 수 있는 것은 최대한 청결한 간호사의 모습을 보여주는 것뿐이었다. 그녀는 거대하고 부정한 그 짐승에 대해 완전한 청결로 맞서기로 했다. 크레졸로 손을 여러번 깨끗이 씻고, 흰 모자에 흰 가운을 차려입고 흰 마스크까지 썼다. 소독약 냄새가 더 많이 나도록 가운 소매에 크레졸을 묻히고, 만일의 경우에 방어하기 위해 의료용 가위를 챙겨 가운

주머니에 넣었다.

서청단장은 사무실에서 부하 세명을 데리고 통째로 구운 칠면조 고기를 뜯으며 술을 마시고 있었다. 따알리아가 들어서자 단도로 고기를 썰고 있던 그가 벌떡 일어나더니 "환영이오, 환영! 대환영이야!" 하면서 휘적휘적 다가왔다. 웃고 있는 얼굴은 술에 취해 붉었고, 기름 묻은 입술이 불빛에 번들거렸다. 거구의 괴물 앞에서 따알리아는 두려움에 온몸의 피가 일시에 멎는 듯했다. 그녀는 정신을 놓지 않으려고 주먹을 꽉 쥐면서 가운 주머니 속의 가위를 생각했다. 그자가 혀를 내밀어 윗입술과 콧수염을 핥고는 히물히물 웃으면서 다짜고짜 따알리아를 '색시'라고 불렀다.

"어허, 색시, 내레 기케 무섭소? 내레 무서운 사람으로 소문났지만서도 여자한텐 약하디. 특히 색시 같은 미인 앞에선 거저 말랑말랑 어린 강생이(강아지)이야, 핫핫핫! 그런데 마스크는 와 썼소? 내레 도둑 키스 할까봐서 썼소?"

"감기가……"

"이젠 마스크 벗으라우. 첫 대면에 들입다 덤벼들 정도로 내레 기케 성미 급한 사람 아니야. 뜸 들일 줄도 알디, 핫핫핫!"

마치 너는 언제 먹어도 내가 먹을 떡이라는 식의 말투였다. 부하들이 덩달아 낄낄 웃었다.

따알리아가 마지못해 떨리는 손으로 마스크를 벗는데, 그가 그녀의 손을 덥석 쥐었다.

"우리 악수하자우, 입술 키스는 아껴두고서리. 뭐, 손에 입 맞추는 거쯤이야 일없디 않갔어? 아하, 색시레 너무 예뻐서 말이야."

그녀의 손등에 입술을 가져가던 그가 갑자기 캑캑 기침을 하면서 손을 놓았다. 그가 눈을 부릅뜨고 노려보았다.

"이거 뭐이야, 이 독한 냄새? 이보라우, 색시, 이거이 무슨 냄새야? 독약 아니네? 날 독살하려는 거네?"

"아니, 크레졸 냄샙니다, 크레졸."

"크레졸? 크레졸이 뭐이야?"

"병원에서 쓰는 소독약입니다."

"아하, 기래? 난 또 독약인 줄 알았디. 내레 요새 암살 위험 때문에 노이로제야, 노이로제! 핫핫핫!"

그가 다시 따알리아의 손을 쥐었다.

"자아, 색시, 이리 오라우. 노래하기 전에 우선 미국 통닭구이 맛 좀 보라우. 야, 이 미국 닭 이름이 뭐라고 했디?"

"칠면조라고 합데다."

"아, 칠면조! 하여간에 미국 물건은 다 크구만, 사람도 크고 닭도 크고. 군사고문단 단장 로버츠 준장께서 크리스마스 선물로 이 닭을 보내주셨다."

김재능은 그후에도 몇번 병원으로 찾아와 따알리아를 괴롭혔다. 진료 중인 그녀에게 함부로 말을 걸면서 집적대거나, 입원실 침대에 드러누워 자기도 치료해달라고, 상사병에 걸렸다고 시비를 걸었다. 그 짓을 멈추게 한 것이 헌병대 오종성이었다. 그는 치료받는 부상자들 중에 산군이 끼어 있을 수 있다고 생각하여 가끔 병원에 와서 조사하곤 했는데, 어느 날 입원실 침대에 누워 있는 그 괴물을 발견했던 것이다. 그 꼴을 보고 불같이 화가 난 그가 권총을 빼들고 김재능을 병실 밖으로 몰아냈다. 아무리 막강한 서청단장이라도 군 권력이 우선인 계엄령 상황인지라 꼬리를 내릴 수밖에 없었다. 그후 김재능은 공공장소에 모습을 잘 드러내지 않았는데, 암살 위험 때문에 숨어다닌다는 소문이었다.

그때부터 따알리아의 주변에는 김재능을 대신해 오종성이 나타나기 시작했다. 북에서 농업학교를 나왔다는 그는 서울 태릉 소재 제1연대에서 전출되어온 지 두달밖에 안 된 상태였다. 읍내에는 수사기관인 9연대 정보과,

헌병대, 경찰서, 서청 등이 관덕정 근처에 모여 있었는데, 그중에 그가 소속한 헌병대가 비교적 덜 사나운 것으로 알려져 있었다. 피의자가 다른 데 잡혀가면 죽지만 헌병대에 잡혀가면 살 수도 있다고 사람들은 말하곤 했다. 그래서 그런지 우악스러운 서청단장과 달리 따알리아에 대한 그의 태도는 꽤나 부드러운 편이었다.

오종성은 따알리아, 따알리아 하면서 그녀의 환심을 사려고 매일이다시피 병원을 드나들었다. 신상 조사를 통해 그녀의 부친과 오빠의 행적뿐만 아니라 그녀가 고향 마을의 친지들 사이에서 따알리아로 불린다는 것도 알아냈던 것이다. 그러나 그녀에게 약혼자가 있다는 것은 알지 못했다.

"따알리아, 당신은 나의 보호를 받아야 해. 미인은 위험하니까니. 김재능, 그놈처럼 당신을 노리는 자들이 주위에 수두룩하디. 기리니까니 안전하게 내 곁에 있으란 말이야. 물론 당장 당신을 강제로다 내 거로 만들 수는 있디만 기러고 싶지는 않아. 당신에게 사랑을 애걸하는 약한 자가 되고 싶단 말이디. 내레 당신의 마음에 들 때까지 기렇게 할 거이야."

그는 노래 부르기가 취미인데 부를 줄 아는 곡목이 꽤 많아서 동료들 사이에서 명가수로 불린다고 자랑을 했다. 그녀에 비하면 솜씨는 형편없는 수준이겠지만 아는 노래는 그녀 못지않게 많을 것이라고 장담했다. 고운 목소리의 그녀가 아는 노래를 다 듣고 싶은 것이 소원인데 그러자면 노래 시합을 하는 수밖에 없다고 했다. 그가 노래 시합을 하자고 졸라댔지만 따알리아는 거절했다. 도처에 떼죽음의 학살이 벌어지고 있는 상황에서 대성통곡은 못 할망정 어떻게 노래가 나오겠는가. 거절하기가 정말 두려웠지만 따알리아는 눈물까지 흘리면서 못 하겠다고 호소했다. 무섭게 화를 낼 줄 알았는데 뜻밖에도 오종성은 머리를 흔들면서 꺼질 듯이 한숨을 내쉬었다. 그러고는 주위를 둘러보며 나직한 목소리로 말했다.

"따알리아, 이 둑음의 광란이 덩말이디 나도 싫소. 구역질 나! 하디만 명령을 거역할 수는 없소. 거역하면 바로 총살인데 어카갔소? 기래서 내레 슬픈 기야. 아아, 따알리아, 슬픈 노래를 불러주라요. 거럼, 거럼, 슬픈 노래! 그냥 놀자고 노래 부르자는 거이 아니야. 무죄한 량민들을 둑음의 구렁텅이로 몰아넣어야 하는 내 심정을 당신은 몰라. 따알리아, 눈물 나게 슬픈 노랠 불러주라요. 이 사나운 가슴, 이 답답한 가슴을 슬픈 노래로 좀 풀어보자요."

그래도 따알리아가 듣지 않자 그는 머리칼을 쥐어뜯

으며 고민하더니 뜻밖의 제안을 해왔다.

"지금 대토벌 작전 결과, 많은 도피자가 잡혀오고 있소. 특히 당신의 고향 조천리 사람들이 많소, 문제가 많은 마을이니까니. 기래서 말인데, 그들 중에 당신이 아는 사람들이 더러 있디 않갔소? 알아보시오, 우리 헌병대가 아니고 다른 기관 관할이더라도 두 사람쯤은 내레 살릴 수 있으니까니. 이렇게 하기로 하자우요. 만약에 내레 시합에서 이기면 당신 노래를 들은 걸로 만족하고 다른 요구는 하디 않갔소. 하디만 만약에 당신이 이기면 당신이 지목한 사람을 내레 석방시켜주갔어. 어드렇소? 기렇게 합세다래!"

이튿날 두 사람은 그렇게 조건을 걸고 노래 시합을 벌였다. 장소는 따알리아의 요구대로 그녀의 동료 간호사의 집이었고, 그 집 식구 두명이 참관인이 되었다. 규칙은 단순하여 서로 번갈아 노래를 부르되, 상대방이 부른 후 이분 이내에 이어받지 못하거나 한번 부른 노래를 다시 부르면 실격이었다. 처음에는 경쾌한 노래를, 다음에는 가슴을 어루만지는 잔잔한 노래를 부르더니 나중에는 슬픈 곡조가 나왔다.「타향살이」「목포의 눈물」「오빠 생각」「산 팔자 물 팔자」「나그네 설움」「사의 찬미」가 이어졌다. 따알리아의 슬픈 노래에 매료된 오종성은 눈물을 참으려고 침을 삼키고 눈썹을 찡긋거리다가 몇번 자기 차례를 놓칠 뻔했다. "한송이 눈을 봐도 고향 눈이요……"「고향설」에서 울먹거리던 그는 따알리아가 「가거라 삼팔선」을 부르자 결국 울음을 터뜨리고 말았다.

아 어느 때나 터지려느냐
아 어느 때나 없어지려느냐
삼팔선 세 글자는 누가 지어서
이다지 고개마다 눈물이더냐
손 모아 비나이다 손 모아 비나이다
삼팔선아 가거라

오종성의 얼굴이 범람하는 눈물로 번들거렸다. "아, 슬프다! 아아, 삼팔선 세 글자는 누가 지었는가, 아아아……" 그가 손수건으로 눈물을 훔치고는 두 손을 번쩍 들어 항복을 선언했다.

이튿날 오종성과 함께 농업학교의 포로수용소로 찾아간 따알리아는 뜻밖에 포로 명단에서 정두길의 이름을 발견했다. 오종성은 약속대로 즉시 그를 석방했다.

그러나 며칠 뒤 따알리아는 성산포에서 열리는 '군인

위안의 밤'에 징발되어 연예공작대 소속 군인들과 함께 스리쿼터를 타고 가다가 월정리 근처에서 산부대의 습격을 받고 사망했다. 잠시 풀려났던 정두길은 따알리아가 죽자 다시 산에 올라 동굴 속의 부대림 곁으로 돌아갔다.

한라산을 에워싼 이만 토벌대는 양팔 간격으로 길게 일렬횡대를 이루어 진군하면서 참빗으로 머리를 훑듯이 산야 곳곳을 샅샅이 훑었다. 하늘에는 L19 정찰기가 요란한 폭음을 터뜨리면서 낮게 떠서 수류탄을 던져 공격했다. 정찰기는 삐라도 뿌렸는데, 흰 눈과 함께 허공 속을 퍼들거리며 내려오는 삐라에는 그 삐라를 소지하고 투항하면 살려주겠다는 내용이 쓰여 있었다. "제군은 지금 즉시 귀순하라. 귀순하면 허위 선전에 속은 동포로 간주하여 최대한 관용을 베풀 것이다. 즉시 백기를 들고 귀순하라."

피란민이 숨은 동굴이 잇따라 적발되었다. 사람이 많이 든 큰 굴일수록 체온 때문에 천장 바깥 부분의 땅에 눈이 녹아 있거나 김이 피어올라 발각되기가 쉬웠다. 큰 굴에 있던 사람들은 삼삼오오 흩어져 작은 굴을 찾아 피신했다. 토벌대에 잡히면 젊은이는 현장에서 죽이고 나머지는 포로로 삼았다. 사람들이 굴에서 나오지 않으면 굴 입구에 불을 질러 연기를 넣어 질식사시키거나 수류탄을 던져넣어 폭사시켰다. 이불이 불타고 솥이 깨지고 얼마 남지 않은 곡식마저 사방에 흩뿌려졌다.

이제 전투력을 완전히 상실한 산부대가 할 수 있는 것은 피란민들과 함께 숨는 일뿐이었다. 물장올 근처의 이덕구 부대가 낮게 떠 수류탄을 투척하던 L19 한대를 격추시키고 숲에 추락하여 나무에 걸쳐진 비행기를 보면서 두 팔을 들어 환호성을 질렀다는 소식이 있었지만, 절망적 상황에서 그것조차 별다른 감흥은 없었다. 조직이 무너져 뿔뿔이 개인별로 움직였다. 자신은 물론 가족과 다른 피란민들까지 보호해야 하는 그들은 노천에서 자면서 토벌대의 기습에 대비했다. 가마니 한장씩을 지고 다니며 밤이면 눈 위에 깔아 추위를 견디면서 잠을 잤다. 그들은 피란민들이 숨어 있는 굴이 적발되지 않도록 일부러 눈 위에 발자국을 남겨 토벌대를 다른 곳으로 유인하기도 했다, 메추라기가 제 새끼를 보호하기 위해 그러듯이.

바람이 거세게 불어왔다. 강풍이 북쪽의 먼바다 수평

선으로부터 검은 구름떼를 몰고 왔다. 구름떼가 하늘을 가득 메우고 섬을 향해 빠르게 달려왔다. 수평선 너머 육지로부터 쳐들어오는 토벌대처럼 무섭게 달려왔다. 마치 하늘 전체가 움직이는 것 같았다. 강풍은 거세게 파도를 일으켜 해안선을 강타하고 드넓은 초원을 질펀하게 휩쓸며 오름들을 하나씩 집어삼키고 달려와 높이 솟은 한라산 멧부리에 거세게 부딪혔다. 한라산 숲이 크게 흔들리며 큰 물결과 포효를 일으켰다. 숲의 나무들을 후려치는 쉭쉭 채찍질 소리, 서로를 부르며 아우성치는 숲의 나무들……

그리하여 한라산을 뒤덮은 구름은 산기슭까지 내려앉아 수천의 피란민들이 그 구름 속에 들었다. 동결의 땅, 피가 얼어붙는, 생명이 살 수 없는 곳이었다. 동굴들이 숨어 있는 숲 지대에 박격포탄이 퍼부어졌다. 동굴이 잇따라 적발되면서 피란민들이 수없이 총 맞아 죽거나 포로가 되었다. 총 맞아 죽고 죽창, 철창에 찔려 죽느니 차라리 굶어 죽겠다고 굴속 어둠 깊이 들어가버린 사람들도 있었다.

그와 같은 괴멸적 상황에서 어쩔 수 없이 항쟁 지도부는 산부대의 해산을 명했다. 피란민들을 귀순시키고 대

318

원들의 총을 거두어 비장한 뒤 알아서 몸만 피하라고 했다. 이 패망 선언은 산군들에게 큰 절망을 안겨주었다. 어느 산부대에서는 해산을 반대하여 대원들이 대장을 총살하는 일도 발생했다.

이민하가 해산 명령을 전하기 위해 밤에 김의봉 부대를 찾아갔다. 먼저 김의봉에게 자초지종 사정을 이야기한 다음 대원들을 만났다. 모닥불 주위에 김의봉, 양산도 등 대원 열명가량이 모여 있었다. 차마 하기 어려운 그 말을 하기 위해 이민하는 됫병 소주 한병을 가져갔다. 후배들 앞에 무릎을 꿇고 술을 권하면서 목멘 소리로 말했다, 모든 게 허사가 되고 말았다고, 이젠 해산할밖에 다른 도리가 없다고, 이덕구 대장의 호부대도 십여명만 남고 해산하기로 했다고.

"오르고 올라 여기까지 올라왔지만 이젠 더 오를 곳이 없소. 우리 운명은 여기서 끝이오. 해산해서 각자 구명도생합시다. 내려가서 숨어 있든지 귀순하든지…… 귀순해서 살려주면 살고, 죽이면 죽을밖에 없소. 내려가 귀순하더라도 몸만 변하지 않으면 되는 거요. 변절해서 적의 몸으로 바뀌지만 않는다면……"

대원들이 일시에 울음을 터뜨렸다.

"허허, 기어코 일이 이렇게 되고 말았구나!" 양산도의 탄식이 담배 연기와 함께 길게 토해졌다.

지난 삼년간의 헌신적 투쟁이 물거품이 되는 순간이었다. 새 나라, 새 시대에 대한 뜨거운 열망으로 세상과 한 몸이 되어 열광했던 투쟁의 시간이 이제 처참하게 허물어지고 만 것이었다. 소주는 금세 바닥났다. 술에 취한 대원 한명이 벌떡 일어나 이민하에게 총구를 들이댔다.

"뭐, 우리보고 귀순하라고? 비겁한 자식!"

"허허, 그래, 나를 쏘게! 어차피 죽을 목숨, 차라리 자네들한테 죽는 게 좋아. 나를 쏘아 죽이고서 떠메고 저놈들한테 가게. 그러면 자네들은 틀림없이 살 수 있을 거여." 이민하가 쓰디쓰게 웃었다.

김의봉이 총을 겨눈 대원을 얼른 끌어당겼다.

"감히 뭐 하는 짓이냐, 어른한테!"

"에이, 될 대로 되라!" 그 대원이 총을 내던지고 눈 위에 벌렁 드러누웠다.

"나도 민하 삼춘하고 같은 생각이여." 김의봉이 말했다. "하산하고 싶은 사람은 하산해도 좋아. 삼춘이나 나처럼 저놈들한테 이름이 팔리지 않은 사람은 잘 속이면 살 수도 있을 거여. 게민, 삼춘은 장차 어떵 할 거우꽈?"

"물론 난 여기 산에 남아 있을 거다, 이덕구 동지와 함께!"

"나도 남아서 끝까지 싸우쿠다! 너무나 억울해영 이 대로 그냥 맥없이 죽을 수는 없수다! 어차피 죽어야 할 운명이니, 끝까지 싸우다가 죽을 생각이우다!"

이렇게 말하고 김의봉이 주머니에서 뭔가를 꺼냈는 데, 몇장의 삐라였다.

"이것은 저놈들이 뿌린 삐라여. 느네들을 위해 일부러 주워왔주기. 이 삐라를 소지하고 귀순하면 살려준다고 하는데, 읽어보고 귀순하고 싶으면 귀순해도 좋아. 진심 으로 말하는 거여. 절대 막지 않겠다. 귀순해도 좋아! 삼 춘이 아까 말한 것처럼, 귀순하더라도 몸만 변하지 않으 면 되는 거여. 변절해서 적의 몸으로 바뀌지만 않으면 되 는 거여. 우리가 목숨이 질기면 살아서 다시 만나게 될 거다."

김의봉이 삐라를 앞에 있는 대원 세명에게 나눠줬다. 그러자 세 대원이 동시에 삐라를 박박 찢으면서 소리쳤다.

"나도 남아서 싸우쿠다! 부모님이 나 때문에 총살당 했는데 사는 게 무슨 의미가 있수과? 최후까지 싸우다가 죽어서 저승에서 가족을 만나는 게 소원이우다!"

"이리 죽으나 저리 죽으나 죽기는 마찬가지, 나도 남 아서 싸우다가 죽으쿠다!"

"각시도 서청 놈한테 빼앗기고 살아 뭐 합니까? 나도 남아서 싸우쿠다!"

"최후까지 싸우다가 죽는 거우다! 저놈들을 한 놈이라도 더 죽이고 우리도 죽는 거우다!"

김의봉은 무섭게 뛰는 심장을 진정시키기 위해 찢어진 삐라 조각을 집어서 담배 가루를 담아 말았다. 담배를 입에 물고 모닥불에서 나뭇가지 하나를 집어 불을 붙이려 했으나 격정에 손이 떨려 자꾸만 빗나갔다. 양산도는 말없이 두툼한 콧수염 끝만 잡아당기면서 무겁게 한숨을 내쉬었다.

대원들이 말을 잃고 모닥불 불빛을 바라보는데, 한 대원이 낮은 목소리로 구슬프게 노래를 불렀다. "성불사 깊은 밤에 그윽한 풍경 소리……" 다른 대원들도 따라 불렀다. 일절이 끝나자 그 노래의 개사곡이 이어졌다.

한라산 덤불 속에 요란한 바람 소리
부모님은 먼저 돌아가시고 나만 홀로 남았구나
저승아 나마저 데려가다오, 뒤를 따라가리라

모두 뜨겁고 매운 눈물이 솟구쳐 목이 메었다. 전에는 어떤 아픔, 어떤 슬픔도 참아낼 수 있는 그들이었지만 이제는 눈물이 하염없이 흘러내렸다. 김의봉이 치미는 울음을 참기 위해 목울대를 누르면서 말했다.

"도대체 우리가 잘못한 게 뭔가? 무얼 잘못했단 말인가? 아아, 우리의 죽음이 아무 보람도, 아무 가치도 없는 죽음이 되어버렸어. 그게 원통해! 도대체 이건 인간의 죽음이 아니여. 짐승이라도 이런 떼죽음은 없어. 너무 억울해, 원통하고 절통해! 우린 결코, 우린 결코 죽어도 죽지 않을 거여! 너무도 원통해 죽어도 죽을 수 없어!"

계곡을 타고 올라오는 바람에 불길이 거칠게 파닥거렸다.

동굴 밖에서 추위에 떨며 망을 보던 갑송이 황급히 굴 입구로 달려가 안을 향해 소리쳤다.

"토벌대다! 토벌대다! 토벌대!"

갑송은 곧 다른 곳으로 피하고, 굴속의 청년들이 죽창과 철창을 들고 달려와 굴 입구 양옆에 붙어 섰다. 굴속 사람들은 총알을 피하기 위해 이불을 뒤집어쓰고 더 깊은 곳으로 이동했다. 이윽고 토벌대가 도착했다.

"짜식, 떨구 있네. 냉큼 못 들어가?"

철창을 든 민보단 청년 하나가 소대장한테 등을 떠밀려 주춤주춤 굴 입구로 기어들다가 안에서 내지르는 죽창에 이마를 맞았다. 그가 악, 비명을 지르며 뒤로 나자빠졌다. 화가 난 소대장이 소리쳤다.

"어라, 이 새끼들 봐라. 우리랑 싸워보겠다, 이거지?"

군인들은 굴 입구에 생솔가지와 마른 메밀짚을 쌓아 불을 붙이고 화약도 태워서 매운 연기를 굴 안으로 마구 불어넣었다. 굴속 사람들이 매운 연기를 피해 더 안쪽으로 기어들어갔다. 창세도 죽을힘을 다해 기어갔다. 그러나 연기는 굴 안을 가득 채우면서 그들 뒤를 쫓았다. 사람들은 숨이 막혀 바닥의 돌틈에 코를 박고 캑캑거리고, 잠에서 깬 박쥐들이 미친 듯이 날개를 파닥거리면서 어둠 속 허공을 날았다. 매운 연기를 마시고 엎드려 왝왝 토하고 있는 창세의 뒤통수를 박쥐의 날개가 스쳐 지나갔다. 얼마 동안 허공에서 뒤섞여 허둥대던 박쥐들이 어느 순간 굴 입구를 향해 떼지어 날아갔다. 좁은 굴 입구를 지키고 섰던 소대장과 사병 두명이 졸지에 세차게 쏟아져 나오는 박쥐떼에 부딪혀 나자빠졌다. 더욱 화가 난 소대장이 지체 없이 굴속에 수류탄을 던져넣었다. 수류탄은 굴 초입에 떨어져 사상자는 없었으나 굴속이라 메아리친 폭발음이 엄청났다. 이불을 뒤집어썼어도 귀청이 떨어질 것 같았다. 사람들은 더 안으로, 저승 물이 있는 곳까지 피신했다. 어둠 속에서 거기까지 기어가느라고 창세는 돌과 바위에 무릎과 머리가 찢기고 까여 피를 흘렸다.

수류탄 폭발음과 매운 연기로 사람들을 반쯤 죽여놓은 다음, 군인들은 굴 안으로 들어와 손전등을 비추면서 동굴 바닥 돌틈에 엎드린 그들을 찾아내 굴 밖으로 내몰았다. 용케 들키지 않고 숨어 있던 창세는 잠시 후 굴 밖에서 터지는 일제사격의 총성을 들었다. 동굴 밖 덤불숲 속에 숨은 갑송은 일제사격 직전에 몇몇 청년들이 "인민위원회 만세!" 하고 외치는 소리를 들었다.

토벌대가 떠난 뒤 굴 밖으로 나온 사람들은 눈 위에 쓰러져 있는 열네구의 시신을 보았다. 사살된 사람은 모두 젊은이들이었다. 애인 사진을 손전등 불빛에 비춰 보던 청년과 콘사이스 영어 사전을 외우던 청년도 끼어 있었다. 나머지 사람들은 포로가 되어 저 아래 계곡 옆의 산길을 따라 끌려가는 중이었다. 창세는 누이를 걱정했다. 누이는 김옥희와 함께 부상자가 생긴 다른 아지트에 치료하러 가 있었다. 박털보가 말했다.

"창세야, 놈들이 또 올지 모르니 빨리 움직여사 한다. 어서 느 배낭에서 종이와 연필을 꺼내라. 나중에 가족들이 시신을 찾을 수 있게 이름표를 만들어주어사 하키여."

창세는 박털보가 불러주는 대로 이름표를 만들어 각각의 시신에다 붙였다. 덤불숲에 숨어 있던 갑송이도 나타나 그 일을 도왔다. 죽은 이들은 대개 조천리와 와흘리 청년들이었는데, 박털보는 그들의 이름을 대부분 알고 있었다. 이름표를 다 붙인 다음 근처에서 굴거리나무 따위 잎이 많이 달린 나뭇가지를 꺾어다 까마귀가 범접하지 못하게 시신의 얼굴을 덮고 그 위에 흰 눈을 한삽씩 떠서 뿌렸다. 그러고는 서둘러 자리를 떴다. 아래쪽 가까운 곳에서 총성이 잇따라 터졌다. 정오가 가까운 시간이었다. 무겁게 내려앉은 구름떼 아래로 눈안개가 밀려오고 있었다. 한라산 정상과 이어진 연봉의 차가운 멧부리들이 눈안개 속에서 어룽거렸다.

그 동굴에서 살아남은 자는 박털보, 고승우, 안창세, 신갑송 등 열댓명이었다. 그들을 다른 동굴로 인도하기 위해 산군 세명이 나타났다. 모두가 눈 덮인 구상나무 고목 몇그루가 서 있는 개활지를 올라가기 시작했다. 눈 속에 발이 빠져 걷기가 힘들었다. 까마귀들이 이 나무에서 저 나무로 천천히 날면서 따라왔다.

얼마쯤 걸어가다가 하산하는 삼십여명의 피란민 행렬을 만났다. 일본군이 파놓은 큰 굴에 피해 있던 사람들이었다. 젊은 사내는 없고 노인과 여자, 아이들뿐이었다. 선두의 한 여자가 끝에 흰 수건을 매단 작대기를 들고 있었는데, 말하자면 귀순의 깃발이었다. 이불짐을 진 사람들이 많았고 아기 업은 아낙네들, 지게에 앉혀 가는 노인도 있었다. 그들은 있는 대로 옷을 껴입어 거동이 불편했다. 산군들은 그들을 보고도 하산하지 못하게 막아서지 않았다. 하산하는 사람들과 산으로 오르는 사람들, 두 무리가 서로 만났다가 엇갈려 헤어지려는데 하늘에 L19 정찰기가 나타났다. 정찰기는 병아리떼를 노리는 솔개마냥 공중을 빙빙 돌면서 삐라를 살포했다. "제군은 지금 즉시 귀순하라. 귀순하면 허위 선전에 속은 동포로 간주하여 최대한 관용을 베풀 것이다. 즉시 백기를 들고……"

정찰기의 연락을 받은 토벌대가 불시에 서쪽 언덕을 넘어 모습을 드러냈다. 먼저 박격포탄이 날아왔다. 놀란 피란민들이 한쪽으로 몰려 달아나기 시작했다. 산군들이 소리쳤다. "흩어집서! 모여 있으면 안 됩니다. 흩어집서! 흩어집서!" 대부분이 노인들이나 어린것 딸린 여자들이어서 눈 속에서 잘 달리지 못했다. 빨리 뛰라고 어린아이를 소 때리듯 때리면서 달려가는 여자, 가슴이나 등에 늘 붙어 있던 아기가 떨어진 줄도 모르고 정신없이 허둥대는 여자, 더이상 달리지 못하고 주저앉거나 엎드린 노인들…… 두번째 포탄이 날아와 댓발짝 떨어진 곳에서 터졌다. 창세가 반사적으로 몸을 던져 눈 위에 엎드렸다. 슈욱 쾅! 요란한 폭음과 함께 흰 눈이 섞인 검은 흙기둥이 허공으로 치솟았다가 엎드린 사람들의 몸 위로 눈사태처럼 쏟아졌다. 창세의 몸에도 흙이 쏟아지고, 화약 냄새와 함께 생흙 냄새가 짙게 풍겼다. 파편을 맞은 사람들이 비명을 질렀다. 찢겨나간 살점들이 나뭇가지에 걸리고 흰 눈 위에 붉은 피가 번졌다. 비명 소리와 아기 울음소리가 낭자하게 터졌다. 그때 푸른 군복의 군인들이 함성을 지르고 총을 난사하면서 개활지로 뛰어들었다. 엎드렸던 사람들이 일어나 이불짐을 벗어던지고 쌓인 눈을 헤치며 갈팡질팡 달아나기 시작했다. 산군들은 달리지 못하는 노인들을 부축하고 어린아이들을 업고서 달렸다. 창세도 동쪽으로 50미터쯤 떨어진 계곡을 향해 달려갔다. 계곡에서 등에 졌던 삽을 벗어 손에 쥐고 비탈을 타고 미끄러져 내렸다. 비탈은 급경사였다. 눈 덮인 비탈 위를 삽으로 찍으며 미끄러져 내려가다가 몇번 곤두박질치며 구른 끝에 나무둥치에 몸이 걸렸다. 창세처럼 골짜기 안으로 뛰어내린 청년들이 몇명 있어 토벌대가 소리치며 총격을 가해왔다. 창세는 얼른 나무 뒤로 몸을 숨겼다. 총알을 맞아 잔가지들이 찢기고 나무껍질이 튀었다.

얼마 후 호루라기 소리와 함께 총소리가 멎었다. 토벌대가 물러나자, 계곡에 피했던 청년들과 함께 창세도 비탈을 타고 개활지로 올라갔다. 세명의 산군과 함께 다른 곳에 피신했던 청년들도 몇명 나타났다. 어느새 까마귀 떼가 날아들어 시체들 위를 뒤덮고 있었다. 사람들이 나타나자 까마귀들은 일제히 날아올랐으나 멀리는 가지 않고 저만치 거리를 두고 앉아서 불만스럽다는 듯이 까악까악 요란하게 우짖었다. 여기저기에 시신들이 엎어지고 널브러져 있었고, 흰 눈 위에 붉은 유혈이 낭자했다.

열댓명의 시신이 확인되었다. 확인 사살을 했는지 부상자는 없었다. 청년들은 까마귀가 시신을 해치지 않게 눈을 많이 모아 덮어주었다. 거기에서 창세는 포탄 파편을 맞고 쓰러진 고승우와 신갑송의 시신을 발견했다. 고승우는 검은 테 안경이 벗겨져 있었고, 갑송은 눈을 뜨고 있었다. 창세는 안경을 집어 고승우의 눈에 씌워준 다음 갑송에게로 다가갔다. 갑송의 허옇게 뜬 눈이 무서워서 손이 덜덜 떨렸다. 용기를 내려고 안간힘을 썼다. 떨리는 손을 내밀어 친구의 눈을 내리쓸었다. 그러나 눈은 얼른 감기지 않았다. 창세가 헐떡거리면서 말했다. "갑송아, 갑송아, 눈 감아라, 눈 감아!" 네댓번 쓸고서야 눈이 감겼다. 창세는 터지는 울음을 두 손으로 틀어막았다. 눈물이 소리 없이 흘러내렸다. 시신에서 흘러내린 피가 흰 눈을 붉게 적시고, 더운 핏물에 눈이 녹아 웅덩이가 되면서 시신이 아래로 가라앉고 있었다. 창세는 등에 졌던 삽으로 눈을 퍼서 친구의 시신을 덮어주었다. 시신 곁에는 포탄 파편에 찢긴 배낭에서 한줌의 좁쌀이 흘러나와 있었다. 창세가 자신의 배낭에서 숟가락과 여분의 양말 한켤레를 꺼냈다. 숟가락으로 좁쌀을 눈과 함께 떠서 양말에 담았다. 까마귀 한마리가 휙, 스칠 듯이 옆을 지나갔다.

　나직이 떠 있는 구름 밑으로 눈안개가 너울거리면서 하얗게 밀려오고 있었다. 눈안개는 벗은 나무들의 자잘한 빈 가지에 달라붙어 하얀 눈꽃을 만들면서 뿌옇게 화약 연기와 뒤섞였다. 눈안개가 모든 것을 지웠다. 공간도, 시간도 모조리 지웠다. 어지럽게 뿌려진 뼈라, 흰 눈에 번진 붉은 피, 흰 눈 위에 흩어진 노란 탄피, 시신의 벌어진 입, 고무신 자국, 군화 자국, 고무신이 벗겨진 맨발 자국도 지웠다. 시신 위에 눈을 덮어주는 청년들도, 검은 까마귀들도 안개 속으로 사라졌다. 총성도, 비명도 지웠다. 정적 속에서 눈안개는 너울거리며 날아와 수의처럼 살육의 현장을 하얗게 지웠다.

　그리고 나서 시신들을 장사 지내려는 듯이 그 위로 눈

이 펑펑 쏟아졌다. 숫제 하늘이 무너져 내려앉는 것처럼, 하늘과 땅이 뒤섞여 범벅이 된 것처럼 눈은 폭설이 되어 펑펑 쏟아져 내렸다.

하루 사이에 일행을 모두 잃어버린 창세는 개활지에서 우연히 만난 교래리 청년 두 사람에게 따라붙었다. 전에 없이 절망에 휩싸인 창세는 몸이 부들부들 떨렸고, 자꾸 눈물이 나왔다. 어떤 일에도 크게 마음의 상처를 입지 않고 민첩하게 활동했는데, 너무 많이 생각하면 두려움이 커질까봐 아무 생각 없이 기계적으로 움직이려 애썼는데, 이제는 아니었다. 행필이, 갑송이 죽고 누이마저 행방불명이 되어버린 지금, 죽음이 바로 눈앞에 다가와 있음을 창세는 깨달았다. 어머니 얼굴이 먼저 떠올랐고, 이어서 작은할아버지의 걱정하는 목소리가 귀에 쟁쟁했다. "한발짝이라도 잘못 놓으면 죽는다. 느 집에 남자는 너 혼자다. 너 하나는 살아야 한다. 하나 남은 씨앗이여. 근신하고 명심하거라!" 죽음에 대한 두려움으로 심장이 바싹 오그라들었다. 내복 안으로 손을 넣어 맥박이 뛰는 왼쪽 가슴을 만져보았다. 자신의 생명이 느껴졌다. 자신의 생명을 그렇게 구체적으로 느껴보기는 처음이었다. 몸속에 나 아닌 또다른 생명이 있는 것처럼 아주 낯선 감정이었다. 위협당한 생명, 따뜻하다! 맥박이 뛴다! 휘파람새를 잡아 손에 쥐었을 때 그 따뜻함에 놀란 적이 있었다. 자신의 심장이 한마리의 따뜻한 새처럼 느껴졌다. 그 작은 새가 죽음이 두려워 할딱거리고 있었다.

두 청년이 계속 훌쩍거리는 창세를 보고 울지 말라고 달랬다. 눈물을 너무 많이 흘리면 기운이 빠진다면서. 내리던 눈은 걷혔으나 엷은 구름에 가려 있어 햇빛이 흐릿했다. 해가 기울어 계곡 비탈에 선 나무들의 푸른 그림자가 흰 눈 위에 길게 드리웠다. 세 사람은 계곡을 따라 산 아래로 내려갔다. 날이 어둡기 전에 잠자리를 마련해야 했다. 내려가다가 조그만 구덩이를 발견하여 그 옆에 움막을 지었다. 눈은 낙엽과 범벅이 되어 구덩이에 잔뜩 쌓였는데, 삽으로 퍼내자 눈이 섞이지 않은 낙엽이 푹신하게 깔린 바닥이 나왔다. 나뭇가지를 시옷 자 형태로 묶고 땅에 박아 지붕을 만들고, 산죽을 베어다가 칡으로 엮어 그 위에 덮었다. 그들은 각자 배낭에서 꺼낸 약간의 식량을 모아 밥을 지었다. 창세는 양말에 눈과 함께 담아온 좁쌀을 내놨다. 죽은 갑송이 남긴 쌀이었다. 양말 속에서 눈이 녹아 좁쌀만 남아 있었다. 저녁을 해 먹은 그들은 잉걸불 쪽으로 발을 뻗고 담요 한장씩만 덮은 채 서로 부둥켜안고 잠을 청했다.

그들은 그 움막에서 이틀 밤낮을 지내면서 장차 어떻게 하면 좋을지 고민하다가 결국 귀순하기로 결심했다. 배낭 속 식량은 거의 바닥난 상태였다.

　"지금까지는 무법 무차별로 학살했주만, 이제는 법에 따라 한댄 하더라."

　"법대로? 법대로 하면 우린 무죄가 아닌가, 숨어댕긴 것뿐인데."

　"법대로 한다면서 귀순자의 절반은 죽인다는 거라."

　"그러니까 귀순은 죽기 아니면 살기인 거주. 죽고 사는 것이 각각 오십 프로여."

　"산에 있으면 총 맞아 죽거나 굶어 죽거나 백 프로 죽는 거니까, 일단 내려가보는 거주."

　"그렇게 하자. 굶어 죽느니 내려가서 밥 한끼라도 먹고 죽자. 내려가자."

　하산하던 날 아침, 그들은 추위 때문에 동이 트기도 전에 잠에서 깨었다. 밤새 추위에 잠을 설친 탓에 몸이 뻣뻣하게 굳어 한참을 손으로 두들기고 주무른 다음에야 일어날 수 있었다. 창세는 수면 부족에다 쌓인 피로로 눈에 다래끼까지 생겼다. 눈은 내리지 않았지만 하늘은 곧 눈이 내릴 것처럼 잿빛으로 흐렸다. 그들은 조금이라도 단정하게 보이기 위해 덤불처럼 아무렇게나 자란 머리칼을 가위로 다듬었다. 그리고 삐라를 한장씩 챙겼다.

　잠시 모닥불을 피워 언 몸을 녹이고 그들은 출발했다. 두 청년은 손에 쥐고 있던 죽창을 눈 속에 버렸다. 창세도 늘 등에 지고 다녔던 삽을 무기로 오인받을까봐 던져버렸다. 소학교 졸업할 때 우등상으로 받은 삽이었다. 삽을 버리고 그 대신 귀순의 백기를 뜻하는 흰 무명 수건을 매단 막대기를 들었다. 그 막대기를 지팡이 삼아 눈길을 걸어갔다. 산길은 눈에 파묻혀 보이지 않았다. 눈에 발이 빠져 걷기가 힘들었다. 무릎까지 빠지기 일쑤였고, 어떤 때는 가슴까지 빠져 두 팔로 헤엄치듯 허우적거리며 헤쳐나가야 했다. 덮인 눈 위로 푸른 산죽잎들이 삐죽삐죽 솟아 있는 개활지를 지나고, 잡목숲도 통과했다. 잡목숲은 눈이 덜 쌓였지만 가시덤불이 많아 손등이 긁히고 옷이 찢겼다. 그렇게 눈에 빠져 허우적거리며 걷던 그들은 한시간도 지나지 않아 완전히 기진맥진했다. 간밤의 추위 때문에 잠을 설친 탓이었다. 멀리 아래쪽에 하산하는 수십명의 민간인 귀순 행렬이 보였다. 세 사람은 그쪽을 향해 힘겹게 걸어갔다. 눈 위 여기저기에 토벌대가 모닥불을 땠던 둥그런 자국들이 보였다. 그들은 눈 위에 널브러진 시신들도 보고, 살을 발라낸 소가죽, 말가죽도 보았다. 잡목숲을 통과해 다시 개활지로 나왔는데, 까마귀들이 다섯구의 시신에 달라붙어 있었다. 그중 하나는 목이 잘려 머리가 없는 시신이었다. 그들에겐 까마귀를 쫓을 기운이 남아 있지 않았다. 까마귀들은 그들을 보고도 꿈쩍하지 않았다. 세 사람은 계속 걸었다. 창세는 너무 피곤한데다 졸음이 밀려와 발걸음이 자꾸 무거워졌다. 잠깐이라도 어디에 쓰러져 눈을 붙일 수 있으면 좋으련만, 두 청년은 뒤도 돌아보지 않고 말없이 계속 걷기만 했다. 그 뒤를 따라 창세도 허청허청 걸어갔다. 막대기에 매달린 백기가 바람에 펄럭거렸다. 가다가 또 시신들을 보았다. 인기척에 까마귀 두마리가 퍼드덕 날아올랐는데, 그 아래쪽 덤불 위에 시신 한구가 빨래처럼 널려 있었다. 시신은 아직 손상되지 않은 상태였다. 까마귀들은 멀리 가지 않고 바로 옆, 거대한 흰 뼈처럼 서 있는 구상나무 고사목 윗가지에 앉아 갸웃거렸다. 시신은 눈을 크게 뜨고 있었고 딱 벌린 입안은 시커먼 공동이었다. 사살당하기 직전의 공포가 벌어진 입과 두 눈망울에 응축되어 있었다. 얼마를 더 가다가 이번에는 바위에 등을 기댄 채 죽어 있는 한 청년을 보았다. 한쪽 입꼬리에서 핏물이 길게 흘러내린 채 굳어 있었다. 입술이 핏기 없이 창백했다. 그러나 좀 전에 본 시신처럼 입이 벌어져 있지 않고 단호하게 꽉 다물려 있었다.

뒤처져 힘겹게 걸어가던 창세가 소변을 보려고 잠깐 걸음을 멈추었다. 바로 앞에 푸른 소나무들이 듬성듬성 박힌 잡목숲이 있었다. 누런 오줌 줄기가 흰 눈을 녹여 구멍을 내면서 알싸한 지린내와 함께 흰 김이 피어올랐다. 오줌을 눌 때는 언제나 그렇게 하듯이 트고 갈라진 손을 따뜻한 오줌발에 적셨다. 쓰라리면서도 시원했다. 몸에서 오줌이 다 빠져나가자 오싹 진저리가 쳐졌다. 한줌의 체온이 빠져나간 것처럼 아까웠다. 바로 그때, 서쪽 가까이에서 몇발의 총성이 울렸다. 창세는 반사적으로 눈 위에 몸을 던져 엎드린 뒤 동정을 살폈다. 즉시 50미터 전방에 십여명의 푸른 군복이 나타났다. 창세는 덤불 뒤로 몸을 숨기면서 황급히 숲으로 뛰어들었다. 바닥이 온통 돌과 바위투성이인 곶자왈이었다. 몸통 굵은 삭은 나무들이 여기저기 시체처럼 쓰러져 있었다. 창세는 큰 바위 몇개가 엉겨 있는 곳으로 가서 좁은 바위틈에 선 채로 몸을 끼워넣었다. 군인들은 혹시 있을지 모를 산군의 저격이 두려웠던지 다행히 더이상 들어오지 않고 숲속에다 총을 수십발 난사하고는 물러났다. 화약 냄새가 매캐하게 풍겨왔다. 토벌대가 물러나자, 긴장이 풀린 창세에게 기다렸다는 듯이 졸음이 엄습했다. 창세는 머리를 흔들며 뇌까렸다. 추운 데서 잠들면 죽는다는데, 잠들면 안 돼! 그러나 막무가내로 졸음이 왔다. 선 채로 깜빡 졸았다. 몇초나 지났을까? 화들짝 놀라 깨자 온몸이 한기로 덜덜 떨렸다. 바위틈에 꼭 끼인 채 오래 서 있다보니 밖으로 나왔을 때는 온몸이 뻣뻣해져 한참 주물러야 했다.

두 일행을 잃어버린 창세는 혼자서 귀순의 백기를 매단 막대기를 들고 걸어갔다. 중산간 초원 지대의 하얀 눈벌판이 시작되었다. 한참을 걸어 마찻길에 들어섰다. 눈 덮인 길에는 스리쿼터들이 왕래한 바퀴 자국이 나 있었다. 차바퀴가 눈을 다져놓아 걷기가 한결 나았으나 지치고 졸음을 참을 수 없어 자꾸 비틀거려졌다. 저만치 흰 눈 위에 망개나무의 붉은 열매가 보였지만, 배가 고파도 거기까지 걸어가 열매를 따먹을 엄두가 나지 않았다. 생시인지 꿈속인지 몽롱한 상태로 걸어갔다.

마침내 그리 멀지 않은 곳에 와흘리 폐허가 나타났다. 많은 군인들이 여기저기 모닥불을 피워놓고 움직이는 것이 보였다. 그곳을 향해 창세는 걸어갔다. 깜빡깜빡 졸면서 터덜터덜 걸어갔다. 극심한 수면 부족은 정신마저 혼미하게 만들었다. 곧 만나게 될 토벌대에 대한 두려움도 무뎌졌다. 아무 생각 없이 걷기만 했다. 비몽사몽의 환각 속에 어머니와 누이의 얼굴이 번갈아 얼핏얼핏 나타났다가 사라졌다. 이제 졸음은 더이상 참을 수 없게 압도적으로 밀려왔다. 무엇인가 눈두덩을 지그시 누르는 것같이 자꾸 눈이 감겼다. 길가에 소나무 한그루가 보였다. 창세는 그 나무로 비틀거리며 걸어가 나무둥치에 등을 기대고 퍼질러 앉았다. 기다렸다는 듯이 잠이 쏟아졌다. 머리통이 무엇에 맞아 기절하듯이 어깨 아래로 툭 떨어졌다.

그렇게 삼분쯤 지났을까. 창세를 깨운 것은 스무명가량의 하산민을 몰고 마찻길로 내려오던 토벌대였다. 고함 소리에 화들짝 놀라 깬 창세는 얼른 귀순의 백기를 쳐들었다. 바로 앞에 군인 한명이 총을 겨누고 서 있고, 좀 떨어져서 다른 군인 세명이 멈춰 선 하산민들을 감시하고 있었다. 창세는 두려움과 방금 잠에서 깬 한기로 인해 온몸이 무섭게 떨렸다.

"허어, 이거 시체인 줄 알았는데 살아 있구만!"

하사 계급장을 단 군인이 한걸음 앞으로 다가서서 와들와들 떨고 있는 창세를 훑어봤다. 말할 수 없이 초라한 몰골이었다. 누비옷 상의는 가시덤불에 찢겨 희끗희끗 솜이 드러났고, 야윈 얼굴은 망개나무 태운 연기에 그을어 까무잡잡한데다 퀭한 두 눈은 수면 부족으로 충혈되고 다래끼까지 나 있었다. 그런데 그 군인의 눈에도 다래끼가 달려 있었다.

"야아, 이거이 뭐이야? 니 눈에도 다래끼 났네!" 그가
웃었다. "허 참, 다래끼 난 사람끼리 만났구만! 기리니까
니 네레 우리를 밉게 봐서 다래끼가 난 거고, 내레 너희
를 밉게 봐서 다래끼가 난 거 아니가? 허허허!"

창세는 그 군인과 눈이 마주칠까 두려워 계속 눈을 내
리깔고 있었다. 군인이 창세의 소지품을 검사했다. 호주
머니에서 귀순을 권고하는 삐라가 나왔고, 배낭에서 쏟
아낸 여러 잡동사니 중에서 기름종이에 싼 수첩이 나왔
다. 무슨 정보가 쓰여 있나 싶어 기름종이를 벗기고 수첩
을 열어 들여다보던 그 군인이 눈이 휘둥그레지면서 탄
성을 질렀다.

"어이구, 놀랍구만! 이건 또 뭐이야? 소월, 정지용의
시 아니가? 야아, 네레 시를 좋아하나보네?"

창세는 멍한 상태에 빠져 얼른 대답이 나오지 않았다.

"나도 시를 좋아하는데…… 이 시들 네레 직접 베껴
썼네?"

시를 좋아한다는 말에 깜짝 놀란 창세가 그제야 정신
을 바짝 차리고 힘주어 대답했다.

"예!"

"똑똑하구만. 글씨도 잘 썼구레. 니름이 뭐이야?"

"안창세입니다."

"으음, 안창세라. 혹시 이 시들 중에 외우는 시 있어?"

"예, 스물다섯편 모두 외울 수 있습니다."

"와아, 스물다섯편 모두? 내레 소월 시를 좋아하디만 정지용은 잘 몰라. 네레 정지용 시 하나 낭송할 수 있갔어?"

하산민들을 감시하던 군인 한명이 소리쳤다.

"야, 최하사! 게서 뭐 하고 있네? 그따우 빨갱이 새끼 데리고서리 무슨 개수작이야? 날래 가자우!"

"거 좀 가만있어봐. 자, 기럼 안창세, 오데 정지용 시 하나 낭송해보라우."

계속된 긴장 상태로 입안이 바싹 마른 창세가 눈을 한 움큼 퍼서 입안을 헹구고 시를 낭송하기 시작했다. "넓은 벌 동쪽 끝으로 옛이야기 지줄대는 실개천이 휘돌아 나가고……" 정지용의 「향수」를 5연까지 줄줄 막힘없이 낭송하자, 최하사가 갑자기 울먹거렸다.

"와아, 이거이 기가 막히구만, 기가 막혀! '그곳이 차마 꿈엔들 잊힐리야!' 아아, 내 고향은 진남포야, 피안도 진남포. 이젠 삼팔선이 가로막혀 갈 수 없는 땅이 되어버렸어. 아아, 오마니, 오마니, 우리 오마니, 어찌 지내시는지……"

그렇게 해서 창세는 그 하산민들 속에 끼게 되었다. 하산민은 대개 중산간 마을 사람들이었다. 창세와 마찬가지로 굶주려 퍽 야윈 얼굴들이었다. 두 눈이 두개골 안쪽으로 함몰된 듯이 퀭했다. 찬바람을 막으려고 얼굴을 싸매고 이불짐을 지거나 아기를 업은 누더기 군상이었는데, 막대기 끝에 달린 귀순의 백기도 때 묻은 무명 수건이었다. 그들의 옷도 창세가 입은 옷처럼 험하게 찢기고 헐어 있었다. 토벌대에 쫓겨 덤불 속을 기어다니고 비탈을 타고 미끄러지며 도망다닌 탓이었다. 옷이 너무 많이 찢겨 푸르뎅뎅하게 언 맨살이 드러난 이들도 있었다. 그들은 고개를 숙이고 야윈 몸을 더욱 조그맣게 움츠려 걸어갔다. 스무명 중에 청년은 단 두명이고 나머지는 모두 노인, 여자, 아이들이었다. 노인들은 대개 이불짐을 지고 지팡이를 짚고 있었다. 청년 하나는 헌 담요를 뒤집어쓰고 있었는데, 정신이 이상해졌는지 울다가 웃고, 웃다가 울기를 반복했다. 창세는 그들과 함께 마찻길을 걸어갔다. 잠깐 눈을 붙인 것이 도움이 되어 걷기가 한결 나았다. 하산 행렬은 두줄로 차바퀴가 눈을 다져놓은 궤적을 밟으며 걸어갔다. 창세에게 호감을 갖게 된 최하사가 옆에서 함께 걸으며 이것저것 자꾸 말을 시켰다.

눈이 내리기 시작했다. 흰 눈송이를 몰고 검은 구름이

들판 위로 나직이 밀려들었다. 함박눈이었다. 처음엔 퍼들퍼들 성글게 내리더니 이내 허공이 눈송이로 가득해졌다. 붐비는 눈송이들은 서로 속살거리며 바람을 타고 부드럽게 흘러갔다. 죽은 자들의 혼령처럼. 하산 행렬은 그 눈을 맞으면서 걸어갔다. 얼마 가지 않아 또다른 누더기 몰골의 귀순자 십여명이 합류했다. 행렬의 목적지는 함덕리에 있는 서청 대대였고, 거기에서 죽느냐 사느냐가 결정 날 판이었다. 창세는 불안과 공포로 머릿속이 혼미했다. 그런 창세를 최하사가 안심시키고 격려했다. 다른 사람이 듣지 못하게 속삭이는 목소리로 자기는 졸병이지만 도와줄 수 있으니 걱정 말라고, 물론 맨입으로는 안 되고 돼지 다리 하나 값 정도만 바치면 된다고 했다. 자신의 처지를 털어놓기도 했는데, 나이는 스물둘이고 상업학교에 입학하려고 서울에 내려왔다가 그만 삼팔선이 막혀버렸다고, 돈 한푼 없이 오도 가도 못하는 신세가 되어 할 수 없이 서청에 몸을 의탁하고 있노라고 했다.

"내 이름은 최영호, 최영호 하사야. 내 이름 잊지 말라우, 필요할 때가 있을 거니까니. 함덕에 내려가면, 취조를 잘 받아야 할 기야. 매를 잘 맞아야 해. 매 때리는 것까지 내레 못 하게 말릴 순 없어야. 잘 견뎌야 해. 뭘 묻거든 애쎄(아예) 모른다구, 무조건 안 했다구 하라우. 넌 아이니까, 거저 어른들 심부름만 했디 아무것도 모른다구 말이야. 매 때리구 고문해두 끝까지 안 했다구 해야 돼. 알간?"

"예."

"그리구 취조할 때 취조관이 '너 만세 부를 줄 알디? 만세 한번 불러보라' 할 기야. 그럼 어카간, 응? 만세 한번 불러보라우."

창세가 우물쭈물하다가 8·15 해방 때 불렀던 대로 "조선 독립 만세" 하고 중얼거렸다.

"야, 이보라, 너 정신 나갔네? 조선 독립 만세? 그러면 큰일 나. 당장 총살, 총살이야! 앞서 청년 몇이 '조선 독립 만세!' 했다가, 대한민국이 수립된 지 발쎄 넉달이나 지났는데 아직도 '조선 독립 만세'냐, 사상이 불온하다 하면서 총살했어. 이젠 '조선 독립 만세'가 아니라 '대한민국 만세'야. 알았디? 명심하라우. 거럼 연습 삼아 '대한민국 만세!' 한번 불러보라."

"대한민국 만세!"

"더 씩씩하게!"

"대한민국 만세!"

"흠, 좋아, 좋아. 긴데 네 나이가 열다섯살이라고 했니?"

창세는 열여섯살이었지만 한살을 낮춰 열다섯이라고 말했던 것이다.

"열다섯살이라…… 기래도 이젠 안심할 수 없어야. 처음엔 십육세 이상만 성인 취급해서 총살했댔지만, 지금은 제멋대로야. 어린아이들까지 다 죽여버려. 그리구, 귀순했다고 살려주는 줄 아네? 새빨간 거짓말이야. 삐라에 쓰여 있는 거 다 거짓말이야. 기저께 사건 난 거 너 모르디? 바로 기저께 조천면 관내 귀순자 백명이 총살당했어. 조천면 청년 이백명이 귀순했는데, 그중 절반이 총살당했단 말이야. 십육세에서 사십세까지, 트럭 세대에 싣고 가서 죽였디. 박성내에 싣고 가서…… 에이, 지긋지긋, 구역질 난다! 앞길이 구만리같이 창창한 젊은이들인데 도대체 얼마나 더 죽여야 하는지!"

하산 행렬은 불에 타 돌담만 남은 와흘리 폐허를 통과했다. 폐허 여기저기에 군인들이 모여 눈 속에 모닥불을 피워놓고 점심을 먹고 있었다. 고기 굽는 냄새가 진동했다. 돌담 위에 살을 발라낸 말가죽이 벌겋게 널려 있었다. 거기에서 창세는 보따리 여섯개를 말 등에 주렁주렁 매달고 내려오는 다섯명의 토벌대를 보았다. 핏물이 붉게 번진 그 보따리는 여섯개의 머리통이었다. 그 군인들은 피 묻은 총검을 씻지도 않고 그대로 총에 꽂은 채였다.

나중에 도착한 열명의 포로가 창세네 귀순 행렬에 합류했다. 고개를 푹 숙인 그들은 두 손을 뒤로 해서 철삿줄로 결박되어 있었다. 모두 젊은이들이었고 그중 한명은 여자였다. 여섯살쯤 되어 보이는 어린아이가 그녀의 치마꼬리를 잡고 종종걸음으로 따라갔다. 짙은 눈발 속에서 행렬은 희끄무레한 실루엣이 되어 꾸물꾸물 움직였다. 군인들을 가득 실은 스리쿼터 한대가 뒤에서 달려와 그들을 지나쳤다. 차 앞범퍼에 핏기가 빠져 창백한 잘린 머리 셋이 대롱대롱 매달렸고 적재함에는 죽은 말 한마리가 실려 있었는데, 그 주위로 군인 여섯명이 난간을 붙잡고 서서 「서청가」를 신나게 불러댔다. 잘린 머리 셋과 죽은 말은 그들이 사냥한 것이었다. "삼천만 대중 부르는 소리에 젊은 가슴 붉은 피는 펄펄 뛰고……"

와흘리를 벗어나자 눈이 진눈깨비로 변하더니 이내 해가 나타났다. 기온이 비교적 따뜻한 해변이 가까워진 것이다. 눈이 녹은 밭에서 푸른 보리싹들이 햇빛에 반짝거렸다. 멍한 정신으로 걸어가던 창세의 귀에 문득 파도소리가 들려왔다. 그 소리를 듣는 순간 숨이 턱 막히고 가슴에 강한 통증이 왔다. 어느새 고향 마을 조천리에 가까워져 있었다. 창세는 어머니를 떠올리며 몸을 부들부들 떨었다. 오관이 봉쇄된 듯이 모든 것이 너무도 막막하여 어머니에 대해 그 무엇도 생각할 수 없고 눈물만 하염없이 흘러내렸다. 마찻길을 벗어나 일주도로에 들어선 행렬은 조천리 앞을 지나 2킬로미터 떨어진 함덕리를 향했다. 쏴아쏴아, 파도 소리가 아주 가깝게 들려왔다. 함덕리로 들어가는 마을 어귀에서 창세는 또다시 참수된 머리를 보았다. 네개의 잘린 머리통을 길가 전신주에 대못을 박아 매달아놓았는데, 산발한 머리칼이 귀신 형용이었다.

함덕리 마을 안으로 들어선 행렬을 맨 먼저 맞은 것은 수십명의 마을 사람들이었다. 동원되어 나온 여자 민보단이었다. 그들 중 몇사람이 외쳤다. 어떤 여자는 돌을 던지기도 했다.

"폭도다! 폭도다!"

"폭도 잡아왔져!"

사십여명의 하산민은 고개를 푹 숙이고 서청 대대가 주둔하고 있는 함덕소학교로 걸어갔다. 인솔 하사가 정문 보초에게 "포로 인솔!" 하고 외쳤다. 귀순자를 포로라고 했다. 귀순자 사십여명이 운동장으로 들어서자 이번에는 군인들이 맞이했다.

"오늘도 총살감 많이 들어오는구만!"

"저런 것들 와 살려서 데려왔나, 어지럽게시리! 현장

에서 빠바방 죽여버리지 않고서리."

미군 파카를 폼 나게 입은 대대장이 군견 셰퍼드를 데리고 나타나 휘휘 둘러보고는 들어갔다. 미군 두명도 통역을 데리고 나타났다. 미군 한명이 카메라를 들고 바싹 다가와 찰칵찰칵 셔터를 눌러댔다. 군복 차림의 통역이 언젠가 미군을 데리고 학교에 검열 나왔던 함덕리 출신의 그 사람임을 창세는 알아보았다.

학교 전체가 병영이고 포로수용소였다. 교실은 군인들이 차지했고 운동장에 군용 천막 여덟개를 치고 하산민을 수용하고 있었다. 운동장 구석에 군인들이 먹다 버린 소뼈와 말뼈가 하얗게 쌓여 있었다. 최하사는 도착하자마자 서둘러 창세의 모친을 만나기 위해 조천리로 떠났다. 창세는 다른 사람들과 함께 주먹밥 한개를 배급받아 먹고 나서 천막 속에 깔아놓은 가마니 위에 지칠 대로 지친 몸을 뉘었다. 창세는 이틀 동안 그 천막에 갇혀 지냈다.

학교 뒤는 바로 바다였다. 아름답기로 이름난 함덕리 바닷가였다. 그러나 지금은 잔뜩 흐린 날씨 속에 그 아름다운 물빛과 백사장이 잿빛으로 멍들어 있었다. 백사장과 그 옆의 서우봉 기슭이 처형장이었다. 희생자는 대부분 청년들이었다. 잡혀온 청년들 중의 절반이 남녀 구별

없이 총살당했다. 드르르륵, 일제사격의 총성이 하루에 한번씩 들려왔고, 총살이 끝나면 그 가족들이 피범벅, 모래 범벅이 된 시체를 찾아 지게나 마차에 싣고서 백사장을 떠났다. 지게 밑으로, 마차 아래로 피가 줄줄 흘러내렸다.

창세는 갇힌 지 이틀 만에 취조를 받았다. 이등상사인 취조관은 창세를 세운 채 쇠좆매로 후려갈기며 닦달했다. "너 몇살이가? 뭐, 열다섯? 이거이 나이를 속이구 있네. 눈이 똘망똘망한 게 어려도 폭도질 했을 거이 틀림없어. 너 삐라 붙인 적 있디? 시위를 몇번이나 했네? 산엔 와 들어간? 산에서 뭐 했네? 일주도로에 내려와서리 도로를 절단하고 전화선 끊었디?" 독한 매질에 나중에는 몸에 감각이 없어질 지경이었지만 창세는 안 했다고, 모른다고, 윗사람들은 모두 가명을 썼기 때문에 모른다고 한사코 부인했다.

"너 만세 부를 줄 알디? 한번 불러보라우!"

"예?"

"니네들 만세 많이 불러봤을 거 아니가? 그거 한번 불러보란 말이야!"

"대한민국 만세! 대한민국 만세! 대한민국 만세!"

"오호, 요놈 봐라!"

쇠좆매를 모질게 맞아 운신하기가 어려운 창세를 밖에서 기다리던 최하사가 업어서 천막에 데려다주었다. 최하사는 벌써 조천리에 가서 창세의 모친을 만나고 온 터였다.

그 이튿날 창세는 석방증을 받았다. 돼지 다리 하나 값의 돈과 맞바꾼 것이었다. 창세에게 석방증을 내어주면서 이등상사 취조관이 말했다.

"안창세, 자, 내 얼굴을 보라우. 내 얼굴이나 니 얼굴이나 똑같은 조선 얼굴 아니가. 우린 다 같은 단군의 자손이야. 네레 특별히 똑똑해서 석방시키는 거이니까니, 따뜻한 자유 대한의 품에서 잘 살라."

어머니는 작은할아버지, 최하사와 함께 취조실 문밖에서 기다리고 있었다.

"창세야!"

"어머니!"

창세는 먼저 작은할아버지께 엎드려 절하고, 어머니 앞에 엎드렸다. 엎드린 채 흐느끼는 아들을 어머니가 부둥켜안았다. 두 모자는 터져나오려는 감격의 울음을 애써 눌렀다. 소리 내어 울기에는 너무도 무서운 그곳은 죽음의 장소, 학살터였다. 뜨거운 눈물이 소리 없이 줄줄 흘러내렸다.

억새밭 한가운데 바위들 틈바구니를 비집고 자란 서어나무, 그 뿌리 아래에 숨겨진 조그만 동굴 안에 부대림과 정두길이 나란히 누워 있었다. 밤늦은 시간이었다. 밖은 눈보라가 치고 있었지만 굴속은 불이 없어도 포근했다. 아무것도 먹지 않고 굶은 지 여러날이 지났다. 보름쯤 지났을 것이라고 두길은 생각했다. 작고 비좁은 굴속에 아무것도 먹지 않고 누워 있는 자신들이 고치 속의 유충처럼 느껴졌다. 그러나 그들은 조만간 성충이 되어 고치를 뚫고 세상 밖으로 날아갈 그런 존재가 아니었다. 더이상 먹지 않기로 결심했으므로 이제 두길은 별로 배고프다는 느낌이 없었다. 처음 며칠 동안은 위가 몹시 쓰라렸는데 이제는 그 통증마저 사라지고 위가 졸아든 느낌이었다. 배는 등에 가 붙고, 기력이 현저하게 떨어졌다. 고통도 욕망도 없는 텅 빈 공허, 그 공허 속으로 온몸이 삼켜진 듯했다.

어둠 속에서 대림의 가냘픈 목소리가 들려왔다.

"두길아, 죽을 때 옆에 친구가 있으난 참 좋다이!"

그의 말소리 속에 가쁜 숨소리가 섞여 있었다. 숨소리가 거칠게 쌕, 쌕, 쌕 끊겨 나오면서 각혈의 비린내가 풍겨왔다.

"그래, 우리가 죽으면 이 조그만 굴은 우리 두 사람의 합장묘가 되는 거라."

"아아, 그래, 합장묘!"

"대림아, 이 굴을 우리의 무덤이 아니라 대지의 자궁이라고 생각해보자. 우리는 대지의 자궁 속에 들어와 있는 거야. 따뜻한 자궁! 아아, 따뜻하고 아늑하구나!"

그렇게 말하면서 두길은 두 무릎을 안고 가슴팍으로 끌어당겨 자궁 속의 태아처럼 몸을 말았다.

"대지의 자궁! 멋진 말이네. 역시 시인은 달라."

"우리는 죽지만 다시 태어날 거다. 대지의 자궁은 죽음 속에서 새 생명을 잉태하니까. 모든 것이 불에 타고 모든 사람이 죽었지만, 그러나 어머니 대지는 죽은 자식들을 끌어안을 거여. 땅속 혈맥들이 고동치는 소리가 지금 내 귀에 들려. 대지가 자기의 자궁 안으로 죽은 자식들을 받아들이고 있는 거라. 낭자한 피와 총성과 비명도, 죽창, 철창에 묻은 살점도 대지는 남김없이 받아들이고 있어. 아, 그리고 마침내 그 자궁에서 새 생명들은 솟아나 대지 위에 다시 번성할 거여."

"아아아……" 대림의 입에서 나직이 탄성이 새어나왔다. 뭐라 말하고 싶은지 애써 몇번 입술을 달싹였으나 그것은 말이 되지 않았다. 두길은 바위에 고인 물에 수건을 적셔 대림의 얼굴과 발을 씻기고 머리칼을 가다듬어주었다. 자신도 똑같이 얼굴과 발을 씻고 머리칼을 가다듬고서 대림의 곁에 몸 붙여 누웠다. 그리고 두 사람은 잠이 들었다.

동굴 밖은 차가운 백색의 밤이었다. 바람이 거세게 불어와 눈 덮인 억새밭을 뒤흔들었다. 구름 한점 없이 갠 밤하늘에는 별이 총총한데, 지상에 쌓인 눈은 강풍에 눈보라가 되어 휘몰아치고 있었다.

에필로그

할아버지는 그 이야기를 거의 열흘 동안 저녁마다 비상한 열정으로 우리에게 들려주었다. 장인도 내내 그 자리를 함께했다. 할아버지는 이야기 도중 눈물을 흘릴 때가 많았고, 듣는 우리도 흘러내리는 눈물을 주체할 수가 없었다. 우리는 눈물과 함께 그 이야기를 카메라에 담았다. "그해 겨울엔 참 눈이 많이 내렸주" 하면서 한라산의 깊은 눈 속으로 사라진 누이 안만옥을 떠올릴 때 할아버지는 꺼이꺼이 소리 내어 울기까지 했다. 혹시나, 혹시나 하면서 밀항선을 타고 육지나 일본으로 탈출했기를 바랐으나, 누이는 종내 행방불명이었다.

그 사태가 끝나고 삼년쯤 지났을 때, 일본으로 밀항해 간 장영주가 "창세야, 살아 있거든 이 편지 받고 소식 전해다오."라고 편지를 보내왔지만, 답장하지 않았노라고 했다. 왜냐고? 자신은 살아 있는 것이 아니라 죽어 있기 때문이라고 말했다. "살아 있는 죽은 자"라고 했다. 그 말이 옳았다. 할아버지의 이야기를 듣기 전에 증언 청취를 위해 만난 노인 네명의 삶도 바로 '살아 있는 죽은 자'의 삶이었다. 그들은 말했다.

"그때 아버지는 나를 품에 꼬옥 껴안안 엎드린 채 총알을 맞았어, 나를 살리젠…… 아, 아버지의 품이 생각나. 그 땀 냄새가 생각나! 난 이제 늙었지만 지금도 그 냄새를 맡을 수 있어!"

"그때 공부 잘하는 아이들 다 죽었어. 우리 오빠는 장가라도 가본 사람이주만, 그 많은 학생들 모두 싱싱한 총각들인데 장가도 못 가보고……… 아이고아이고!"

"집은 불타고, 어머니와 누이가 마당에서 총 맞아 죽었주. 나가 돌담 뒤에 숨언 보았어. 그때 내 나이가 열살. 아아, 그때 나도 같이 죽어부러야 했는디…… 나중에 결혼한 뒤에는 술로 세상을 살안. 술 취해서 석유통을 사들고 와서 집에 불을 놓겠다고, 어머니와 누이처럼 그 불속에서 죽겠다고 미쳐 날뛴 적도 한두번이 아니라. 말리는 자식들에게 너희들이 내 심정을 아느냐, 내 세상을 너희가 살아봤느냐고 울부짖으면서…… 난 죄인이여, 죄인! 그때 죽었어야 했는디, 어머니, 누이와 함께 죽었어야 했는디……"

"그때 난 네살 아기였어. 그놈들이 식구들 몬딱 몰아가 매 때리고 죽여부렀주. 아아, 너무 가슴 아프고 너무 억울해서 살 수가 없어. 난 눈물이 말라서 눈물이 안 나. 가슴이 막히고 숨이 막혀서 눈물이 안 나와. 몬딱 불태우고, 몬딱 죽여부렀어. 집이고 사람이고 흔적이 없어. 검불 하나 없이 몬딱 죽고, 네살 난 나 하나 어떻게 살아난."

이야기를 다 끝냈을 때, 할아버지는 완전히 탈진 상태가 되어 이틀 동안 자리에 누워 앓아야 했다.

영미가 할아버지로부터 물려받은 만년필을 만지작거리면서 나에게 말했다.

"아, 할아버지의 긴 이야기를 듣고 나니까 머리가 멍해. 예상은 했어도 예상을 뛰어넘는 어마어마한 사건이야. 너무 엄청나서 우리가 과연 그 사건을 다큐에 담을 수 있을까 하는 회의가 생겨. 엄두가 나질 않아. 도대체 그런 일이 이 세상에 있었다니 정말 상상할 수가 없네."

"영미야, 너 방 안의 코끼리란 말 알지? 우리가 자는 어둡고 좁은 방에 들어와 있는 코끼리, 너무 크고 너무 어두워서 그 실체를 잘 알 수 없는 것. 그게 4·3이야. 우리를 깔아뭉개버릴 것 같은 압도적인 무게와 거대한 부피. 정말 무섭다!"

"하지만 창근아, 우리의 상상력이 그렇게 압도당해버리면 다큐를 만들 수가 없잖아. 그 참혹함의 무게에 압도당해서 너무 진지하고 너무 슬픈 다큐가 돼버리면 안 돼. 큰 슬픔일수록 좀 가볍게, 관객들이 견딜 수 있게…… 삼만의 슬픈 원혼들을 눈물로 애도하고, 즐거운 웃음으로 기쁘게 해드리기도 하면서……"

 "눈물과 웃음이 함께 있는 영화! 그래, 그렇게 풀어내자. 슬픈 영혼 영신님네 그 맺힌 설움, 그렇게 풀어내자!"

불쌍한 영혼 영신님네
어서 옵서, 어서 옵서
젖은 구름도 넘엉 옵서
마른 구름도 넘엉 옵서

아아, 무자년 기축년에
재앙불이 대지를 덮쳐 물어뜯고
하늘과 땅이 뒤집어지고 피바람 불어
사람이 사람을 잡아먹었네
아침에 본 사람 저녁에 못 보고
저녁에 본 사람 아침에 못 보고
낮에 풀 베이듯이 사람마다 쓰러졌네

죽어도 죽을 수 없어
사무친 원한으로 저승에 못 가
이승의 천공을 무리 지어 떠도는
수만의 영혼 영신님네

가슴에 피 절어
피 묻은 옷 아직도 벗지 못해
흰 두루마기, 학생복, 갈옷, 무명 치마, 명주 호상옷

펄럭거리며 허공을 흘러가네
바람 따라 구름 따라 흐르면서
살아 있는 자들의 세상을 내려다보네

자, 이제 열려 맞자
열려 맞자, 열려 맞자
애통하고 절통하신 영혼 영신님들
자, 이제 열려 맞자, 열려 맞자
아주 활짝 풀어 열려 맞자
맺힌 간장, 맺힌 설움 아주 활짝 풀어내자

사나 사나 사니나 사나
맺힌 간장, 맺힌 시름 풀어내자
날로 달로 불살라 갑서
맺힌 간장, 맺힌 설움
날로 달로 불살라 갑서
하올하올 청나비 몸으로 환생합서
하올하올 흰나비 몸으로 환생합서
사나 사나 사니나 사나

　광복의 1945년에서 대한민국 수립의 1948년까지를 흔히 해방공간이라고 하는데, 온 국민이 새 국가 건설의 꿈에 한껏 부풀었던 그때는 불행히도 한국사에 유례없는 무서운 폭력의 시기이기도 했습니다.

　이 소설은 그 삼년의 기간을 지나면서 국가폭력의 소용돌이에 휘말려 거의 절반이 목숨을 잃어야 했던 제주도 청년들에 대한 이야기입니다. 새로운 미래, 새로운 국가, 분단국가 아닌 통일국가를 꿈꾸며 지칠 줄 모르는 열정으로 격렬하게 활동했던 그들이 어찌하여 그런 참사를 당하고 말았던가요?

　그 당시 청년들을 사로잡았던 열정의 정체는 무엇이고, 어떻게 그들이 역사의 소용돌이 속으로 휩쓸려 들어갔는지, 삶과 죽음은 무엇이고 인간은 또 무엇인지를 작가는 이 소설에서 탐구하고 싶었습니다.

작가는 이 소설에서 이야기의 효과를 높이기 위해 당시의 복잡한 정치 상황에 대한 언급은 최소화했습니다.

　여기에 등장하는 크고 작은 사건들의 대부분은 실제 있었던 것들입니다. 그 사건이 비록 이 소설 속의 그 시간, 그 장소에 발생한 것이 아니라 하더라도, 당시 제주도 어디에선가 실제로 있었던 일입니다.

　이 소설 속의 에피소드는 주로 작가 자신이 만들어낸 것이지만, 이미 책으로 발간된 여러 청취록과 작가가 직접 취재한 내용에서 나온 것도 있습니다.

　등장인물의 경우에는 역사적 인물을 제외하고 나머지는 모두 허구의 인물임을 밝힙니다. 혹여 그 허구의 인물이 실존했던 인물의 이름과 일치하더라도 그것은 우연의 일치일 뿐입니다.

　너무도 많은 참혹한 유혈에서 그 핏빛의 생생한 묘사를 될 수 있으면 자제하려 했지만, 모두 뜻대로 되지는 않았습니다. 그래서 작가가 지나치게 감정적이라고 비난하더라도 마음이 슬픈 작가로서는 어쩔 수 없는 노릇입니다.

독자여, 그대가 이 소설을 읽기로 작심하였다면 그 길은 작가와 동행해 너무도 낯선 삶과 죽음의 비경을 찾아가는 여행길이 될 것입니다. 작가는 이것저것 살피면서 그 먼 길을 느리게 걸어갈 텐데, 독자도 그 느린 행보의 리듬에 맞춰 천천히 걸어가주었으면 하는 바람입니다.

　많은 분량의 이 소설의 편집을 맡아 오랜 시간 고투하면서 작가가 저지른 오류들을 찾아 바로잡아준 박지영 팀장과 김정혜 실장에게 각별히 감사의 말씀을 드립니다.

2023년 초여름
현기영

제주도우다 3

초판 1쇄 발행 • 2023년 7월 3일

지은이 / 현기영
펴낸이 / 강일우
책임편집 / 정편집실 박지영
조판 / 황숙화
펴낸곳 / (주)창비
등록 / 1986년 8월 5일 제85호
주소 / 10881 경기도 파주시 회동길 184
전화 / 031-955-3333
팩시밀리 / 영업 031-955-3399 · 편집 031-955-3400
홈페이지 / www.changbi.com
전자우편 / lit@changbi.com

ⓒ 현기영 2023
ISBN 978-89-364-3922-4 04810
ISBN 978-89-364-3919-4 (전3권)